古體小說叢刊

玄怪錄
續玄怪錄

〔唐〕牛僧孺 撰
〔唐〕李復言 撰
程毅中 點校

中華書局

圖書在版編目(CIP)數據

玄怪録/(唐)牛僧孺撰;程毅中點校. 續玄怪録/(唐)李復言撰;程毅中點校. —北京:中華書局,2006.8(2025.2 重印)
ISBN 978-7-101-04693-9

Ⅰ.①玄…②續… Ⅱ.①牛…②程…③李…④程…
Ⅲ.筆記小説-作品集-中國-唐代 Ⅳ.I242.1

中國版本圖書館 CIP 數據核字(2005)第 047388 號

責任印製:韓馨雨

玄 怪 録

〔唐〕牛僧孺 撰

續 玄 怪 録

〔唐〕李復言 撰

程毅中 點校

*

中 華 書 局 出 版 發 行

(北京市豐臺區太平橋西里 38 號 100073)

http://www.zhbc.com.cn

E-mail:zhbc@zhbc.com.cn

北京新華印刷有限公司印刷

*

850×1168 毫米 1/32 · 7¾印張 · 2 插頁 · 146 千字

2006 年 8 月第 1 版 2025 年 2 月第 10 次印刷

印數:14201-15200 册 定價:28.00 元

ISBN 978-7-101-04693-9

《古體小説叢刊》出版説明

中國古代小説的概念非常寬泛，内涵很廣，類别很多，又是隨着歷史的發展而不斷演化的。古代小説的界限和分類，在目録學上是一個有待研究討論的問題。古人所謂的小説家言，如《四庫全書》所列小説家雜事之屬的作品，今人多視爲偏重史料性的筆記，我局已擇要編入《歷代史料筆記叢刊》，陸續出版。現將偏重文學性的作品，另編爲《古體小説叢刊》，分批付印，以供文史研究者參考。所謂古體小説，相當於古代的文言小説。爲了便於對舉，參照古代詩體的發展，把文言小説稱爲古體，把「五四」之前的白話小説稱爲近體，這是一種粗略概括的分法。本叢刊選收歷代比較重要或比較罕見的作品，採用所能得到的善本，加以標點校勘，如有新校新注的版本則優先録用。個别已經散佚的書，也擇要作新的輯本。古體小説的情況各不相同，整理的方法也因書而異，不求一律，詳見各書的前言。編輯出版工作中不夠完善之處，誠希讀者批評指正。

中華書局編輯部

二〇〇五年四月

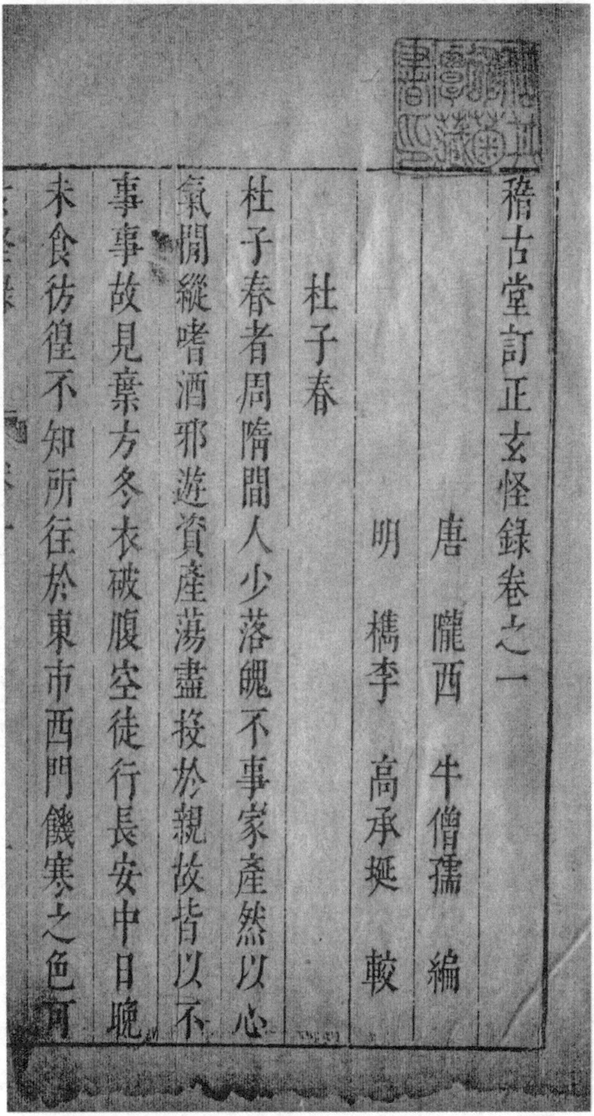

稽古堂訂正玄怪録卷之一

唐 隴西 牛僧孺 編

明 檇李 高承埏 較

杜子春

杜子春者周隋閒人少落魄不事家產然以心氣閒縱嗜酒邪遊資產蕩盡投於親故皆以不事事故見棄方冬衣破腹空徒行長安中日晚未食彷徨不知所往於東市西門饑寒之色可

稽古堂本《玄怪録》圖一

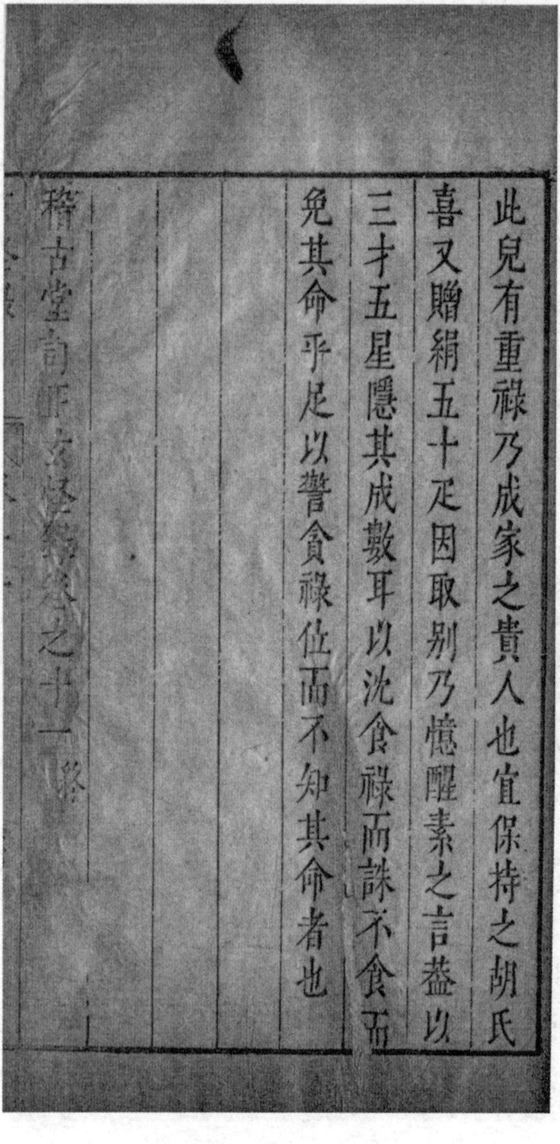
此兒有重祿乃成家之貴人也宜保持之胡氏
喜又贈絹五十疋因取別乃憶醒素之言蓋以
三才五星隱其成數耳以沈食祿而誅不食而
免其命乎足以警貪祿位而不知其命者也
稽古堂訂正玄怪録卷之十一終

稽古堂本《玄怪録》圖二

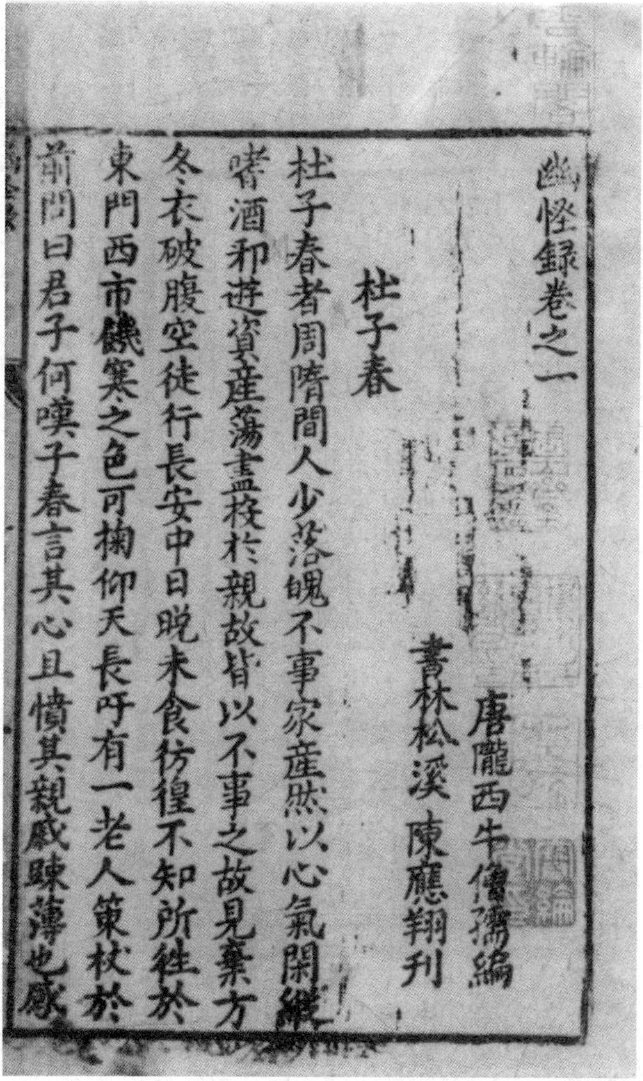

幽怪録卷之一

唐隴西牛僧孺編

書林松溪 陳應翔刊

杜子春

杜子春者周隋間人少落魄不事家産然以心氣閑縱嗜酒邪遊資産蕩盡投於親故皆以不事之故見棄方冬衣破腹空徒行長安中日晚未食彷徨不知所往於東門西市饑寒之色可掬仰天長吁有一老人策杖於前問曰君子何嘆子春言其心且憤其親戚疎薄也感

明陳應翔刻本《幽怪録》

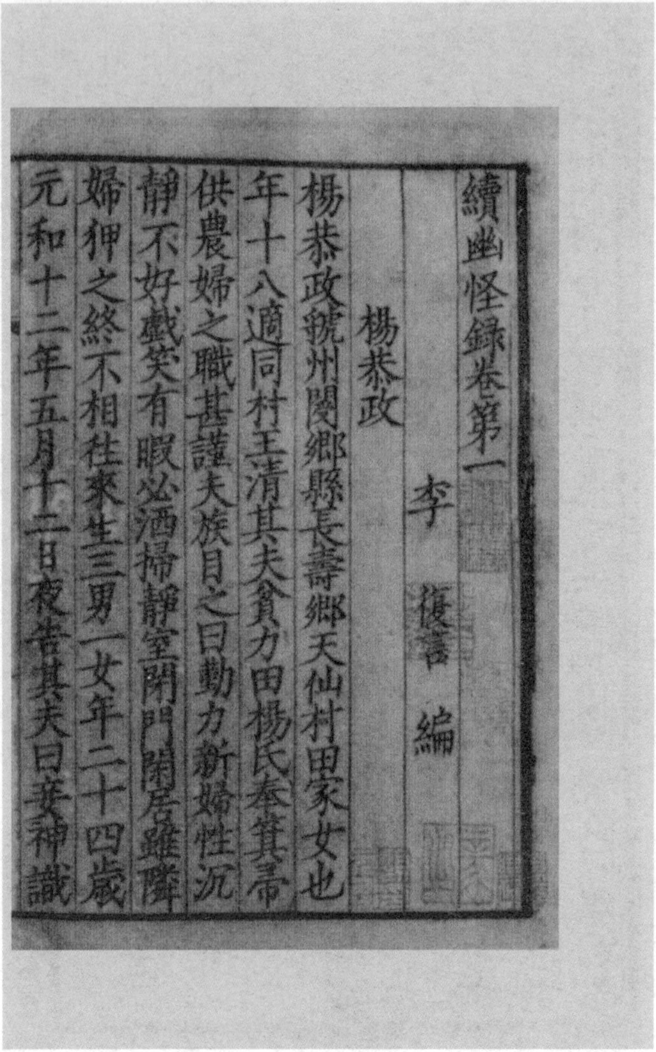

續幽怪録卷第一

李復言編

楊恭政

楊恭政虢州閿鄉縣長壽鄉天仙村田家女也年十八適同村王清其夫貪力田楊氏奉箕帚供農婦之職甚謹夫族目之曰勤力新婦性沉靜不好戲笑有暇必洒掃靜室閉門閑居雖隣婦狎之終不相往來生三男一女年二十四歲元和十二年五月十二日夜告其夫曰妾神識

宋尹家書籍鋪本《續幽怪録》

前言

牛僧孺的《玄怪錄》（宋人改稱《幽怪錄》），是唐代小說的一部代表作。但長期以來見不到傳本，《說郛》和《五朝小說》（題王惲撰）、《唐人說薈》等書裏收錄的幾篇，只是一個殘鱗片羽的節本。而《太平廣記》裏所引的佚文，卻有三十多篇。鄭振鐸先生曾據以輯錄，刊於《世界文庫》第十卷，然而還不是現存佚文的全部。除了《說郛》中的《郭元振》一篇不見於《太平廣記》之外，《類說》卷十一《幽怪錄》還有幾篇佚文的節要。值得慶幸的是國家圖書館先後入藏了書林陳應翔刻本《幽怪錄》四卷和高承埏稽古堂刻本《玄怪錄》十一卷。這是現存《玄怪錄》的兩個篇目最多的明刻本。前者繆荃孫《藝風堂藏書記》卷八曾著錄，説它「似元時刻」，傅增湘《藏園羣書題記》續集卷三説它「似元明坊刻」，都沒有作出確切的判斷。現在《北京圖書館善本書目》定爲明刻本，似乎比較可信。後者編入《稽古堂新鐫羣書秘簡》，明末刻本，年代較晚，但與高儒《百川書志》所著錄的十一卷本相合，其來源可能更早。

《玄怪錄》最早著錄於《崇文總目》小說類，十卷。《新唐書·藝文志》丙部小說家類、《郡齋讀書志》小說類、《宋史·藝文志》小說類等並同。尤袤《遂初堂書目》及曾慥《類說》等書題作《幽怪錄》，應該是宋人避始祖玄朗諱而改的。《四庫全書》小說家存目（二）收有《幽怪錄》一卷，附《續幽怪錄》

一卷，提要說：「《唐志》作十卷，今止一卷，殆鈔合而成，非其舊本。……末附李復言《續録》一卷。考《唐志》及《館閣書目》皆作五卷，《通考》則作十卷，云分仙術、感應二門。今僅殘篇數頁，並不成卷矣。然志怪之書，無關風教，其完否亦不必深考也。」

從宋代以來，《玄怪録》就有不同版本。陳振孫《直齋書録解題》卷十一《玄怪録》條著録爲十卷，而解題說：「《唐志》十卷，又言李復言《續録》五卷，《館閣書目》同。今但有十一卷而無《續録》。」可見他所收的實爲十一卷本，所著「十卷」似有脫字或沿承舊目。這個十一卷本又見於明高儒的《百川書志》卷八，書名作《幽怪録》，「唐隴西牛僧孺撰，載隋唐神奇鬼異之事，各據聞見出處，起信於人。凡四十四事。」徐𤊹《紅雨樓書目》卷三著録有《幽怪録》十一卷，下注：「牛僧孺，李復言續。」這是一個牛、李二書的合刻本，前十一卷當爲《玄怪録》。陳第《世善堂書目》卷上史部、錢曾《也是園書目》卷二史部冥異類都著録有牛僧孺《玄怪録》十卷，似乎還是原本。

現存的兩種明刻本，分卷不同，但都是四十四事。高承埏刻本《玄怪録》分十一卷，與《直齋書録解題》相合。書名不避「玄」字，而書中有幾處「曉」字在《太平廣記》裏作「曙」，本書似爲避宋英宗名諱而改的。陳應翔刻本《幽怪録》分四卷，與《太平廣記》相校，因避宋諱而改的字，如「敬」作「恭」，「曙」作「曉」，「貞元」作「元和」，可見它的祖本當出於宋英宗之後。

在見到明刻本之前，我們只能從《太平廣記》和《類說》、《紺珠集》、《說郛》（鈔本卷十五、重編本卷一一七）等書裏看到《玄怪録》的佚文。《四庫全書》存目所著録的一卷本，疑即據《說郛》輯出的。

明刻本的出現，又給我們提供了一部分從未見過的篇目，可以更多地見到《玄怪録》的原貌。近千年來，《玄怪録》這部書若存若亡，保存佚文最多的是《太平廣記》，共三十篇左右。其餘各書絕大多數與《廣記》重複，很可能出自後人輯録。明刻本的一部分篇目，如卷一的《韋氏》，卷二的《党氏女》，卷三的《袁洪兒誇郎》，卷四的《馬僕射總》等，都是他本所未見的。這兩個明刻本的文獻價值很高，尤其高刻本是極可珍貴的版本。然而它還不是《玄怪録》的原本，因爲一則卷數與唐宋書志所載不合，而且《廣記》裏還有本書之外的佚文；二則某些篇目還有疑問。

根據初步的校勘，明刻本的四十四篇中，有《元無有》等二十五篇見於《太平廣記》，其中《杜子春》、《張老》、《裴諶》、《尼妙寂》、《柳歸舜》、《劉法師》、《刁俊朝》等七篇，《廣記》引作《續玄怪録》；還有一篇《郭代公》，見於《説郛》。其餘十八篇中，有七篇亦見於《類説》本《幽怪録》，但只是節要，文字極爲簡略。此外，還有許多篇散見於《異聞總録》和《古今説海》、《艷異編》、《廣艷異編》、《逸史搜奇》等書，因爲原來不注出處，所以從來不知道它是《玄怪録》的佚文。現在見到了明刻本，對它進行了廣泛的校勘，才發現其間的淵源關係。現在分别説明於後。

（一）《類説》本《幽怪録》共收二十四篇，二十三篇都見於明刻本。其中十六篇已見於《太平廣記》，七篇在明刻本中有完整的原文。篇目對照如下：

《人礦院》　即《崔環》

《明皇觀揚州上元》　即《開元明皇幸廣陵》

《隴右山川掠剩使》 即《掠剩使》

《胡僧咒海山》 即《葉天師》

《塚狐學道成仙》 即《華山客》

《女留青花氊履》 即《尹縱之》

《娶耐重女》 即《王煌》

《類説》裏還有《狐誦通天經》一篇，未見於其他各本，是它獨有的佚文。值得注意的一點是，《類説》本與明刻本基本相同。凡是明刻本裏《廣記》引作《續玄怪録》的幾篇，《類説》本也收入《幽怪録》；凡是《廣記》引作《玄怪録》而明刻本不收的，《類説》本一篇也没有收。可見《類説》本和明刻本有密切的關係，只是文字經過删節，已經很難用來校補明刻本了。

（二）見於無名氏《異聞總録》的共六篇，除《南纘》、《盧公渙》兩篇已見《太平廣記》外，還有《齊饒州》（與《廣記》所引《齊推女》不同）、《張寵奴》（《姬侍類偶》中有節録，但引作《續玄怪録》）、《葉氏婦》、《李沈》四篇只見於明刻本。《異聞總録》是輯鈔唐宋小説而成的一部選集，一般不注明出處。如果不是明刻本《玄怪録》的發現，我們是無法查考這幾篇故事的來源的。正由於找出了這兩部書之間的關係，我們又可以利用《異聞總録》來作他校。《異聞總録》的編者大概是元代人，他所見的《玄怪録》應該是宋本。

（三）見於《古今説海》的有《杜子春傳》、《王恭伯傳》（即《裴諶》）、《齊推女傳》（與《廣記》所引也有不同）、《烏將軍傳》（即《郭代公》）《柳歸舜傳》、《知命錄》六篇，四篇已見於《廣記》，一篇見於《說郛》，可以考出它的來源。只有《知命錄》一篇未見他書，實即明刻本的《吳全素》。《古今說海》所收唐人小說多數不著作者，不注出處。這篇《知命錄》以往不知道作者是誰，現在找出了它的來源就是《玄怪錄》。

（四）明王世貞編的《艷異編》裏也收了好幾篇《玄怪錄》的作品，如《張老》、《裴諶》、《郭代公》、《崔書生》、《劉諷》等，都不注明作者和出處，大概是從《太平廣記》抄來的。吳大震編印的《廣艷異編》則收錄了更多篇目，計有《來君綽》（改題《科斗郎君》）、《曹惠》（改題《輕素輕紅》）、《滕庭俊》（改題《和且耶》）、《張左》（改題《兜玄國》）、《侯遹》、《刁俊朝》、《齊推女》、《華山客》（改題《党超元》）、《尹縱之》、《王煌》等十篇，還有明刻本所無的《岑順》（改題《金象將軍》）一篇。因爲很多篇目已被改題，所以必須細核原文，纔能考證它的來源。由於《廣艷異編》國內未見全本，我們難以發現書中作品的出處。直到發現了明刻本的《玄怪錄》，纔知道有些篇目並非它獨有的。

（五）明汪雲程編印的《逸史搜奇》中收錄了許多唐人小說，其中不少是出自《玄怪錄》的。計有《齊推女》、《王恭伯》、《崔環》、《董慎》、《郭元振》、《杜子春》、《吳全素》、《張老》、《柳歸舜》、《張寵奴》、《尹縱之》、《顧總》、《党氏女》、《李沈》、《尼妙寂》、《葉仙師》、《許元長》、《劉諷》、《葉天師》、《華山客》、《刁俊朝》、《元無有》、《掠剩使》、《馬僕射總》、《岑曦》、《張楚金》等二十六篇。原書也不注作者和出處，經過校勘才發現原來《逸史搜奇》裏竟保存着那麽多《玄怪錄》的佚文。它的文字多與《古今說海》相同，如《齊推女》一篇就與《說海》本相同而與明刻本不同。《玄怪錄》的篇目如此頻繁地被人選錄，也可見出它在藝術上確有過人之處。

此外，還有一些《玄怪錄》的篇目，見於其他書的引錄。如梅鼎祚《才鬼記》卷二收《王濟女》一篇，即《袁洪兒誇郎》；秦子晉《搜神廣記》後集引《掠剩使》一篇。《古今圖書集成》中多處引用到《玄怪錄》的篇目，但都轉引自《太平廣記》和《異聞總錄》等書，沒有多少版本價值。實際上明刻本所獨有而未見他書的，恐怕只有《王國良》一篇了。

宋人朱勝非編的《紺珠集》卷五引有《幽怪錄》十八條，實際上並不是十八篇。如「鸜鵒能歌」、「阿春看客」、「鬱金棺」三條，都出於《柳歸舜》一篇。而且所引的都只是片言隻語，比《類說》更爲簡略，如「郭登厠」一條只有「厠神名」三個字，令人莫名其妙，經過逐條查考，才知道這三個字並非《玄怪錄》的佚文，而是出於《續玄怪錄》的《錢方義》篇。重編本《說郛》卷一一七所收牛僧孺《幽怪錄》十八條，與《紺珠集》完全相同。重編本《說郛》同卷又有王惲《幽怪錄》一種，收了《郭代公》、《尼妙寂》兩篇，實際上就出自《玄怪錄》。重編本《說郛》的亂題書名，僞託作者，於此可見一斑。

明刻本《玄怪錄》四十四事中，已經混入了李復言《續玄怪錄》的作品，明顯的例證如《尼妙寂》篇末有這樣一段話：「太和庚戌歲，復言遊（《廣記》作「隴西李復言遊」）巴南，與進士沈田會於蓬州，因話奇事，持以相示，一覽而復之。錄怪之日，遂纂於此焉。」《太平廣記》一二八引作《續玄怪錄》是可信的。又如《王國良》篇中一再提到李復言，說是李復言聽當事人王國良親口講的故事，顯然出自《續玄怪錄》。有些見於《廣記》的篇章，也有文字不同的地方。

只有《劉法師》篇比《廣記》卷十八的引文多出「昭應縣尉薛公幹爲僧孺叔父言也」一句，可以證明它出自《玄怪錄》的原文，《廣記》引作《續玄怪錄》，那就不大可靠了。至於《齊饒州》一篇，故事情節與《廣記》卷三五八所引《齊推女》基本一致，而文字則大不相同，就不是個別字句的差異了。總之，拿《太平廣記》與明刻本《玄怪錄》相校，可以發現不少新的問題。這些問題留待後面與《續玄怪錄》一起討論。

牛僧孺，卒於大中二年（公元八四八），年六十九歲，史有明文。他是永貞元年（八〇五）進士，元和三年（八〇八）應賢良方正科對策第一，長慶間官至戶部侍郎、同中書門下平章事，開成三年（八三八）拜左僕射，會昌二年（八四二）貶至循州員外長史。近人多以爲《玄怪錄》是他早年的作品，似乎有據〔一〕。今本中有不少是隋唐以前的故事，寫作年代不可考；還有一部分時代較晚的故事，最晚的一篇是《党氏女》，結尾有「大和壬子歲通王府功曹趙遵約言」一句，應作於公元八三二年之後，像是牛僧孺晚年的作品，但也可能是續錄裏的作品而混入牛著的（《夷堅志補》卷六《王蘭玉童》引作《續玄怪錄》）。牛僧孺於大和六年（八三二）任淮南節度副大使，官位較高，恐怕不大可能有興趣再從事於小說的寫作了。《續玄怪錄》的寫作，當在《玄怪錄》問世之後，而李復言的生平尚待進一步考訂，續作的年代還難以確定（見下）。書中有不少故事發生於元和、長慶年間，甚至還有大和年間的故事。如《崔環》說是元和五年，《吳全素》說是元和十二年，其中一部分可以認爲是李復言的作品，但能不能把所有晚期的作品都歸結爲混入的續作呢？總之，《玄怪錄》的寫作年代還有待進一步探討，有人認爲它作於牛僧孺未通籍以前(三)，則還有重新考慮的必要。

和《玄怪錄》有密切關係的是《續玄怪錄》，自宋代以來，兩書就曾合刻在一起，現在也見不到原書了。現存的高刻本就附有《續玄怪錄》兩卷，陳刻本則附《續玄怪錄》一卷，實即宋刻本《續幽怪錄》的前兩卷。篇目次序全同，不分門類。《續玄怪錄》，《新唐書·藝文志》著錄五卷，李復言撰。《崇文總目》等則作十卷，《郡齋讀書志》說：「唐李復言撰。續牛僧孺之書也。分仙術、感應二門。」（衢州本卷十三，「二門」原作「三門」）現存南宋臨安府尹家書籍鋪刻本題《續幽怪錄》。《四庫全書》小說家存目(二)也著錄《續玄（原作元）怪錄》四卷，提要說：「唐李復言撰。是書世有二本：其附載牛僧孺《幽怪錄》末者，蓋從《說郛》錄出；一即此本，凡二十三事，與《唐志》卷數亦不符，蓋從《太平廣記》錄出，雖稍多於《說郛》本，然亦非完帙也。」應該指出，《四庫提要》的分析是不可信的。附載於《幽怪錄》末者未必從《說郛》錄出，實即今本的前兩卷；四卷本根本不是從《廣記》錄出，其中《辛公平上仙》一篇，就是《廣記》等書所不載的。四卷本《續幽怪錄》流傳較廣，有《續古逸叢書》和《四部叢刊續編》的影印本，還有胡珽《琳琅秘室叢書》的木活字本和徐氏《隨庵叢書》的覆宋本，比較易見。拿它和《廣記》引文相校，有許多不同的地方。如卷一第一篇《楊恭政》，《廣記》引作「楊敬真」，顯然四卷本是避宋諱而改的。卷二《盧僕射從史》與《廣記》卷三四六《李湘》的文字出入很多。《韋令公皋》有一大段文字與《廣記》卷三〇五所引不同。卷三《錢方義》最後一段也不見於《廣記》。這些都是研究本書的有用材料。

《續玄怪錄》的作者李復言，生平不詳。有一個與白居易同年的李復言，據錢大昕《十駕齋養新錄》（卷二十）考證，名諒，詳見《唐詩紀事》卷四三及《宋史・藝文志》總集類《杭越寄和詩集》條。這個李諒，貞元十六年進士登第，官至嶺南節度使，卒於大和七年（公元八三三），見《舊唐書・文宗紀》〔三〕。李諒的生卒年和登科年代都早於牛僧孺，會不會是《續玄怪錄》的作者呢？ 這個問題有待繼續研究。 錢易《南部新書》甲集有一段記載：

李景讓典貢年，有李復言者，納省卷，有「纂異」一部十卷。 榜出曰：「事非經濟，動涉虛妄，其所納仰貢院驅使官卻還。」復言因此罷舉。

程千帆先生曾據此考證，李復言是開成五年（八四〇）應舉的進士，並非貞元十六年（八〇〇）登第的李諒〔四〕。 這個說法很值得重視，但也有待於深入考查。《續玄怪錄》的不少篇章是提到寫作年代的，如《玄怪錄》中的《王國良》篇說李復言於元和十二年（八一七）館於再從妹夫武全益家；《尼妙寂》篇講到大和庚戌（八三〇）李復言遊巴南與沈田會於蓬州，顯然出自《續錄》，而且時當李諒的晚年了。《續玄怪錄》中故事的發生年代大多數在元和年間，也有晚至大和年間的，除《尼妙寂》外，還有《錢方義》篇說到大和二年（八二八）求岐州之薦的事，《梁革》篇說到大和壬子（八三二）調授金吾騎曹的事，都是書中較晚的紀年。《麒麟客》中說張茂實「大中偶遊洛中」，《廣記》卷五三引文「大中」作「唐大中初」，如果《廣記》不誤的話（「唐」字顯爲後人所加），即使算是大中元年（八四七），也已在李諒身後多年，當然不可能是李諒的作品了。宋刻本只有「大中」二字，可能是下面脫了「初」字或幾年之類的文字，那就更進一步證明了李復言不是貞元進士李諒。然而宋刻本《續幽怪錄》書中的年代往往和《廣記》所引不同，特别是凡遇見「貞觀」、「貞元」等年號，都因避宋仁宗諱而改了，有待考訂。

當然，如果作爲開成五年應舉的李復言所作，問題就比較容易解決了。書中故事的年代只是上限，而不是下限。作者的年代還可以往下推。可是《續玄怪錄》中還有一些問題需要考慮，如《辛公平上仙》篇末說：

元和初，李生疇昔宰彭城，而公平之子參徐州軍事，得以詳聞，故書其實，以警道途之傲者。

又《張質》篇末說：

元和六年，質尉彭城，李生者爲之宰，訝其神蕩，說奇以導之，質因具言也。

這個李生顯然就是作者自述，他於元和六年（八一一）以前已經當了彭城宰，恐怕不會到了開成五年（八四〇）還在應舉。而且《南部新書》所說的「纂異」，還可能是指李玫的《纂異記》。所以《續玄怪錄》的作者和寫作年代，還有進一步探討的必要。

《續幽怪錄》卷三《錢方義》篇末又說：

復言頃亦聞之，未詳其實。大和二年秋，與方義從兄及河南兄不旬求岐州之薦，道途授館，日夕同之。宵話奇言，故及斯事，故得以備書焉。

太和二年（八二八）李復言還在求岐州之薦，也晚於元和六年十七年之多，他和「宰彭城」的李生，顯然不是一人。上引這一段話，在《太平廣記》卷三四六的引文裏就没有。恐怕是宋初的編者删掉的。因此卞孝萱先生認爲「宰彭城」的李生就是李諒，李劍國先生也同意書中兩處「宰彭城」的李生實爲李諒自稱，又説李復言蓋爲李諒的門客。但這樣的解釋，未免太巧，需要繼續求證。

《續幽怪録》卷四《木工蔡榮》篇末説：

有李復者，從母夫楊林爲中牟團戸於三異鄉，遍聞其説，召榮母問之，迴以相告。泛祭之見德者，豈其然乎？

上文中「李復」之下，疑脱了「言」字。「中牟」之下疑脱了「宰」字，楊林即《玄怪録》卷十《葉氏婦》所説的中牟宰楊曙，「曙」字因避宋英宗諱而改了。《太平廣記》卷三〇八引此正作「楊曙」。李復言寫的小説，習慣在篇末交代故事的來源和自己的姓名，以取信於人。這篇《木工蔡榮》的故事背景是元和二年（八〇七），是書中最早的紀年，與《葉氏婦》同時同地，同樣是中牟宰楊曙告訴他的故事。但年份並不能全信，因爲《續玄怪録》中的紀年往往有改動或虚擬的。元和初與《麒麟客》的「大中初」，時間相距四十年，是否都是李復言的親見親聞，也有可疑。

元和初任彭城宰的李生，既不可能是李復言，但是不是李諒，也值得研究。如果説《續玄怪録》有兩個作者，都叫李復言（一個是名，一個是字），那未免太巧了。按李劍國先生的解釋，李諒字復言，是出於後人的誤解，就因爲李諒曾指點、參與了李復言的創作，這也有些遷就舊説。以前我們曾認爲《續玄怪録》的作者是李諒，因爲他字復言。假若李諒不字復言，那麽與李復言的《續玄怪録》就毫無關係，任「彭城宰」的李生就不一定是李諒，別的姓李的人都可以稱李生，李復言自稱也可以。我曾查過《順治徐州志》，所載唐代的彭城令，有一個李達先，按先後次序，列在白居易的父親白季庚（建中元年任）之前，當然不可能是這個李生。

我們應該注意到，《續玄怪錄》是一部小說。李復言寫作的特點，一是有意說明聽誰講的故事，以取信於人，同時也可說是讓別人替他分擔文責，如同干寶《搜神記序》所說：「苟有虛錯，願與先賢前儒分其譏謗。」二是往往改編別人的作品，進行再創作，把主人公的姓名及時間、地點都改了，可以說是一種藝術加工，因此決非紀實之作。

最顯著的例證是《尼妙寂》，收入兩種明刻本的《玄怪錄》，《太平廣記》卷一二八引作《續玄怪錄》是可信的。作者明說是李公佐「遂爲作傳」，到了大和庚戌歲（八三〇），「隴西李復言游巴南（此句高本作『復游巴南』，陳本作『復言巴南』，均有脫誤，此從《廣記》），與進士沈田會於蓬州。田因話奇事，持以相示，一覽而復之。錄怪之日，遂纂於此焉」。可是故事情節與李公佐的《謝小娥傳》大不相同。如李公佐說謝小娥的丈夫是歷陽俠士段居貞，《續玄怪錄》則說尼妙寂原姓葉，根本不是謝小娥，她嫁的是潯陽大賈任華，人物姓名都改了。故事發生的年代，李公佐沒有明說，只說謝小娥元和八年遇到李公佐爲她解謎，元和十二年殺盜報仇，十三年再遇李公佐，從而爲她作傳。《續玄怪錄》則說是貞元十一年（宋刻本《續幽怪錄》作元和十一年，因避宋仁宗諱而改）遇盜，十七年遇到李公佐，永貞年殺盜，元和初再遇李公佐，年代都提前了。最後太和庚戌（四年）李復言根據李公佐的《謝小娥傳》重加纂錄，但與原作大相逕庭。《新唐書・列女傳》所載謝小娥事跡，與李公佐所述基本一致，但提到刺史張錫其人，卻是《謝小娥傳》所不載的，似別有所本。可見《續玄怪錄》中的紀年全出虛構，根本不足爲據。

第二個例證是《齊推女》，《廣記》卷三五八引《玄怪錄》，敘元和中齊推女被吳芮惡鬼殘害致死的故事。按洪邁《容齋隨筆》卷十六《吳王殿》引牛僧孺《玄怪錄》爲證，說饒州刺史齊推之女，爲神人擊死，就是本篇。可見洪邁所見的《玄怪錄》確有《齊推女》故事。值得注意的是明刻本《玄怪錄》收有《齊饒州》一篇，故事與《齊推女》差別很大。如《齊推女》所說的年代是元和中，而《齊饒州》則說是長慶三年；《齊推女》說她的丈夫是隴西李某，而《齊饒州》則說是湖州參軍韋會；《齊推女》說惡鬼是西漢鄱縣王吳芮，而《齊饒州》則說是梁朝陳將軍。最後還加上一段：

大和二年秋，富平尉宋堅，因坐中言及奇事，客有鄜王府參軍張奇者，即韋之外弟，具言斯事，無差舊聞，且曰：「齊嫂見在，自歸復已來，精神容飾，殊勝舊日。」冥吏之理於幽晦也，豈虛言哉！

按照《玄怪錄》的說法，齊推女的丈夫是李某，根本沒有什麼韋會，而這裏卻出現了一個韋的外弟張奇。這番話言之鑿鑿，似乎可靠無疑。然而大和二年記載這故事的是誰呢？當然不是牛僧孺，而是李復言編造出來的。它和《尼妙寂》一樣，經過了重大的改變，已經面目全非了。我認爲它只是李復言的改寫本。

第三個例證是《李沈》，講的是再世相會的故事。李沈的朋友李擢，預知自己託生某家，約李沈三年後重會，託以前生之事告訴小兒。這個故事與《甘澤謠》裏的《圓觀》情節基本相同，只是人名不同，細節略異。《圓觀》故事人所熟知，不必引述。《甘澤謠》原有咸通戊子（八六八）作者自序，晚於牛僧孺和李復言，不可能是《李沈》的藍本。但《太平廣記》卷一五四引《獨異志》的《李源》故事，卻和《圓觀》相似，主人公也是李源。這個故事不大爲人注意，先移錄原文如下：

> 李源，洛城北惠林寺住。以其父憕爲祿山所害，誓不履人事，不婚，不役僮僕。暮春之際，蔭樹獨處，有一少年，挾彈而至，源愛其風秀，與之馴狎，問其氏行，但曰「武十三」。甚依阿，不甚顯揚。訊其所居，或東、或西、或南、或北不定。源叔父爲福建觀察使，源修覲禮；武生亦云有事東去。同舟共載。行及宋之穀熟橋，携手登岸，武曰：「與子訣矣。」源驚訊之，即曰：「某非世人也。爲國掌陰兵百有餘年，凝結此形。今夕，託質於張氏爲男子，十五得明經，後終邑令。」又云：「子之祿亦薄，年登八十，朝廷當以諫議大夫徵。後二年，當卒矣。我後七年，復與君相見。」言訖，抵村戶，執手分袂。既而張氏舉家驚喜，新婦誕一男。源累載放跡閩南，及還，省前事，復詣村戶。見一童兒形貌類武者，乃呼曰：「武十三相識耶？」答曰：「李七健乎？」其後憲宗讀國史，感歎李憕、盧奕之事，有薦源名，遂以諫議大夫徵。不起。明年，源卒於惠林寺。張終於宣州廣德縣令。

《獨異志》的故事與《甘澤謠》及明刻本《玄怪錄》所載有不少相同之處，令人感到驚訝。這裏試作一些考證。

李源實有其人，他是李憕的兒子，附見兩《唐書》的《李憕傳》。李憕於天寶之亂中被安祿山所殺，留下兩個兒子，一個就是李源。《新唐書》卷一九一本傳說：

> 源八歲家覆，俘爲奴，轉側民間。故吏識源於洛陽者贖出之，歸其宗屬。代宗聞，授河南府參軍，遷司農主簿。以父死賊手，常悲憤，不仕不娶，絶酒葷。惠林佛祠者，憕舊墅也，源依祠居，闔戶日一食。祠殿，其先寢也，每過必趨，未始踐階。自營墓爲終制，時時偃臥埏中。長慶初，年八十矣，御史中丞李德裕表薦源……河南尹遣官敦諭上道，帝自遣使者持詔書袍笏即賜，又賜絹二百匹。源頓首受詔，謂使者：「伏疾年耄，不堪趨拜。」

李源八歲被俘，安史亂後才贖免，授河南府參軍、轉司農寺主簿時當在十六歲左右。李德裕薦表中說他「絶心祠祿，垂五十年」，賜官詔書則說他「泊然無營，五十餘載」。《新唐書》所說「長慶初」，即長慶二年（據《舊唐書·穆宗紀》及《唐會要》卷五十五。《舊唐書》本傳作長慶三年，誤）。如果說李源於天寶十四載（七五五）爲八歲，至長慶二年（八二二）當爲七十五歲，可是《新唐書》卻說他「長慶初，年八十矣」，稍有不合。《獨異志》說：「其後憲宗讀國史，感歎李憕、盧奕之事，有薦源名，遂以諫議大夫徵，不起。」年代更早。憲宗時以諫議大夫徵，不會超過元和十五年（八二〇），那時李源年已八十，上推他的生年當不晚於公元七四一年，天寶之亂時年應在十五歲以上，與八歲被俘之說不合。《獨異志》是小說，記載不一定可信，但《新唐書》的記載也不無可疑，《舊唐書》就沒有說他「年八十矣」。

《玄怪録》中的李沈也是以家産童僕悉施惠林寺而寓生，事迹與李源相似。不過李源的父親是死難忠臣，而李沈的父親卻是因與朱泚有牽連而伏法的罪犯。朱泚之亂平於興元元年（七八四），故事發生於李源任河南參軍之後。《玄怪録》説李沈和李擢分手時是元和十三年（八一八）秋，李擢對李沈説：「兄聲名籍甚，不久當有大諫之拜，慎勿赴也。」如果與李源的史實比附，李沈也以諫議大夫徵，當在元和十三年後的三年左右，正是長慶初穆宗時代的事。與兩《唐書》關於李源的記載相合。在這一點上，比《獨異志》更接近於史實。但《李沈》篇的人物、情節都是虚擬的，與李源的事迹差異很大。這就是李復言根據史實和傳説編造出來的小説，人物姓名已經改變了，更沒有必要遵守真人真事的限制，所以細節描寫比《獨異志》、《甘澤謠》更爲詳盡。

從上面三個例證，可以對李復言的寫作方法有一個比較具體的了解。他改編現成的故事，往往不局限於素材的原型，在人名、時間、地點上都加以改造，更便於藝術的加工。同時他又在結尾處加上一些故事來源和編纂過程的記録，加强了真實感，能使讀者信以爲真。這在小説創作上頗具特色，但那些情節卻不能引以爲據。如果據以考證，就要特别小心。加以後人又把《續玄怪録》和《玄怪録》合成一書，一部分李復言的作品混入了牛僧孺的書，造成了許多混亂。有人曾據明刻本《玄怪録》中故事的紀年，載入了牛僧孺的年譜，其實是上了李復言和宋代刻書人的當。

《續玄怪録》是一部自覺地精心構造的小説集，而不是實録見聞的筆記。這一點似乎比《玄怪録》更爲突出。但現存的南宋尹家書籍鋪刻本並不是足本。除了《竇玉妻》一篇《廣記》卷三四三引作《玄怪錄》，不無疑問外，其餘二十二篇當屬李復言作。此外，《廣記》引作《續玄怪錄》的除《劉法師》一篇應屬牛著，《尼妙寂》一篇明確爲李作無疑，其餘五篇也沒有反證。其中《張老》一篇，明刻本末尾有這樣一段話：

貞元進（高本作「之」，此從陳本）士李公者，知鹽鐵院，聞從事韓準太和初與甥姪語怪，命余纂而錄之。

這段話是不是可信呢？姑且認爲它是紀實，「余」又是誰呢？貞元進士可能真是貞元十六年進士李諒，他在貞元二十一年（八〇五）任度支鹽鐵巡官（見柳宗元《爲王戶部薦李諒表》），也許可以稱爲「知鹽鐵院」，然而怎麽到了大和初年纔聽到韓準與甥姪語怪呢？李諒於長慶二年任蘇州刺史，四年還在蘇州，大和三年（八二九）秋七月，以大理卿爲京兆尹，四年爲桂管觀察使，五年爲嶺南節度使。大和三年大理卿之前的行蹤待考，但不可能是知鹽鐵院。李諒任度支鹽鐵巡官時，任鹽鐵副使的是暫掌大權的王叔文。按《唐會要》卷八十八《鹽鐵》載：

（開成）二年敕：鹽鐵、戶部、度支三使下監院官，皆郎官、御史爲之。使雖更改，官不得移替。

可見監鹽鐵院只是郎官，李諒於長慶四年在蘇州刺史任，大和三年七月以前爲大理卿，官職較高，沒有必要再提他是貞元進士及監鹽鐵院的頭銜。大和初牛僧孺爲檢校吏部尚書、鄂岳節度使，官比李諒還大，更不可能受命纂而錄之。這裏大概有脫文誤字，可能是說李公知鹽鐵院時曾聞韓準講過這個故事，到了大和初與甥姪語怪，又複述了這個故事，纔命李復言「纂而録之」。總之，《張老》這段話文字不完整，敘述不清楚，可能又是李復言的虛構。因此，對李復言的生平和著作年代，至今還無從確考，只能留待新材料的印證了。

《續玄怪錄》的篇目，除了南宋尹氏刻本的二十三篇，應該加上《太平廣記》引的十二篇（除了《劉法師》一篇），還應該加上明刻本《玄怪錄》裏的《王國良》、《齊饒州》、《葉氏婦》、《李沈》及《党氏女》、《張寵奴》等可疑的若干篇。朝鮮成任編纂的《太平廣記詳節》還收了《張佐》一篇。如果《太平廣記》所引的《竇玉》篇是誤注的話，那麼宋本《續幽怪錄》全部是李復言所作，而明刻本《玄怪錄》卻不全是牛僧孺所作。書中有些晚期的作品非常可疑，可能還有不少是混入的李復言作品。現在我仍按底本把《玄怪錄》和《續玄怪錄》分爲兩書，合在一起，加以校點，並輯附補遺，注明其流傳的情況，想給讀者提供一個比較完善的版本，希望有助於這些問題的深入探討。

多年前我曾以陳本《幽怪錄》和宋本《續幽怪錄》爲底本，加以校點，於一九八二年在中華書局出版。後來得知國家圖書館又入藏了一部明末高承埏稽古堂刻本的《玄怪錄》，比陳應翔刻本《幽怪錄》更爲完善，錯誤較少。我感到十分遺憾，如果不用高本進行重校，就對不起本書的讀者，總覺得好像欠了一筆債。近年稍有閒暇，就決心改以高本爲底本，用陳本及《太平廣記》等書作校。校勘時以改正顯著錯誤爲主要目的，凡底本有衍、脱、訛、倒的盡可能依據他本加以校正。有參考價值的異文則擇要録入校記，兩通的異文不一一列舉，形訛及異體字一般逕改而不出校，以免煩瑣。《續幽怪錄》的《琳琅秘室叢書》本有拾遺和校勘記，《隨庵叢書》本有詳細的劄記，可以參看。《玄怪錄》和《續玄怪錄》二書都有佚文，散見於《太平廣記》等書，現輯爲補遺，附在各書之後。但《廣記》卷四四二引《玄怪錄》的《淳于矜》條，實出劉義慶的《幽明錄》（見一百二十卷本《法苑珠林》卷四二）。重編本《說郛》卷一一七闕名的《續玄怪錄》中有《臨海射人》一條，實出舊題陶潛的《搜神後記》卷十，顯然有誤。這兩條就摒而不錄了。

高本《玄怪錄》有不少優勝之處，不僅可以校補陳本的缺訛，而且還可以校正宋本《續幽怪錄》和《太平廣記》的脫誤。校勘中沒有必要把別本的錯誤一一出校，這裏只舉一些例證供讀者參考。如卷一《杜子春》篇末：「子春既歸，愧其恩，誓復自效以謝其過。」《廣記》卷十六引文「恩」作「忘」，則「誓」字當連上讀，但下句「復自效以謝其過」卻沒有着落，因爲杜子春找不到恩人道士，就無從復自效以謝過了。卷一《裴諶》篇中說：「上以承先祖，下以繼後嗣，豈苟而已哉！」《廣記》卷十七引「後嗣」作「後事」，似誤。卷四《來君綽》篇改令以坐中人姓爲歌聲，「自二字至五字」，令曰：「羅李，羅李來，羅李羅李，羅李羅李來。」《廣記》卷四七四引令語只說：「羅李，羅李來。」少了後兩句，恐怕是因疊字而誤奪，又改上文「五」字爲「三」字。又卷四《柳歸舜》篇：「唱曰：昔請司馬郎，爲作長門賦，徒使費百金，君王終不顧。」《廣記》卷十八引文「司馬郎」作「司馬相如」，就不成爲一首五言詩了。又下文「僕在王母左右千餘歲」，《廣記》引文「王母」作「王丹」，與下文顯然不合。卷五《滕庭俊》篇中「雖曹丕『客子常畏人』不能過也」一句，《廣記》四七四引文作「雖曹丕門客子常畏人不能過也」（談刻本「常畏」作「長異」，汪紹楹先生校本已據曹丕《雜詩》改正，而「門」字未改，且斷句失誤）。「門」字明鈔本作「之」，是。又下文「見其館華盛，因有淹留歇馬之計」。《廣記》引作「見門館華盛，因有淹留歇爲之計」，「爲」字顯誤。

再如《太平廣記》卷八十三引《玄怪錄》的《張佐》一篇，明刻本《玄怪錄》都作「張左」，篇首「開元中」三字，明刻本作「時貞元中」而置於篇末，可能是版本不同。又如引文中：

吾宇文周時居岐，扶風人也。姓申名宗，慕齊神武，因改宗爲觀。十八，從燕公子謹征梁元帝於荆州。州陷，大將軍旋。

高本「因改宗爲觀」作「因改爲歡」，「燕公子謹」作「燕公于謹」（陳本同）。「大將軍旋」作「大軍將旋」。按上文說「慕齊神武」而改名，齊神武帝即高歡；于謹爲北周名將，封燕國公，征梁元帝時爲柱國大將軍，簡稱爲柱國，當時任大將軍的是楊忠。可見高本是而《廣記》文字有誤。陳寅恪先生在讀書劄記中據史實指出《太平廣記》《張佐》篇中的錯誤〔五〕，正與高本吻合。又同篇：

二童曰：胡爲甚然。吾國與汝國無異，不信，請從吾遊。（談本《廣記》「請」作「盡」，此從明鈔本）

高本「請從吾遊」作「盍從吾遊」（陳本亦同），應是原文，談本《廣記》訛「盍」作「盡」，明鈔本似出臆改。

又如《廣記》卷三〇三引《玄怪錄》的《南纘》篇：

青袍人因令吏促放崔生妻迴。崔妻問犯何罪至此。

高本「崔妻問犯何罪至此」作「崔生試問妻犯何罪至此」（陳本亦同），與陳鱣校宋本相同，可見談本《廣記》有脫字。

南宋尹家書籍鋪刻本《續幽怪錄》卷二的《辛公平上仙》一篇，原來未見他書。現以高本所附《續玄怪錄》相校，發現宋本錯訛很多。如題目《辛公平上仙》高本無「上仙」二字是正確的，因爲「上仙」的是文中的「上」，即被殺升天的皇帝，而不是辛公平。其中異文很多，好多地方是高本獨勝的：

二君因明智之者，識臻何爲者？（宋本卷一第六頁上八行）

高本「明智之者」作「明智之士」。

臻曰：「此行乃人世不測者也，幸君能一觀。」成公曰：「何獨棄我？」（宋本卷一第六頁下七行）

高本「幸君」作「辛君」，指辛公平，所以下文成公（士廉）說「何獨棄我」。

到古槐，立未定，忽有風來撲林。轉所間，一旗甲馬立於其前。（宋本卷一第七頁上四行）

高本「轉所」作「轉盼」（陳本亦同）。

將軍曰：「昇雲之期，難違頃刻。上既命駕，何不遂行？」對曰：「上澡身否？然可即路。」遽聞具浴之聲。（宋本卷一第八頁下五行）

高本「對曰」之下作：「上澡身，不然可即路。」

又如《麒麟客》：

將及門，引者揖鞭曰：「阿郎來！」（宋本卷一第十二頁下六行）

高本「揖鞭」作「揚鞭」。

《韋令公皋》：

相國怒曰：……物怒，與之帛五束。（宋本卷二第九頁上九行）

高本「物怒」作「拗怒」。

再如《張質》篇「元和十七年」，高本與《廣記》卷三八〇引都作「貞元十七年」，顯然宋本是因避仁宗諱而妄改，因爲元和只有十五年。凡此，都是高本勝於宋本的地方。在此只是舉例略加說明而已。

本書雖已重校不止一次，但恐仍有疏漏失誤，標點也難免有錯誤不當之處，統希讀者指正。

程毅中

二〇〇三年二月

〔一〕趙彥衛《雲麓漫鈔》卷八：「唐之舉人，先藉當世顯人，以姓名達之主司，然後以所業投獻，踰數日又投，謂之溫卷，如《幽怪錄》、《傳奇》等皆是也。」他把《玄怪錄》看作牛僧孺應舉時的作品，惜無確證。託名李德裕的《周秦行紀論》曾指責《玄怪錄》「多造隱語，人不可解」。晁公武《郡齋讀書志》（卷十三）說：「僧孺爲宰相，有聞於世，而著此等書，《周秦行紀》之謗，蓋有以致之也。」則把它看作晚年的作品。

〔二〕見汪辟疆《唐人小説》下卷《玄怪録》敘録。程千帆《唐代進士行卷與文學》第八節亦從其説。

〔三〕參看卞孝萱《續玄怪録作者及寫作年代探索》，載《江海學刊》一九六一年十月號。

〔四〕程千帆《唐代進士行卷與文學》八五頁，上海古籍出版社一九八〇年第一版。

〔五〕《陳寅恪集·讀書札記二集》二八一頁，三聯書店二〇〇一年第一版。

玄怪録目録

續玄怪錄目錄

卷一

卷二

玄怪錄

玄怪錄卷一

唐隴西牛僧孺編

杜子春〔一〕

杜子春者，周、隋間人，少落魄，不事家産，然以心氣閒縱〔二〕，嗜酒邪遊，資産蕩盡，投於親故，皆以不事事故見棄〔三〕。方冬，衣破腹空，徒行長安中，日晚未食，彷徨不知所往，於東市西門〔四〕，饑寒之色可掬，仰天長吁。有一老人策杖於前，問曰：「君子何歎？」子春言其心，且憤其親戚疏薄也，感激之氣，發於顔色。老人曰：「幾緡則豐用？」子春曰：「三五萬則可以活矣。」老人曰：「未也，更言之。」「十萬。」曰：「未也。」乃言：「百萬。」亦曰：「未也。」曰：「三百萬。」乃曰：「可矣。」於是袖出一緡，曰：「給子今夕，明日午時俟子於西市波斯邸，慎無後期。」及時，子春往，老人果與錢三百萬，不告姓名而去。子春既富，蕩心復熾，自以爲終身不復羈旅也，乘肥衣輕，會酒徒，徵絲竹歌舞於倡樓，不復以治生爲意。一二年間，稍稍而盡。衣服車馬，易貴從賤，去馬而驢，去驢而徒，倏忽如初。既而復無計，自歎於市門，發聲而老人到，握其手曰：「君復如此奇作〔五〕，吾將復濟子，幾緡方可？」子春慚不對。老人因逼之，子春愧謝而已。老人曰：「明日午時，來前期處。」子春忍愧而往，得錢一千萬。未受之初，發憤以爲從此謀生〔六〕，石季倫、猗頓小豎耳。錢既入手，心又翻然，縱適之情，又卻如故。

不三四年間，貧過舊日。復遇老人於故處，子春不勝其愧，掩面而走，老人牽裾止之，曰：「嗟乎！拙謀也。」因與三千萬〔七〕，曰：「此而不痊〔八〕，則子貧在膏肓矣。」子春曰：「吾落魄邪游，生涯罄盡。親戚豪族，無相顧者，獨此叟三給我，我何以當之？」因謂老人曰：「吾得此，人間之事可以立，孤孀可以足衣食，於名教復圓矣。感叟深惠，立事之後，唯叟所使〔九〕。」老人曰：「吾心也。子治生畢，來歲中元，見我於老君雙檜下。」子春以孤孀多寓淮南，遂轉資揚州，買良田百頃，郭中起甲第〔一〇〕，要路置邸百餘間，悉召孤孀分居第中，婚嫁甥姪，遷祔旅櫬，恩者煦之〔一一〕，讎者復之。既畢事，及期而往。老人者方嘯於二檜之陰，遂與登華山雲臺峰，入四十里餘，見一居處，室屋嚴潔，非常人居。綵雲遙覆，鸞鶴飛翔，其上有正堂，中有藥爐，高九尺餘，紫焰光發，灼煥窗戶。玉女數人環爐而立〔一二〕。青龍白虎，分據前後。時日將暮〔一三〕，老人者不復俗衣，乃黃冠絳帔士也，持白石三丸、酒一巵遺子春，令速食之訖。取一虎皮鋪於內西壁，東向而坐，戒曰：「慎勿語，雖尊神、惡鬼、夜叉、猛獸、地獄，及君之親屬爲所囚縛，萬苦皆非真實，但當不動不語耳，安心莫懼，終無所苦。當一心念吾所言。」言訖而去。子春視庭，唯一巨瓮，滿中貯水而已。道士適去，而旌旗戈甲，千乘萬騎，遍滿崖谷來〔一四〕，呵叱之聲動天，有一人稱大將軍，身長丈餘，人馬皆着金甲，光芒射人。親衛數百人，拔劍張弓，直入堂前，呵曰：「汝是何人，敢不避大將軍！」左右竦劍而前，逼問姓名，又問作何物，皆不對。問者大怒，催斬，爭射之，聲如雷，竟不應。將軍者拗怒而去〔一五〕。俄而猛虎、毒龍、狻猊、獅子、蝮蛇萬計，哮吼拏攫而前〔一六〕，爭欲搏噬，或跳過其上。子春神色不動。有頃而散。既而大雨滂澍，雷電晦暝，火輪走其左右，電光掣其前後，目不得開。須臾，庭際水深丈餘，流電吼雷，勢若山川開破，不可制止。瞬息之間，波及坐下。子春端坐不顧。未頃而散。將軍者復來，引牛頭獄卒，奇貌鬼神，將大鑊湯而置子春前，長槍刃叉〔一七〕，四面遶迊〔一八〕，傳命曰：「肯言姓名即放，不肯言，即當心叉取置之鑊中。」又不應。因執其妻來，捽於階下，指曰：「言姓名免之。」又不應。乃鞭捶流血，或射或斫，或煮或燒，苦不可忍。其妻號哭曰：「誠爲陋拙，有辱君子。然幸得執巾櫛，奉事十餘年矣，今爲尊鬼所執，不勝其苦。不敢望君匍匐拜乞，但得公言〔一九〕，即全性命矣。人誰無情，君乃忍惜一言。」雨淚庭中，且呪且罵，子春終不顧。將軍且曰：「吾不能毒汝妻耶！」令取剉碓，從腳寸寸剉之。妻叫哭愈急，竟不顧之。將軍曰：「此賊妖術已成，不可使久在世間。」敕左右斬之。斬訖，魂魄被領見閻羅王，王曰：「此乃雲臺峰妖民乎？」促付獄中。於是鎔銅、鐵杖、碓搗、磑磨、火坑、鑊湯、刀山、劍林之苦，無不備嘗。然心念道士之言，亦似可忍，竟不呻吟。獄卒告受罪畢，王曰：「此人陰賊，不合得作男〔二〇〕，宜令作女人。」配生宋州單父縣丞王勤家，生而多病，針灸醫藥之苦〔二一〕，略無停日。亦嘗墜火墮牀〔二二〕，痛苦不濟，終不失聲。俄而長大，容色絕代，而口無聲，其家目爲啞女，親戚相狎〔二三〕，侮之萬端，終不能對。同鄉有進士盧珪者，聞其容而慕之，因媒氏求焉。其家以啞辭之，盧曰：「苟爲妻而賢，何用言矣，亦足以戒長舌之婦。」乃許之。盧生備禮親迎爲妻〔二四〕，數年，恩情甚篤，生一男，僅二歲，聰慧無敵。盧抱兒與之言，不應。多方引之，終無辭。盧大怒曰：「昔賈大夫之妻鄙其夫，纔不笑爾。然觀其射雉，尚釋其憾。今吾陋不及賈，而文藝非徒射雉也，而竟不言。大丈夫爲妻所鄙，安用其子！」乃持兩足，以頭撲於石上，應手而碎，血濺數步。子春愛生於心，忽忘其約，不覺失聲云：「噫！」噫聲未息，身坐故處，道士者亦在其前，初五更矣。其紫焰穿屋上天〔二五〕，火起四合，屋室俱焚。道士歎曰：「措大誤余乃如是！」因提其髻投水甕中。未頃火息。道士前曰：「出。吾子之心，喜怒哀懼惡欲，皆能忘也。所未臻者，愛而已。向使子無噫聲，吾之藥成，子亦上仙矣。嗟乎，仙才之難得也！吾藥可重煉，而子之身猶爲世界所容矣。勉之哉！」遙指路使歸。子春強登臺觀焉〔二六〕，其爐已壞，中有鐵柱大如臂，長數尺。道士脫衣，以刀子削之。子春既歸，愧其恩〔二七〕，誓復自效，以謝其過，行至雲臺峰，無人迹〔二八〕，歎恨而歸。

〔一〕本篇《太平廣記》卷十六引作《續玄怪錄》。又見《古今說海》說淵十，題作《杜子春傳》；《逸史搜奇》己集卷三。《類說》卷十一《幽怪錄》題作《貧在膏肓》。

〔二〕「心氣閒縱」，《廣記》作「志氣閒曠」。

〔三〕「不事事故」，陳本作「不事之故」。《廣記》無「故」字。

〔四〕「東市西門」，陳本作「東門西市」。

〔五〕「奇作」，《廣記》作「奇哉」。

〔六〕「從」原作「念」，據《廣記》改。

〔七〕「千」，陳本作「百」。

〔八〕「此」，陳本作「以」，《說海》「而」作「此」。

〔九〕「叟」原作「而」，據陳本、《廣記》改。

〔一〇〕「郭」原作「塾」，據《廣記》改。

〔一一〕「煦」原作「麗」，據《廣記》改。

〔一二〕「數」《廣記》作「九」，《説海》亦作「數」。陳本脱。

〔一三〕「時」上陳本、《廣記》有「其」字。

〔一四〕「谷」下《廣記》無「來」字，疑「來」上脱「而」字。

〔一五〕「拗」《廣記》作「極」。

〔一六〕「前爭」二字陳本、《廣記》作「爭前」，則「爭」字屬上句。

〔一七〕「刃」《廣記》作「兩」。

〔一八〕「迨迊」《廣記》作「週匝」，當是「匌匝」之俗體。

〔一九〕「但得公」陳本作「望君」。

〔二〇〕陳本「男」下有「身」子。

〔二一〕《廣記》無「之苦」二字。

〔二二〕「嘗」字原無，據陳本、《廣記》補。

〔二三〕「相狎」《廣記》作「狎者」。

〔二四〕《廣記》「禮」上有「六」字。

〔二五〕「天」《廣記》作「大」，則當屬下讀。

〔二六〕「臺」陳本、《廣記》作「基」。

〔二七〕「恩」陳本、《廣記》作「忘」，則當連下「誓」字讀。

〔二八〕《廣記》「無」上有「絕」字。

張老〔一〕

張老者，揚州六合縣園叟也〔二〕。其鄰有韋恕者〔三〕，梁天監中自揚州曹掾秩滿而來，長女既笄，召里中媒媼，令訪良才〔四〕。張老聞之，喜而候媒於韋門。媼出，張老固延入，且備酒食。酒闌，謂媼曰：「聞韋氏有女將適人，求良才於媼，有之乎？」曰：「然。」曰：「某誠衰邁，灌園之業，亦可衣食，幸爲求之。事成厚謝。」媼大罵而去。他日又邀媼，媼曰：「叟何不自度，豈有衣冠子女肯嫁園叟耶？此家誠貧，士大夫家之敵者不少。顧叟非匹，吾安能爲叟一杯酒，乃取辱於韋氏！」叟固曰：「強爲吾一言之。言不從，即吾命也。」媼不得已，冒責而入言之。韋氏大怒曰：「媼以我貧，輕我乃如是！且韋家焉有此事，況園叟何人，敢發此議！叟固不足責，媼何無別之甚耶？」媼曰：「誠非所宜言，爲叟所逼，不得不達其意〔五〕。」韋怒曰：「爲吾報之，今日內得五百緡則可〔六〕。」媼出，以告張老，乃曰：「諾。」未幾，車載納於韋氏。諸韋大驚曰：「前言戲之耳。且此翁爲園，何以致此？吾度其必無而言之。今不移時而錢到〔七〕，當如之何？」乃使人潛候其女，女亦不恨。乃曰：「此固命乎！」遂許焉〔八〕。張老既娶韋氏，園業不廢，負穢钁地，鬻蔬不輟。其妻躬執爨濯，了無怍色〔九〕，親戚惡之，亦不能止。

數年，中外之有識者責恕曰：「居家誠貧，鄉里豈無貧子弟，奈何以女妻園叟？既棄之，何不令遠去也！」他日，恕致酒召女及張老，酒酣，微露其意，張老起曰：「所以不即去者，恐有留戀，今既相厭，去亦何難。某王屋山下有一小莊，明旦且歸耳。」天將曉〔一〇〕，來別韋氏：「他歲相思，可令大兄往天壇山南相訪。」遂令妻騎驢戴笠，張老策杖相隨而去，絕無消息。後數年，恕念其女，以爲蓬頭垢面，不可識也。令長男義方訪之。到天壇山南，適遇一崑崙奴，駕黃牛耕田。問曰：「此有張老莊否？」崑崙投杖拜曰：「大郎子何久不來？莊去此甚近，某當前引。」遂與俱東去。初上一山，山下有水，過水延綿凡十餘處，景色漸異，不與人間同。忽下一山，見水北朱戶甲第，樓閣參差，花木繁榮，煙雲鮮媚，鸞鶴孔雀，徊翔其間，歌管嘹喨耳目。崑崙指曰：「此張家莊也。」韋驚駭不測。俄而及門，門有紫衣人吏〔一一〕，拜引入廳中〔一二〕。鋪陳之物，目所未覩。異香氛氳，遍滿崖谷。忽聞環珮之聲漸近，二青衣出曰：「阿郎來。」次見十數青衣，容色絕代，相對而行，若有所引。俄見一人，戴遠遊冠，衣朱綃，曳朱履，徐出門。一青衣引韋前拜，儀狀偉然，容色芳嫩，細視之，乃張老也，言曰：「人世勞苦〔一三〕，若在火中。身未清涼，愁焰又熾，固無斯須泰時。兄久客寄，何以自娛？賢妹略梳頭，即當奉見。」因揖令坐。未幾，一青衣來曰：「娘子已梳頭畢。」遂引入，見妹於堂前。其堂沉香爲梁，玳瑁帖門，碧玉窗，真珠箔〔一四〕，階砌皆冷滑碧色，不辨其物。其妹服飾之盛，世間未見。略序寒暄，問尊長而已，意甚鹵莽。有頃，進饌，精美芳馨，不可名狀。食訖，館韋於內廳。明日方曉，張老與韋氏坐，忽有一青衣附耳而語，張老笑曰：「宅中有客，安得暮歸。」因曰：「小妹暫欲遊蓬萊山，賢妹亦當去，然未暮即歸。兄但愬此。」張老揖而入。俄而五雲起於中庭，鸞鳳飛翔，絲竹並作，張老及妹各乘一鳳，餘從乘鶴者數十人〔一五〕，漸上空中，正東而去，望之已沒，猶隱隱有音樂之聲〔一六〕。韋君在館〔一七〕，小青衣供侍甚謹。迨暮，稍聞笙簧之音，倏忽復到，乃下於庭。張老與妻見韋曰：「獨居大寂寞。然此地神仙之府，非俗人得遊，以兄宿命合得到此。然亦不可久居，明日當奉別耳。」及時，妹復出別兄，殷勤傳語父母而已。張老曰：「人世遐遠，不及作書。」奉金二十鎰，並與一故席帽，曰：「兄若無錢，可於揚州北邸賣藥王老家取一千萬〔一八〕，持此爲信。」遂別。復令崑崙奴送出，卻到天壇，崑崙奴拜別而去。韋自荷金而歸〔一九〕，其家驚訝，問之，或以爲神仙，或以爲妖妄，不知所謂。五六年間，金盡，欲取王老錢，復疑其妄。或曰：「取爾許錢〔二〇〕，不持一字，此帽安足信。」既而困極，其家強逼之，曰：「必不得錢〔二一〕，庸何傷。」乃往揚州，入北邸，而王老者方當肆陳藥。韋前曰：「叟何姓？」曰：「姓王。」韋曰：「張老令取錢千萬，持此席帽爲信。」王老曰：「錢即實有，帽是乎？」韋前曰：「叟可驗之，豈不識耶？」王老未語，有小女自青布幃中出，曰：「張老嘗過，令縫帽頂，其時無皂線，以紅線縫之。線色手蹤皆可自驗。」因取看之，果是也。遂得錢，載而歸，乃信真神仙也。其家又思女，復遣義方往天壇山南尋之，到即千山萬水，不復有路，時逢樵人，亦無知張老莊者，悲思浩然而歸，舉家以爲仙俗路殊，無相見期。又尋王老，亦去矣。復數年，義方偶遊揚州，閒行北邸前，忽見張老崑崙奴前拜曰：「大郎家中何如？娘子雖不得歸，如日侍左右，家中事無巨細，莫不知之。」因出懷中金十斤以奉，曰：「娘子令送與大郎君。阿郎與王老會飲於此酒家。大郎且坐，崑崙當入報。」義方坐於酒旗下，日暮不見出，乃入觀之。

飲者滿坐，坐上並無二老，亦無崑崙。取金視之，乃真金也。驚歎而歸，又以供數年之食。後不復知張老所在。貞元進士李公者〔一三〕，知鹽鐵院，聞從事韓準太和初與甥姪語怪，命余纂而錄之。

〔一〕本篇《廣記》卷十六引作《續玄怪錄》。又見《艷異編》卷七（四十卷本卷四）、《逸史搜奇》己集卷九。《類說》本《幽怪錄》題作《韋女嫁張老》。
〔二〕「縣」陳本作「人」。
〔三〕「韋恕」下原無「者」字，據《廣記》、《艷異》補。
〔四〕「良才」《廣記》、《艷異》作「良壻」。
〔五〕「達」原作「道」，據陳本、《廣記》、《艷異》改。
〔六〕「今」《廣記》作「令」。
〔七〕「移」下原有「多」字，據《廣記》刪。
〔八〕「焉」陳本、《廣記》作「之」。
〔九〕「怍」陳本作「愧」。
〔一〇〕「曉」《廣記》、《艷異》作「曙」。此本似出宋英宗以後刊本，今不再回改。
〔一一〕「人」陳本作「門」。
〔一二〕「廳中」陳本作「中廳」。
〔一三〕「人」陳本、《艷異》作「入」。

〔一四〕「真」《廣記》作「珍」。
〔一五〕「從」陳本、《艷異》作「妓」。
〔一六〕原無「猶」字，據《廣記》、《艷異》補。
〔一七〕「館」陳本、《廣記》作「後」。
〔一八〕「萬」下陳本有「貫」字。
〔一九〕「荷」下原無「金」字，據《廣記》補。
〔二〇〕「許」上原無「爾」字，據《廣記》補。此句《艷異》作「許爾取錢」。
〔二一〕「得」下原無「錢」字，據《廣記》補。
〔二二〕「進」原作「之」，據陳本改。《廣記》、《艷異》無「貞元進士……」三十字，可見此本源自舊刻。

裴諶〔一〕

裴諶、王敬伯〔二〕、梁芳，約爲方外之友，隋大業中，相與入白鹿山學道，謂黄白可成，不死之藥可致，雲飛羽化，無非積學，辛勤採煉，手足胼胝，十數年間。無何，梁芳死，敬伯謂諶曰：「吾所以去國忘家〔三〕、耳絶絲竹、口厭肥豢、目棄奇色、去華屋而樂茅齋、賤歡娱而貴寂寞者，豈非覬乘雲駕鶴、遊戲蓬壺？縱其不成，亦望長生，壽畢天地耳。今仙海無涯，長生未致，辛勤於雲山之外，不免就死。敬伯所樂，將下山乘肥衣輕，聽歌玩色，遊於京洛，意足然後求達，垂功立事，以榮耀人寰。縱不能憩三山，飲瑤池，驂龍衣霞，歌鸞飛鳳，與仙翁爲侶，且腰金拖紫，圖影凌煙，廁卿大夫之間，何如哉！子盍歸乎？無空死深山。」諶曰：「吾乃夢醒者，不復低迷。」敬伯遂歸，諶留之不得。時唐貞觀初，以舊籍調授左武衛騎曹參軍，大將軍趙朏妻之以女。數年間，遷大理廷評，衣緋，奉使淮南，舟行過高郵。制使之行，呵叱風生，行船不敢動。時天微雨，忽有一漁舟突過，中有老人，衣簑戴笠，鼓棹而去，其疾如風。敬伯以爲吾乃制使，威振遠近，此漁父敢突過我。試視之，乃諶也。遽令追之〔四〕，因請維舟，延之坐內，握手慰之曰：「兄久居深山，拋擲名宦而無成，到此極也。夫風不可繫，影不可捕，古人倦夜長，尚秉燭遊，況少年白晝而擲之乎？敬伯粵自出山數年，今廷尉評事矣。昨者推獄平允，乃天錫命服。淮南疑獄，今讞於有司，上擇詳明吏覆訊之，敬伯預其選，故有是行。雖未可言官達，比之山叟，自謂差勝。兄甘勞苦，竟如曩日，奇哉！奇哉！今何所須，當以奉給。」諶曰：「吾儕野人，心近雲鶴，未可以腐鼠嚇也。吾沉子浮，魚鳥各適，何必矜炫也。夫人世之所須者，吾當給爾，子何以贈我？吾山中之友〔五〕，或市藥於廣陵，亦有息肩之地。青園橋東，有數里櫻桃園，園北車門，即吾宅也。子公事少隙，當尋我於此。」遂翛然而去。敬伯到廣陵十餘日，事少間，思諶言，因出尋之。果有車門，試問之，乃裴宅也。人引以入，初尚荒涼，移步愈佳。行數百步，方及大門，樓閣重複，花木鮮秀，似非人境。煙翠蔥蘢，景色妍媚，不可形狀。香風颯來，神清氣爽，飄飄然有凌雲之意，不復以使車爲重，視其身若腐鼠，視其徒若螻蟻。既而稍聞劍珮之聲，二青衣出曰：「阿郎來。」俄有一人，衣冠偉然，儀貌奇麗，敬伯前拜，視之乃諶也。裴慰之曰：「塵界仕宦，久食腥羶，愁慾之火焰於心中，負之而行，固甚勞困。」

遂揖以入，坐於中堂，窗戶棟梁，飾以異寶，屏帳皆畫雲鶴。有頃，四青衣捧碧玉臺盤而至，器物珍異，皆非人世所有，香醪嘉饌，目所未窺。既而日將暮，命其僕促席〔六〕，燃九光之燈，光華滿座。女樂二十人，皆絕代之色，列坐其前。裴顧小黄頭曰：「王評事昔吾山中之友，道情不固，棄吾下山，別近十年，纔爲廷尉屬。今俗心已就，須俗妓以樂之。顧伶家女無足召者，當召士大夫之女已適人者。如近無姝麗，五千里内皆可擇之。」小黄頭唯唯而去。諸妓調碧玉箏，調未諧而黄頭已復命，引一妓自西階登，拜裴席前。裴指曰：「參評事。」敬伯答拜，細視之，乃敬伯妻趙氏也。敬伯驚訝不敢言，妻亦甚駭，目之不已。遂令坐玉階下，一青衣捧玳瑁箏授之，趙素所善也，因令與妓合曲以送酒。敬伯坐間取一殷色朱李投之，趙顧敬伯，潛繫於衣帶。妓作之曲，趙皆不能逐。裴乃令隨趙所奏，時時停之〔七〕，以呈其曲。其歌雖非雲韶九奏之樂〔八〕，而清亮宛轉，酬獻極歡。天將曉〔九〕，裴召前黄頭曰：「送趙氏夫人。」且謂曰：「此堂乃九天畫堂，常人不到。吾昔與王爲方外之交，憐其爲俗所迷，自投湯火，以智自燒，以明自賊，將浮沉於生死海中〔一〇〕，求岸不得，故命於此，一以醒之。今日之會，誠難再得，亦夫人宿命，乃得暫遊，雲山萬重，往復勞苦，無辭也。」趙拜而去。裴謂敬伯曰：「評公使車留此一宿，得無驚郡將乎〔一一〕？宜且就館，未赴闕間時，訪我可也。塵路遐遠，萬愁攻人，努力自愛。」敬伯拜謝而去。後五日，將還，潛詣取別，其門不復有宅，乃荒涼之地，煙草極目，惆悵而反。及京奏事畢，得歸私第，諸趙競怒曰〔一二〕：「女子誠陋拙，不足以奉事君子。然已辱厚禮，亦宜敬之〔一三〕。夫上以承先祖，下以繼後嗣〔一四〕，豈苟而已哉。奈何以妖術致之萬里而娱人之視聽乎？朱李尚在，其言足徵〔一五〕，何諱乎？」敬伯盡言之，且曰：「當此之時，敬伯亦自不測。此蓋裴之道成矣，以此相炫也。」其妻亦記得裴言，遂不復責。吁！神仙之變化，誠如此乎？將幻者鬻術以致惑乎？固非常智之所及。且夫雀爲蛤，雉爲蜃，人爲虎，腐草爲螢，蜣蜋爲蟬〔一六〕，鯤爲鵬，萬物之變化，書傳之記者，不可以智達，況耳目之外乎？

〔一〕本篇《廣記》卷十七引作《續玄怪録》，又見《艷異編》卷七（四十卷本卷四）。《古今説海》説淵二八、《逸史搜奇》丙集卷七，題作《王恭伯傳》。

〔二〕「敬」原作「恭」，當是宋人避諱而改，據《廣記》、《艷異》回改，下同。

〔三〕「忘家」上原無「去國」二字，據《廣記》、《艷異》補。

〔四〕「遽」《廣記》、《艷異》作「遂」。

〔五〕「吾」下《廣記》有「與」字。

〔六〕「其」下原無「僕」字，據《艷異》補。

〔七〕「之」陳本作「趙」。

〔八〕「雖」陳本、《艷異》作「舞」。

〔九〕「曉」《廣記》、《艷異》作「曙」，此本蓋避宋諱而改，今不回改。

〔一〇〕「浮沉」陳本、《廣記》、《艷異》作「沉浮」。

〔一一〕「郡」原作「羣」，據《廣記》、《艷異》、《搜奇》改。

〔一二〕「競」陳本作「竟」。

〔一三〕「敬」原作「恭」，據《廣記》、《説海》、《艷異》改。

〔一四〕「嗣」陳本、《廣記》、《艷異》作「事」。

〔一五〕「言」陳本作「筵」。

〔一六〕「蜣」下原無「蜋」字，據《廣記》、《艷異》補。

玄怪錄卷二

韋氏〔一〕

京兆韋氏女者，既笄二年，母告之曰：「有秀才裴爽者，欲聘汝。」女笑曰：「非吾夫也。」母記之。雖媒媪日來，盛陳裴之才，其家甚慕之，然終不諧。又一年，母曰：「有王悟者，前參京兆軍事，其府之司録張審約者，汝之老舅也，爲王媒之，將聘汝矣。」女亦曰：「非也。」母又曰：「張既熟我〔二〕，又爲王之媒介也，其辭不虚矣。」亦終不諧。又二年，進士張楚金求之。母以告之，女笑曰：「吾之夫乃此人也。」母許之。遂擇吉焉。既成禮訖，因其母徐問之，對曰：「吾此乃夢徵矣。然此生之事皆見矣，豈獨適楚金之先知乎。某既笄，夢年二十適清河楚金，以尚書節制廣陵，在鎮七年，而楚金伏法，闔門皆死，惟某與新婦一人，生入掖庭，蔬食而役者十八年，蒙詔放出。自午承命，日暮方出宫闕，與新婦渡水，迨暗及灘，四顧將昏然，不知所往，因與新婦相抱於灘上，掩泣相勉曰：『此不可久立，宜速渡。』遂南行。及岸數百步，有壞坊焉。自入西門，隨垣而北，其東大門屋，因造焉，又無人而大開，遂入。及壞戟門，亦開，又入。踰屏迴廊四合，有堂既扃，階前有四大櫻桃樹林，花發正茂，及月色滿庭，似無人居，不知所告。因與新婦對卧階下。未幾，有老人來詬逐，告以前情，遂去。又聞西廊步履之聲，有一少年郎來詬，且呼老人令逐之。苦告之，少年郎低首而走，徐乃白衫素履，哭拜階下曰：『某尚書之姪也。』乃慟哭曰：『無處問耗，不知阿母與阿嫂至，乃自天降也。此即舊宅，堂中所鎖，無非舊物。』慟哭開戶，宛如故居之地。居之九年，前後從化。」其母大奇之。且人之榮悴，無非前定，素聞之矣，豈夢中之信，又如此乎？乃心記之。俄而楚金授鉞廣陵，神龍中以徐敬業有興復之謀〔三〕，連坐伏法，惟妻與婦免死，配役掖庭十八年，則天因降誕日，大縱籍没者，得隨例焉。午後受詔，及行，總監緋閹走留食候之。食畢，實將暮矣。其褰裳涉水而哭〔四〕，及宅所在，無差夢焉。噫！夢信足徵也，則前所敘扶風公之見，又何以偕焉〔五〕。

〔一〕本篇亦見《逸史搜奇》癸集卷十，題作《張楚金》。

〔二〕「既」陳本作「亦」。

〔三〕「徐敬業」原作「徐恭業」，蓋避宋諱，今回改。

〔四〕「其」《逸史搜奇》作「共」。

〔五〕「偕」原爲墨釘，此據陳本及《逸史搜奇》。

郭代公〔一〕

代國公郭元振，開元中下第，自晉之汾，夜行陰晦失道，久而絕遠有燈火之光，以爲人居也，逕往投之。八九里有宅，門宇甚峻。既入門，廊下及堂下燈燭輝煌，牢饌羅列，若嫁女之家，而悄無人。公繫馬西廊前，歷階而升，徘徊堂上，不知其何處也。俄聞堂中東閣有女子哭聲，嗚咽不已。公問曰：「堂中泣者，人耶，鬼耶？何陳設如此，無人而獨泣？」曰：「妾此鄉之祠，有烏將軍者，能禍福人，每歲求偶於鄉人，鄉人必擇處女之美者而嫁焉。妾雖陋拙，父利鄉人之五百緡，潛以應選。今夕，鄉人之女並爲遊宴者，到是，醉妾此室，共鎖而去，以適於將軍者也。今父母棄之，就死而已，惴惴哀懼〔二〕，君誠人耶，能相救免，畢身爲除掃之婦，以奉指使。」公大憤曰：「其來當何時？」曰：「二更。」公曰：「吾忝爲大丈夫也，必力救之。如不得，當殺身以徇汝，終不使汝枉死於淫鬼之手也。」女泣少止。於是坐於西階上，移其馬於堂北，令一僕侍立於前，若爲賓而待之。未幾，火光照耀，車馬駢闐，二紫衣吏入而復走出，曰：「相公在此。」逡巡，二黄衣吏入而出，亦曰：「相公在此。」公私心獨喜，吾當爲宰相，必勝此鬼矣。既而將軍漸下，導吏復告之。將軍曰：「入。」有戈劍弓矢翼引以入，即東階下，公使僕前曰：「郭秀才見。」遂行揖。將軍曰：「秀才安得到此？」曰：「聞將軍今夕嘉禮，願爲小相耳。」將軍者喜而延坐，與對食，言笑極歡。公囊中有利刀〔三〕，思取刺之，乃問曰：「將軍曾食鹿腊乎？」曰：「此地難遇。」公曰：「某有少許珍者，得自御廚，願削以獻。」將軍者大悦。公乃起，取鹿腊並小刀，因削之，置一小器，令自取。將軍喜，引手取之，不疑其他。公伺其無機〔四〕，乃投其脯，捉其腕而斷之。將軍失聲而走，導從之吏，一時驚散。公執其手，脱衣纏之，令僕夫出望之，寂無所見，乃啓門謂泣者曰：「將軍之腕已在於此矣。尋其血蹤〔五〕，死亦不久。汝既獲免，可出就食。」泣者乃出，年可十七八，而甚佳麗，拜於公前，曰：「誓爲僕妾。」公勉諭焉。天方曙，開視其手，則豬蹄也。俄聞哭泣之聲漸近，乃女之父母兄弟及鄉中耆老，相與舁櫬而來，將收其屍以備殯殮。見公及女，乃生人也。咸驚以問之，公具告焉。鄉老共怒殘其神，曰：「烏將軍，此鄉鎮神，鄉人奉之久矣，歲配以女，纔無他虞。此禮少遲，即風雨雷雹爲虐。奈何失路之客，而傷我明神，致暴於人，此鄉何負！當殺公以祭烏將軍，不爾，亦縛送本縣。」揮少年將令執公，公諭之曰：「爾徒老於年，未老於事。我天下之達理者，爾衆聽吾言。夫神，承天而爲鎮也〔六〕，不若諸侯受命於天子而疆理天下乎？」曰：「然。」公曰：「使諸侯漁色於中國，天子不怒乎？殘虐於人，天子不伐乎？誠使爾呼將軍者，真神明也，神固無豬蹄，天豈使淫妖之獸乎？且淫妖之獸，天地之罪畜也，吾執正以誅之，豈不可乎！爾曹無正人，使爾少女年年橫死於妖畜，積罪動天。安知天不使吾雪焉？從吾言，當爲爾除之，永無聘禮之患，如何？」鄉人悟而喜曰：「願從命。」公乃令數百人〔七〕，執弓矢刀鎗鍬钁之屬，環而自隨，尋血而行。纔二十里，血入大塚穴中，因圍而斸之，應手漸大如甕口，公令束薪燃火投入照之。其中若大室，見一大豬，無前左蹄，血臥其地，突煙走出，斃於圍中。鄉人翻共相慶，會錢以酬公。公不受，曰：「吾爲人除害，非鬻獵者。」得免之女辭其父母親族曰：「多幸爲人，託質血屬，閨闈未出，固無可殺之罪。今者貪錢五十萬，以嫁妖獸，忍鎖而去，豈人所宜！若非郭公之仁勇，寧有今日？是妾死於父母而生於郭公也。請從郭公，不復以舊鄉爲念矣。」泣拜而從公，公多歧援諭止之，不獲，遂納爲側室，生子數人。公之貴也，皆任大官之位。事已前定，雖生遠地而棄焉〔八〕，鬼神終不能害，明矣。

〔一〕本篇亦見原本《説郛》卷十五，《古今説海》説淵四十九、《艷異編》卷三十七，題作《烏將軍記》；《逸史搜奇》戊集卷六題作《郭元振》。

〔二〕「懼」陳本作「思」。

〔三〕「公」下陳本、《説郛》有「於」字。

〔四〕《説郛》「機」上無「無」字。

〔五〕「蹤」《説郛》作「跡」。

〔六〕「天」上原無「承」字，據《説郛》補。《艷異》、《搜奇》作「受天之命」四字。

〔七〕陳本「公」字在上句「從」字下。

〔八〕「焉」陳本作「爲」，《説郛》作「于」。《艷異》無「生」字。

玄怪錄卷三

尼妙寂〔一〕

尼妙寂，姓葉氏，江州潯陽女也〔二〕。初嫁任華，潯陽之大賈也。父昇與華往復長沙廣陵間。貞元十一年春〔三〕，之潭州，不復。過期數月，妙寂忽夢父披髮裸形，流血滿身〔四〕，泣曰：「吾與汝夫湖中遇盜，皆已死矣。以汝心似有志者，天許復讎，但幽冥之意，不欲顯言，故吾隱語報汝，誠能思而復之，吾亦何恨。」妙寂曰：「隱語云何？」昇曰：「殺我者，車中猴，門東草。」俄而見其夫，形狀若父，泣曰：「殺我者，禾中走，一日夫。」妙寂撫膺而哭，遂爲女弟所呼覺，泣告其母，闔門大駭。念其隱語，杳不可知。訪於隣叟及鄉閭之有知者，皆不能解。乃曰：「上元縣〔五〕，舟楫之所交者〔六〕，四方士大夫多憩焉，而邑有瓦棺寺，寺上有閣，倚山瞰江，萬里在目，亦江湖之極境，遊人弭棹，莫不登眺。吾將緇服其間，伺可問者，必有省吾惑矣。」於是褐衣之上元，捨力瓦棺寺，日持箕帚，灑掃閣下。閒則徙倚欄檻，以伺識者。見高冠博帶吟嘯而來者，必拜而問。居數年，無能辯者。十七年，歲在辛巳，有李公佐者，罷嶺南從事而來，攬衣登閣，神采俊逸，頗異常倫。妙寂前拜泣，且以前事問之。公佐曰：「吾平生好爲人解疑，況子之冤懇，而神告如此〔七〕，當爲汝思之。」默行數步，喜招妙寂曰：「吾得之矣，殺汝父者中蘭，殺汝夫者申春耳。」妙寂悲喜嗚咽，拜問其說。公佐曰：「夫猴申生也，車去兩頭而言猴，故申字耳。草而門，門而東，非蘭字耶？禾中走者，穿田過也，此亦申字也。一日又加夫，蓋春字耳。鬼神欲惑人，故交錯其言。」妙寂悲喜若不自勝，久而掩涕拜謝曰：「賊名既彰，雪冤有路。苟獲釋憾，誓報深恩。婦人無他，唯潔誠奉佛，祈增福海耳。」乃再拜而去。元和初〔八〕，泗州普光王寺有梵氏戒壇，人之爲僧者必由之。四方輻輳，僧尼繁會，觀者如市焉。公佐自楚之秦，維舟而往觀之。有一尼，眉目朗秀，若舊識者，每過必凝視公佐，若有意而未言者久之。公佐將去，其尼遽呼曰：「侍御貞元中不爲南海從事乎？」公佐曰：「然。」「然則記小師乎？」公佐曰：「不記也。」妙寂曰：「昔瓦棺寺閣求解車中猴者也。」公佐悟曰：「竟獲賊否？」對曰：「自悟夢言，乃男服，易名士寂，泛傭於江湖之間。數年，聞蘄黃之間有申村，因往焉。流轉周星，乃聞其村西北隅有申蘭者，默往求傭，輒賤其價。蘭喜召之。俄又聞其從弟有名春者。於是勤恭執事，晝夜不離，凡其可爲者，不顧輕重而爲之，未嘗待命，蘭家器之。晝與羣傭共作，夜寢他席，無知其非丈夫者。逾年，益自勤幹，蘭愈敬念〔九〕，視士寂即自視其子不若也。蘭或農或商，或畜貨於武昌，關鎖啓閉悉委焉。因驗其櫃中，半是己物，亦見其父及夫常所服者，垂涕而記之。而蘭、春叔出季處，未嘗偕在。慮其擒一而驚逸也，銜之數年。永貞年重陽，二盜飲既醉，士寂奔告於州，乘醉而獲，一問而辭伏就法。得其所喪以歸，盡奉母而請從釋教。師洪州之天宮寺尼洞微，即昔時授教者也。妙寂，一女子也，血誠復讎，天亦不奪，遂以夢寐之言，獲悟於君子，與其讎者得不同天。碎此微軀，豈酬明哲。梵宇無他，唯虔誠法像以報效耳。」公佐大異之，遂爲作傳。

太和庚戌歲，隴西李復言游巴南〔一〇〕，與進士沈田會於蓬州，田因話奇事〔一一〕，持以相示，一覽而復之。錄怪之日，遂纂於此焉。

〔一〕本篇《太平廣記》卷一二八引作《續玄怪錄》，《說郛》（原本卷十五）作《幽怪錄》。又見《逸史搜奇》辛集卷六。《類說》本《幽怪錄》題作《申蘭申春》。

〔二〕「女」《廣記》、《說郛》作「人」。

〔三〕「貞元」陳本作「元和」，與下文「十七年歲在辛巳」不合，蓋宋人避「貞」字而改，下同。高本未改。

〔四〕「滿身」二字原脱，據同上二書改。

〔五〕「乃曰上元縣」，二書作「秋詣上元縣」。

〔六〕「者」《廣記》作「處」。

〔七〕「神告」陳本作「告神」。

〔八〕「初」上《廣記》無「元和」二字。

〔九〕「敬」原作「欽」，據《廣記》改。

〔一〇〕「隴西李復言游」，原作「復游」二字，陳本作「復言」，據《廣記》改。《說郛》作「復出」。

〔一一〕「奇事」原作「奇志」，《說郛》同，據《廣記》改。

党氏女〔一〕

党氏女，同州韓城縣芝川南村人也。先是，有蘭如賓者，舍於芝川。元和初，客有王蘭者，以錢數百萬鬻茗，止其家積數年，無親友之來者，一旦臥疾，如賓以其無後患也，殺之。服饌車輿僕使之盛，擬於公侯。其年生一男，美而慧，雖孔融、衛玠之爲奇，猶未可爲比。其家念之，謂驪珠趙璧未敵，名曰玉童。衣食之用，日可數金。其或不豫〔二〕，舞神拜佛之費，一日而罄，不顧也。既而漸大，輕裘肥馬，恣其出入。於是交遊少年，歌樓酒肆，悅音恣博，日不暫息，雖狂徒皆伏其豪。然而孳産稍衰，稼或不登，即乞貸望歲。元和十年，玉童暴卒，父母之哀，哭玠之不若也。號哭之聲，感動行路，恨不得自身代之。如賓極困成瘵。其所飾終之具，洎捨財梵侶、佛畫蓮宮〔三〕、致席命樂之費，若不以家爲者。雖喪畢，每忌日，飯僧施財而追泣焉。自是稍稍致貧，如舊日矣。太和三年秋，有僧玄照，求食於党氏家。有女子年十三四，映門曰：「母兄皆出，不得具饌。此北數里芝川店，有蘭氏者，亡子忌日，方當飯僧。師到必喜，盍往焉。」僧曰：「女非出入村市之人，何以知此而給我也？」女笑曰：「其亡子即我之前身耳。」照大異之，問其所以，不對而入。照於是造蘭氏門，入巷而見其廣幕崇筵，及門，人皆喜照之來，揖之而入。既卒食，如賓哀不自勝。照曰：「丈人念亡子若此〔四〕，要見其今身乎？」如賓大驚，乃問之，照具以告。如賓遽適党氏，請見之。父母以告，女不肯出。如賓益聳躍，獨念不以其母來，且無藉手，此所以不出也。遂歸。明日，與其妻偕，携蜀紅二十匹爲請見之資。女納紅，復不肯出。如賓求其父母萬辭，父母以如賓之懇也，入謂女曰：「汝既不欲見，不當言之。既言而蘭叟若此之請，安得不強見？」女不復語。父母曰：「必不見，則何辭？」女曰：「第告之，何必相見。但云：『其子身存及沒，多歧所費，王蘭之財盡未？』聞此，必不求矣。」父母出，以告，如賓顧其妻，無言而退。既出，父母問其故，女曰：「兒前身茗客王蘭也，有錢數百萬，客其家。元和初，頭眩而卧，遂爲如賓所殺而取其財，因而巨富。某既死而訴於上帝，上帝召問欲何以報，蘭言願爲子以耗之，故委蛻焉。耗之且盡而死。近與之計，唯十鐶未足，故有蜀紅之贈。而今而後，如賓不復念其子而齋亦罷爾。韓城有趙子良者，嘗貫茗五束，未酬而蘭死。今當以其直求爲婦，幣足而某去耳，亦不爲婦也。」俄而媒氏言，子良之子納幣焉。親迎之期，約在歲首。既畢納而失女，父母懼子良之責也，僞哭而徙葬焉。其夕，遇女曰：「天帝以天下人愚，率皆欺暗枉道，詐心萬端，謂人可以言排，神可以詐惑。以詐惑人者，人亦詐焉；以妄欺人者，人亦妄焉；以嫉誣人者，人亦誣焉。雖虛矯之俗，交報或闕，而冥寞間良不可罔。知己之所爲而不咎人者鮮矣，故遣某托身近地，而警羣妄耳。頃者未言，得侍昏旦；此心既啟，難復淹留。撫育之恩亦償舊德，乍辭顧盼，能不悵懷。各勉令圖，無惑多恨。」言訖而去。此非天之勸戒耶？太和壬子歲，通王府功曹趙遵約言之，故録之耳。

〔一〕本篇亦見《逸史搜奇》庚集卷十。

〔二〕「豫」陳本作「欲」。

〔三〕「佛畫」《逸史搜奇》作「畫佛」。

〔四〕「丈人」陳本作「掌人」。

按：《夷堅志補》卷六《王蘭玉童》故事與此類似，主人公姓名亦同。並引及《党氏女》事，作《續玄怪錄》。

崔環〔一〕

安平崔環者，司戎郎宣之子。元和五年夏五月，遇疾於滎陽別業。忽見黄衫吏二人，執帖來追，遂行數百步，入城。城中街兩畔，官林相對〔二〕，絕無人家，直北數里到門，題曰「判官院」。見二吏迤邐向北，亦有林木，袴靴秣頭，佩刀頭〔三〕、執弓矢者，散立者，各數百人。同到之人數千，或杻，或繫，或縛，或囊盛耳頭，或連其項，或衣服儼然，或簪裙濟濟，各有懼色，或泣或歎。其黄衫人一留伴環，一入告。俄聞決人四下聲，既而告者出曰：「判官傳語：何故不撫幼小，不務成家，廣破莊園，但恣酒色！又慮爾小累無掌，且爲寬恕，輕杖放歸，宜即洗心，勿復貳過。若踵前非，固無容捨。」乃敕伴者令送同歸。環曰：「判官謂誰？」曰：「司戎郎也。」環泣曰：「棄背多年，號天莫及。幸蒙追到，慈顏不遙，乞一拜見，死且無恨。」二吏曰：「明晦各殊〔四〕，去留有隔，不合見也。」環曰：「向者傳語云已見責。

此身不入，何以受刑？」吏曰：「入則不得歸矣。凡人有三魂，一魂在家，一魂受杖耳〔五〕。不信，看郎脛合有杖痕。」遂褰衣自視，其兩脛各有杖痕四，痛苦不濟，匍匐而行，舉足甚艱。同到之人，歎羨之聲，喧於歧路。南行百餘步，街東有大林。二吏前曰：「某等日夜事判官，爲日雖久，幽冥小吏，例不免貧。各有許惠資財，竟無暇取，不因送郎陰路，無因得往求之。請郎暫止林下〔六〕，某等偕去，俄頃即來。諸處皆是惡鬼曹司，不合往，乞郎不移足相待。」言訖各去，久而不來。環悶，試詣街西行，一署門題曰「人礦院」，門亦甚靜〔七〕。環素有膽，且恃其父爲判官，身又蒙放，遂入其中。過屏障，見一大石，周迴數里。有一軍將坐於石北廳上，據案而坐，鋪人各遶石及石上〔八〕，有數千大鬼〔九〕，形貌不同，以大鐵椎椎人爲礦石。東有杻械枷鎖者數千人，悲啼恐懼，不可名狀。點名拽來，投來石上，遂椎之，既碎，唱其名。軍將判之，一吏於案後讀之云：「付某獄訖。」鬼卒捧去〔一〇〕。其中有付磑獄者，付火獄者，付湯獄者。環直逼石前看之，軍將指之云：「曹司法嚴，不合妄入，彼是何人，敢來閒看！」人吏競來傳問，環恃不對。軍將怒曰：「看既無端，問又不對，傍觀豈如身試之審乎？」敕一吏拽來鍛之。環一魂尚立，見其石上別有一身，被拽撲臥石上，大椎椎之，痛苦之極，實不可忍。須臾，骨肉皆碎，僅欲成泥。二吏者走來，槌胸曰：「郎君，再三乞不閒行，何故來此？」遽告軍將曰：「此是判官郎君，陽祿未終，追來卻放，暫來入者，遂道如斯。何計得令復舊？無間地獄，入不須臾。」軍將者亦懼曰：「初問不言，忿而處置，如何？」因問諸鬼曰：「何計得令復舊？」皆曰：「唯濮陽霞一人耳。」曰：「遠近？」曰「去此萬里。昨者北海王子化形出遊，爲海人所愪〔一一〕。其王請出，今亦未迴。」乃令一鬼召之。有頃而到，乃一髯眇目翁也，應急而來，喘猶未定。軍將指環曰：「何計？」霞曰：「易耳。」遂解衣纏腰，取懷中藥末，糝於礦上團撲，一翻一糝，糝遍槎其礦爲頭項及身手足〔二〕，剜刻五臟，通爲腸胃，彫爲九竅，逡巡成形，以手承其項曰：「起！」遂起來，與立合爲一，遂能行。大爲二吏所責。相與復南行。將去，濮陽霞撫肩曰：「措大，人礦中搜得活，然而去不許一錢。」環許錢三十萬。霞笑曰：「老吏身忙，當使小鬼梟兒往取，見即分付。」遂行，欲及城門，見一吏從北走向南者〔三〕。二吏以私行有礦環之過，恐宣之怒環而召也，謂環曰：「彼見若問，但言欲觀地獄之法，以爲儆戒，故在此耳。」吏見果問，環答之如言。遂別去復行。須臾，至滎陽，二吏曰：「還生必矣。某將有所取，能一觀乎？」環曰：「固所願也。」共入縣郭，到一人家中堂，一吏以懷中繩繫牀上女人頭，盡力拽之，一吏以豹皮囊徐收其氣，氣盡乃拽下，皆縛之，同送環家，入門，二吏大呼曰：「崔環！」誤築門扇，遂寤〔一四〕。其家泣候之，已七日矣。後數日，有梟鳴於庭，環曰：「濮陽翁之子來矣。」遂令家人刻紙錢焚之，乃去。疾平，潛尋所見婦人家，乃縣糾郭霈妻也。其時尚未有分河之議，後數日，河中節度使司徒薛公平議奏分河一枝，冀減衝城之勢。初奏三丁取一，既慮不足，復奏二丁役一，竟如環陰司所見也。

〔一〕本篇亦見《逸史搜奇》丙集卷九。《類說》本《幽怪錄》題作《人礦院》。

〔二〕「官」字原爲墨釘，此據陳本。

〔三〕「頭」《搜奇》作「劍」。

〔四〕「各」《搜奇》作「路」。
〔五〕「一」陳本作「二」。
〔六〕「郎」陳本作「即」。
〔七〕「靜」陳本作「浄」。
〔八〕「各」原作「名」，此據陳本。
〔九〕「千」陳本作「十」。
〔一〇〕「鬼卒捧去」陳本作「鬼亦捧云」。
〔一一〕「愪」《搜奇》作「損」。
〔一二〕「遍槎」陳本作「扁槎」，《搜奇》作「遍磋」。
〔一三〕以上兩句《類説》作「行及城門見一吏南走」，以下有如下一段：「曰：黄河欲分一枝，前者天令三丁取一，計功不集，今請二丁取一。」與篇末相合，似是脱文。
〔一四〕以上疑有脱誤。

按：《類説》本卷首目録作《黄河三丁取一》。《新編分門古今類事》引《分河取丁》一條，亦即此篇，但似非原文，今附録於後，以備參考。薛平分河事在元和九年，詳見沈下賢《魏滑分河録》。河中節度使爲其後官。

分河取丁附

常有人自冥司放還，道中聞人語云：「欲分黄支，前者要令三丁取一，計工不集，令請二丁取一矣。」後數月節度薛公奏議，分滑州河一支以免衝城之患，先乞三丁取一，後更乞二丁取一，乃成。皆如所聞。大抵天下事雖出於人爲，必先定於陰注，殆假手於人耳。事成而自矜，良可癡也。《新編分門古今類事》卷十八引《幽怪録》。

玄怪錄卷四

柳歸舜〔一〕

吳興柳歸舜，隋開皇九年〔二〕，泛舟抵巴陵〔三〕，遇風吹至君山〔四〕。因維舟登岸，尋小徑，不覺行三四五里，興酣，踰越磎澗，不由徑路，忽道傍有一大石，表裏洞徹，圓而坦平〔五〕，周匝六七畝，其外盡生翠竹，圓大如盎，高百餘尺，葉曳白雲，森羅映天，清風徐吹，戛戛爲絲竹音。石中央又生一樹，高百餘尺，條榦偃陰爲五色，翠葉如盤，花徑尺餘，色深碧，蕊深紅，異香成煙，著物霏霏，有鸚鵡數千，丹嘴翠衣，尾長二三尺，翺翔其間，相呼姓字，音旨清越，有名武遊郎者，有名阿蘇兒者，有名武仙郎者，有名自在先生者，有名踏蓮露者，有名鳳花台者，有名戴蟬兒者，有名多花子者，或有唱歌者曰：「吾此曲是漢武鉤弋夫人常所唱，詞曰：『戴蟬兒，分明傳與君王語，建章殿裏未得歸，朱箔金缸雙鳳舞。』」名阿蘇兒者曰：「我憶阿嬌深宮下淚時〔六〕，唱曰：『昔請司馬郎〔七〕，爲作《長門賦》，徒使費百金，君王終不顧。』」又有誦司馬相如《大人賦》者曰：「吾初學賦時，爲趙昭儀抽七寶釵橫鞭，余痛實不徹，今日誦得，還是終身一藝。」名武遊郎者言：「余昔見漢武帝，乘鬱金櫳，泛積翠池，自吹縹玉笛〔八〕，音韻朗暢，帝意歡適。李夫人歌以隨，歌曰：『顧鄙賤，奉恩私；　願吾君，萬歲期。』」又名武仙郎者問歸舜曰：「君何姓氏行第〔九〕？」歸舜曰：「姓柳，第十二。」曰：「柳十二自何許來？」歸舜曰：「吾將至巴陵，遭風泊舟，興酣至此耳。」武仙郎曰〔一〇〕：「柳十二官人，偶因遭風，得臻異境，此所謂因病致妍耳。然下官禽鳥，不能致力生人，爲足下轉達桂家三十娘子。」因遙呼曰：「阿春，此間有客。」即有紫雲數片，自西南飛來。去地丈餘，雲氣漸散，遂見珠樓翠幕，重檻飛楹，周匝石際。一青衣自戶出，年始十三四，身衣珠翠，顔甚姝美，謂歸舜曰：「三十娘子使阿春傳語郎君〔一一〕，貧居僻遠，勞此檢校，不知朝來食否？請垂略坐，以具蔬饌。」即有捧水晶牀出者，歸舜再讓而坐。阿春因呼：「鳳花台鳥何不看客？三十娘子以黄郎不在，不敢接對郎君。汝若等閒，似前度受捶。」有一鸚鵡即飛至〔一二〕，曰：「吾乃鳳花台也。近有一篇，君能聽乎？」歸舜曰：「平生所好，實契所願。」鳳花台乃曰：「吾昨過蓬萊玉樓，因有一章詩曰：『露接朝陽生，海波翻水晶。玉樓瞰寥廓〔一三〕，天地相照明。此時下棲止，投跡依舊楹。顧余復何忝，日侍羣仙行。』」歸舜曰：「麗則麗矣，足下師乃誰人？」鳳花台曰：「仆在王母左右千餘歲〔一四〕，杜蘭香教我真籙，東方朔授我秘訣。漢武帝求太中大夫，遂在石渠署見揚雄、王褒等賦頌，始曉箴論。王莽之亂，方得還吳。後爲朱然所得〔一五〕，轉遺陸遜，復見機、雲制作，方學綴篇什。機、雲被戮，便至於此。殊不知近日誰爲宗師〔一六〕？」歸舜曰：「薛道衡、江總也。」因誦數篇示之，鳳花台曰：「近代非不靡麗，殊少骨氣。」俄而阿春捧赤玉盤，珍羞萬品，目所不識，甘香裂鼻。飲食訖，忽有二道士自空飛下，顧見歸舜曰：「大難得！與鸚鵡相對。君非柳十二乎？君船以風便，索君甚急，何不促回？」因投尺綺曰〔一七〕：「以此掩眼，即去矣。」歸舜從之，忽如身飛卻墜，以達舟所〔一八〕。舟人欲發，問之，失歸舜已三日矣。後卻至此，泊舟尋訪，不復見也。

〔一〕本篇《太平廣記》卷十八引作《續玄怪録》。亦見《逸史搜奇》庚集卷二。又見《古今說海》說淵五七，《廣艷異編》卷四，題作《柳歸舜傳》。《類說》本《幽怪録》題作《君山鸚鵡》。
〔二〕「九年」《廣記》、《說海》、《廣艷》作「二十年」。
〔三〕「泛舟抵巴陵」陳本作「自巴陵泛舟」，《廣記》、《說海》、《廣艷》作「自江南抵巴陵」。
〔四〕「遇風吹至君山」，《廣記》作「大風吹至君山下」。
〔五〕「坦」陳本作「硜」，《廣記》作「砥」。
〔六〕「我憶阿嬌深宮下淚時」，陳本、《說海》「憶」下有「得」字，無「下」字、「時」字，《廣記》無「時」字。
〔七〕「郎」陳本、《廣記》、《說海》、《廣艷》等作「相如」二字。
〔八〕「縹」《廣記》、《說海》、《廣艷》、《搜奇》作「紫」。
〔九〕陳本無「行」字，「行第」《說海》、《搜奇》作「第幾」。
〔一〇〕原無「武仙郎」三字，此據陳本、《廣記》、《說海》。
〔一一〕原無「使阿春」三字，據《廣記》、《廣艷》補。
〔一二〕原無「一」字，據《廣記》補。
〔一三〕「瞰」原作「闞」，據《廣記》、《廣艷》改。《說海》作「間」。
〔一四〕「王母」《廣記》作「王丹」，《說海》、《搜奇》無此二字。

〔一五〕原無「後」字，據《廣記》、《說海》、《廣艷》補。
〔一六〕「師」《廣記》、《說海》、《廣艷》作「匠」。
〔一七〕《廣記》、《說海》、《廣艷》「尺」上有「一」字。
〔一八〕「以」通作「已」，《廣記》、《說海》、《廣艷》作「巴陵」二字。

崔書生〔一〕

開元天寶中，有崔書生者，居東州邏谷口，好植花竹，乃於戶外別蒔名花，春暮之時，英蕊芬郁，遠聞百步。書生每晨必盥漱獨看。忽見一女郎自西乘馬東行，青衣老少數人隨後。女郎有殊色〔二〕，所乘馬駿。崔生未及細視，而女郎已過矣。明日又過，崔生於花下先致酒茗罇杓，鋪陳茵席，乃迎馬首曰：「某以性好花木，此園無非手植。今香茂似堪流盼。伏見女郎頻日過此〔三〕，計僕馭當疲〔四〕，敢具單醪〔五〕，希垂憩息。」女郎不顧而過。其後青衣曰：「但具酒饌，何憂不至。」女郎顧叱曰：「何故輕與人言！」言訖遂去。崔生明日又於山下別致醪酒，候女郎至，崔生乃鞭馬隨之，到別墅之前，又下馬拜請。良久，一老青衣謂女郎曰：「車馬甚疲〔六〕，暫歇無傷。」因自控女郎馬至堂寢下，老青衣謂崔生曰：「君既未婚，予爲聘可乎〔七〕？」崔生大悅，再拜跪，請不相忘。老青衣曰：「事即必定，後十五日大吉辰，君於此時，但具婚禮所要，並於此備酒饌。小娘子阿姊在邏谷中，有微疾，故小娘子日往看省〔八〕。某去，便當咨啟，至期則皆至此矣。」於是促行。崔生在後，即依言營備吉席所要〔九〕。至期，女郎及姊皆到。其姊亦儀質極麗。遂以女郎歸於崔生。母在舊居，殊不知崔生納室。以不告而娶，但啟聘媵。母見女郎，新婦之禮甚具〔一〇〕。經月餘日，忽有一人送食於女郎，甘香特異。後崔生覺母慈顏衰瘁，因伏問几下，母曰：「吾有汝一子，冀得永壽。今汝所納新婦，妖美無雙。吾於土塑圖畫之中〔一一〕，未嘗識此，必恐是狐媚之輩，傷害於汝，遂致吾憂。」崔生入室見女郎，女郎涕淚交下，曰：「本侍箕帚，仗望終天〔一二〕，不知尊夫人待以狐媚輩，明晨即便請行，相愛今宵耳。」崔生掩淚不能言。明日，女郎車騎至。女郎乘馬，崔生從送之，入邏谷三十餘里，山間有川，川中異香珍果，不可勝紀。館宇屋室，侈於王者。青衣百許，迎拜女郎曰：「小娘子，無行崔生，何必將來！」於是捧入，留崔生於門外。未幾，一青衣傳女郎姊言曰：「崔生遺行，使太夫人疑阻，事宜便絕，不合相見。然小妹曾奉周旋，亦當奉屈。」俄而召崔生入，責誚再三〔一三〕，辭辯清婉，崔生但拜伏受譴而已。遂坐於中寢對食〔一四〕，食訖，命酒，召女樂洽飲，鏗鏘萬變。樂闋，其姊謂女郎曰：「須令崔郎卻回，汝有何物贈送？」女郎遂出白玉合子遺崔生，崔生亦有留別〔一五〕。於是各嗚咽而出，行至邏谷口〔一六〕，迴望千巖萬壑，無徑路，自慟哭歸家。常持玉合子〔一七〕，鬱鬱不樂。忽有胡僧扣門求食，崔生出見，胡僧曰：「君有至寶，乞相示也。」崔生曰：「某貧士，何有見請？」僧曰：「君豈不有異人奉贈乎？貧道望氣知之。」崔生因出合子示胡僧，僧起拜請曰：「請以百萬市之。」遂將去。崔生問僧曰：「女郎是誰？」曰：「君所納妻，王母第三女玉巵娘子也〔一八〕，姊亦負美名在仙都，況復人間。所惜君娶之不得久遠。倘住一年，君舉家必仙矣。」崔生歎怨迨卒。

〔一〕本篇亦見《太平廣記》卷六三，又見《艷異編》卷六（四十五卷本），異文甚多。《類説》本《幽怪録》題作《王母女玉巵娘子》（原作「王母玉女巵娘子」）。

〔二〕「有殊色」三字原無，據《廣記》、《艷異》補。

〔三〕「日」原作「自」，據《廣記》改。「過此」原作「此過」，《廣記》、《艷異》作「而過」，此據陳本。

〔四〕「僕馭」原作「馭僕」，據《廣記》、《艷異》乙改。

〔五〕「單」陳本、《艷異》作「箄」。

〔六〕「車」陳本作「單」，《艷異》作「大」，《廣記》無此字。

〔七〕「聘」《廣記》作「媒妁」二字。

〔八〕「日往看省」原作「自往省別」，據《廣記》、《艷異》改。

〔九〕「依」下原無「言」字，據《廣記》補。

〔一〇〕「母見女郎」《廣記》作「母見新婦之姿甚美」，而無以下「新婦之禮甚具」六字。此六字陳本作「女郎悉歸之禮甚具」，《艷異》作「新婦之容儀禮甚備」。

〔一一〕「土」原作「工」，據《廣記》、《艷異》改。

〔一二〕「仗望」陳本作「便望」，《廣記》、《艷異》作「望以」。

〔一三〕「誚」原作「謂」，據陳本、《廣記》、《艷異》改。

〔一四〕「對」原作「列」，據陳本、《廣記》、《艷異》改。

〔一五〕「有」陳本作「自」，《廣記》、《艷異》無此字。

〔一六〕《廣記》、《艷異》「行」作「門」，屬上句。

〔一七〕「持」陳本作「見」。

〔一八〕陳本「三」下有「箇」字；「也」作「他」，屬下句。

來君綽〔一〕

隋煬帝征遼，十二軍盡沒，總管來護坐法受戮，煬帝盡欲誅其子〔二〕。君綽憂懼連誅，因與秀才羅巡、羅逖、李萬進結爲奔走之友，共亡命至海州。夜黑迷路，路旁有燈火，因與共投之〔三〕。扣門數下，有一蒼頭迎拜君綽，君綽因問：「此是誰家？」答曰：「科斗郎君，姓威，即當府秀才也。」遂啓門，又自閉，敲中門，曰：「蝸兒，外有四五個客。」蝸兒即又一蒼頭也〔四〕。遂開門，秉燭引客就館客位，牀榻茵褥甚備。俄有二小童持燭自中門出，曰：「大郎子出來〔五〕。」君綽等降階見主人，主人辭彩朗然，文辯紛錯〔六〕，自通姓名曰「威污蠖」。敘寒溫訖，揖客由阼階，坐曰：「污蠖忝以本州鄉賦，得與足下同聲，清宵良會，殊是所願。」即命酒合坐。漸至酣暢，談謔交至，衆所不能對。君綽頗不能平，欲以理挫之，無計，因舉觴曰：「君綽請起一令，以坐中姓名雙聲者，犯罰如律。」君綽曰：「威污蠖。」實譏其姓。衆皆撫手大笑，以爲得言。及至汚蠖，改令曰：「以坐中人姓爲歌聲，自二字至五字。」令曰：「羅李，羅來李，羅李羅來，羅李羅李來。」衆皆慚其辯捷。羅巡又問：「君風雅之士〔七〕，足得自比雲龍，何玉名之自貶耶？」汚蠖曰：「僕久從賓貢〔八〕，多爲主司見屈。以僕後於羣士，何異尺蠖於汚池乎？」巡又問：「公華宗，氏族何爲不載？」汚蠖曰：「我本田氏，出於齊威王，亦猶桓丁之類〔九〕，何足下之不學耶？」既而蝸兒舉方丈盤至，珍羞水陸，充溢其間。君綽及僕者無不飽飫。夜闌徹燭，連榻而寢。遲明敘別，恨恨俱不自勝〔一〇〕。君綽等行數里，猶念汚蠖，復來，見向所宿處〔一一〕，了無人居，唯汚池，池邊有大蟥，長數尺。又有蝸螺丁子，皆大常者數倍〔一二〕，方知汚蠖及二豎皆此物也。遂共惡昨宵所食，各吐出青泥及汚水數升。

〔一〕本篇亦見《太平廣記》卷四七四。又見《廣艷異編》卷二十五，題作《科斗郎君》。

〔二〕「子」上《廣記》有「諸」字。

〔三〕「投」《廣記》作「頓」，《廣艷》作「趨」。

〔四〕「即」《廣艷》作「則」，《廣記》誤作「耶」。

〔五〕「大」陳本、《廣記》、《廣艷》作「六」。

〔六〕「紛」原作「分」，據《廣記》、《廣艷》改。

〔七〕「風雅之士」《廣記》、《廣艷》作「聲雅之輩」。

〔八〕「貢」《廣記》、《廣艷》作「興」。

〔九〕「桓」原作「柤」，據陳本、《廣記》、《廣艷》改。按齊威王爲桓公之子，「桓丁」疑指桓公之後以桓爲姓。此處文字恐有遺誤。

〔一〇〕「恨恨」《廣記》、《廣艷》作「悵悵」。

〔一一〕「猶念污蠖復來見向所宿處」，陳本作「污蠖類未見回所宿處」。「向所宿」《廣記》、《廣艷》作「昨所會之」。

〔一二〕「常」原作「長」，據《廣記》、《廣艷》改。

曹惠〔一〕

國初〔二〕，有曹惠者，制授江州參軍，官舍有佛堂，堂中有二木偶人，長尺餘，雕飾甚巧，丹青剝落。惠因持歸與稚兒，方食餅〔三〕，木偶即引手請之。兒驚報惠，惠笑曰：「取木偶來。」即言曰：「輕紅輕素自有名，何呼木偶！」於是轉盼馳走〔四〕，悉無異人。惠問曰：「汝何時物，頗能作怪？」輕素曰：「某與輕紅是宣城太守謝家俑偶，當時天下工巧，總不及沈隱侯家老蒼頭孝忠也。輕素輕紅，即孝忠所造。隱侯哀宣城無常〔五〕，葬日故有此贈。時輕素壙中，方持湯與樂家娘子濯足，聞外有持兵稱敕聲，娘子畏懼，跣足化爲白螻。少頃，二賊執炬至，盡掠財物，謝郎時頷瑟瑟環〔六〕，亦爲賊敲頤脫之。賊人照見輕紅等，曰：『二冥器不惡〔七〕，可與小兒爲戲具。』遂持出，時天平二年也〔八〕。自爾流落數家，陳末麥鐵杖猶子咬頭將至此〔九〕，以到今日。」惠又問曰：「曾聞謝宣城婚王敬則女〔一〇〕，爾何遽云樂家娘子？」輕素曰：「王氏乃生前之妻，樂家乃冥婚耳。王氏本屠酤種，性粗率多力，至冥中猶與宣城琴瑟不睦，伺宣城顔嚴〔一一〕，則礫石抵關以爲威脅〔一二〕。宣城自密啟於天帝，帝許逐之。二女一男，悉隨母歸矣。遂再娶樂彥輔第八娘子〔一三〕，美資質，善書，好彈琴，尤與殷東陽仲文、謝荆州晦夫人相得，日恣追尋。宣城嘗云：『我才方古人〔一四〕，唯不及東阿耳。其餘文士，皆吾机中之肉，可以宰割矣。』見爲南曹典銓郎，與潘黄門同列，乘肥衣輕，貴於生前百倍。然十日一朝晉、宋、齊、梁〔一五〕，可以爲勞，近聞亦已停矣。」惠又問曰：「汝二人靈異若此，吾欲捨汝，何如？」即皆喜曰〔一六〕：「以輕素等變化，雖無不可，君意如不放，終不能逃。廬山山神欲娶輕素作舞姬久矣〔一七〕，今此奉辭，便當受彼榮富。然君能終恩，請命畫工，便賜粉黛。」即令工人爲圖之，使被錦繡。輕素喜笑曰：「此度非論舞姬，亦當彼夫人。無以奉酬，請以微言留别。百代之中，但有他人會者，無不爲忠臣居大位矣。言曰：『雞角入骨，紫鶴喫黄鼠，甲不害〔一八〕，五通泉室，爲六代吉昌。』」言訖而滅。後有人禱廬山神，女巫云：「神君新納一夫人〔一九〕，要翠花釵簪，汝宜求之，當降大福。」禱者求薦之，遂如願焉。惠亦不能知其微言，訪之時賢皆不識，或云：中書令岑文本識其三句，亦不爲人說云。

〔一〕本篇亦見《太平廣記》卷三七一。又見《廣艷異編》卷二十一，題作《輕素輕紅》。《類説》本《幽怪錄》題作《輕素輕紅二冥器》。

〔二〕「國初」《廣記》、《廣艷》作「武德初」。
〔三〕《廣記》、《廣艷》「方」上有「後稚兒」三字。
〔四〕「盼」原作「昑」，今改。
〔五〕「常」陳本作「㚔」。
〔六〕「時」原作「持」，據陳本改。「頷」《廣記》、《廣艷》作「舒」。
〔七〕「冥」陳本、《廣記》作「明」。
〔八〕「天平」陳本作「天正」，疑是。
〔九〕《廣記》、《廣艷》無「咬頭」二字。
〔一〇〕「王敬則」原作「王欽則」，蓋宋人避諱而改，據《廣記》、《廣艷》回改。「宣城」《廣艷》作「康樂」。「婚」陳本作「索」。
〔一一〕「顔嚴」《廣記》、《廣艷》作「嚴顔」。
〔一二〕「礫石抵關」《廣記》、《廣艷》作「磔石拄關」。
〔一三〕「娘子」《廣記》、《廣艷》作「女」字。
〔一四〕「人」上《廣記》、《廣艷》有「詞」字。
〔一五〕「日」《廣記》作「月」。
〔一六〕「喜」《廣記》、《廣艷》作「言」。
〔一七〕「娶」陳本作「索」，《廣記》、《廣艷》作「取」。

〔一八〕「鼠」陳本作「角」。「甲」《廣記》、《廣艷》作「申」。疑有誤。

〔一九〕「一夫人」《廣記》、《廣艷》作「二妾」。按上文只言廬山神娶輕素爲舞姬，似以一人爲是。

玄怪錄卷五

滕庭俊〔一〕

文明元年〔二〕，毗陵掾滕庭俊，患熱病積年，每發身如燒，熱數日方定。召醫，醫不能治。後之洛調選，行至滎陽西十四五里，天向暮，未達前所。遂投一道旁莊家，主人暫出未至，庭俊心無聊賴，自歎吟曰：「爲客多苦辛，日暮無主人。」即有老父，鬚髮甚禿，衣服亦弊，自堂西出而曰：「老父雖無所解，然性好文章，適不知郎君來，正與和且耶聯句次，聞郎君吟『爲客多苦辛，日暮無主人』，雖曹丕『客子常畏人』不能過也。老父與和且耶同作渾家門客，門客雖貧，亦有斗酒接郎君清話耳。」庭俊甚異之，問：「老父居止何所？」老父曰〔三〕：「僕忝渾家掃門之客，姓麻，名束禾〔四〕，第大〔五〕，君何不呼爲麻大。」庭俊即謝不敏，與之偕行，繞堂西隅，遂見一門，門敞，華堂複閣甚綺秀，館中有樽酒盤杓。麻大揖庭俊同坐。良久，門中一客出，麻大曰：「和至矣。」庭俊即降階揖讓，還坐，且耶謂麻大曰：「適與君聯句，詩題成未〔六〕？」麻大自書題目曰：「同在渾平原門聯句一首。予已爲四句矣〔七〕。」麻大詩曰：「自與渾家鄰〔八〕，馨香遂滿身。無關好清淨〔九〕，又用去灰塵〔一〇〕。」且耶良久乃曰：「僕是七言，韻又不同，如何？」麻大曰〔一一〕：「但自爲一章，亦不惡。」於是且耶即吟曰〔一二〕：「冬日每去依煙火〔一三〕，春至還歸養子孫。曾向苻王筆端坐，邇來求食渾家門。」庭俊猶未悟，見其館華盛〔一四〕，因有淹留歇馬之計〔一五〕，乃書四言云：「田文稱好客，凡養幾多人？如使馮驩在，今希廁下賓。」且耶、麻大皆笑曰〔一六〕：「何得相譏〔一七〕！向使君得在渾家〔一八〕，一日自當足矣〔一九〕。」治飲引滿十巡〔二〇〕，主人至，覓庭俊不見，家人叫呼之〔二一〕，庭俊應曰：「唯。」而館宇麻大二人一時不見〔二二〕，身在廁屋下，傍有大蒼蠅、禿帚而已。庭俊先有熱疾，自此後頓愈，不復更發矣。

〔一〕本篇亦見《太平廣記》卷四七四。又見《廣艷異編》卷二十五，題作《和且耶》。
〔二〕「文明」陳本作「元明」。
〔三〕「曰」上《廣記》有「怒」字。
〔四〕「東」《廣記》、《廣艷》作「來」。
〔五〕「第大」《廣記》（明鈔本）作「行一」。
〔六〕「詩題成未」陳本作「詩頭來未」。
〔七〕「予已」原作「便請人」三字，據明鈔本《廣記》改。
〔八〕「渾家」陳本作「慎終」。
〔九〕「關」《廣記》、《廣艷》作「心」。
〔一〇〕「又」《廣記》、《廣艷》作「人」。
〔一一〕「僕是七言……麻大曰」十三字原脫，據《廣記》補。

〔一二〕「即」上原無「且耶」二字，據《廣記》補。

〔一三〕「日」《廣艷》作「朝」。

〔一四〕「其」《廣記》作「門」。

〔一五〕「馬」《廣艷》作「息」，《廣記》訛作「爲」。

〔一六〕「皆」《廣記》作「相顧」二字。

〔一七〕「何得相識」四字原無，據《廣記》補。

〔一八〕「使」上原無「向」字，據《廣記》補。

〔一九〕「足」《廣記》、《廣艷》作「厭飫」二字。

〔二〇〕「治飲引滿十巡」六字《廣記》、《廣艷》作「於是餐饍肴饌引滿數十巡」。

〔二一〕「家」《廣記》、《廣艷》作「使」。

〔二二〕「宇」下《廣記》有「並」字。

元無有〔一〕

寶應中，有元無有，嘗以仲春末獨行維揚郊野。值日晚，風雨大至。時兵荒後，人戶逃竄，入路旁空莊。須臾霽止，斜月自出，無有憩北軒，忽聞西廊有人行聲。未幾至堂中，有四人，衣冠皆異，相與談諧，吟詠甚暢，乃云：「今夕如秋〔二〕，風月若此，吾黨豈不爲文，以展平生之事〔三〕？」其文即曰口號聯句也〔四〕。吟詠既朗，無有聽之甚悉。其一衣冠長人曰：「齊紈魯縞如霜雪，寥亮高聲爲予發。」其二黑衣冠短陋人曰：「嘉賓長夜清會時〔五〕，煇煌燈燭我能持。」其三故弊黄衣冠人，亦短陋，詩曰：「清泠之泉俟朝汲，桑綆相牽常出入。」其四黑衣冠，身亦短陋，詩曰：「爨薪貯水常煎熬，充他口腹我爲勞。」無有亦不以四人爲異，四人亦不虞無有之在堂隍也，遞相褒賞，雖阮嗣宗《詠懷》亦不能加耳〔六〕。四人遲明方歸舊所〔七〕，無有就尋之〔八〕，堂中惟有故杵、燭台、水桶、破鐺，乃知四人即此物所爲也。

〔一〕本篇亦見《廣記》卷三六九、《逸史搜奇》癸集卷四。

〔二〕「如秋」陳本作「清秋」。

〔三〕「展」陳本作「紀」。

〔四〕「其文即曰口號聯句也」，《廣記》作「其一人即曰云云」，疑有脱誤。

〔五〕「嘉賓長夜清會時」《廣記》作「嘉賓良會清夜時」，陳本「嘉賓」作「家貧」。

〔六〕此句《廣記》作「羡其自負則雖阮嗣宗詠懷亦若不能加矣」。

〔七〕「四人」二字原無，據《廣記》補。

〔八〕「就」原作「熟」，據《廣記》改。

顧總〔一〕

梁天監元年，顧總爲縣吏〔二〕，數被鞭捶〔三〕，嘗鬱鬱懷憤，因逃墟墓之間，彷徨惆悵，不知所適。忽有二黃衣見顧總曰：「劉君，頗憶疇昔周旋否？」總驚曰：「弊宗顧氏，先未曾面清顏，何有周旋之問？」二人曰：「僕二人，王粲、徐幹也。足下生前是劉楨，爲坤明侍中〔四〕，以納賂金謫爲小吏，公今當不知矣。然公言辭歷歷，猶有記室音旨〔五〕。」因出袖中五軸書示總曰：「此君集也，當諦視之。」總試省覽，乃了然明悟，便覺藻思泉湧。其集人多有本〔六〕，惟卒後數篇記得一章詩，題目曰《從駕遊幽麗宮卻憶平生西園文會因寄修文府正郎蔡伯喈》，詩曰：「在漢絕綱紀，溟瀆多騰湍。煌煌魏英祖〔七〕，拯溺靜波瀾。天紀已垂定，邦人亦保完。大開相公府，掇拾盡幽蘭。始從衆君子，日侍真主歡〔八〕。文皇在春宮。蒸孝踰問安。監撫多餘閒，園囿恣遊觀。末臣戴簪筆，翊聖從和鑾〔九〕。月出行殿涼，珍木清露溥。天文信輝麗，鏗鏘振琅玕。被命仰爲和，顧己誠所難。弱質不自持，危脆朽萎殘。豈意十餘年，陵寢梧楸寒。今朝坤明國，再顧簪蟬冠。侍遊於離宮，高躡浮雲端。卻憶西園時，生死暫悲酸。君昔漢公卿，未央冠群賢。倘若念平生，覽此同愴然。」其餘七篇，傳者失本。王粲謂總曰：「吾本短小，無何娶樂進女，似其父〔一〇〕，短小尤甚。自别君後〔一一〕，改娶劉荆州女。尋生一子，荆州與名似翁奴〔一二〕，今年十八，長七尺三寸，所恨未得參丈人也。當渠年十一，與余同覽鏡，余謂之曰：『汝首魁梧於余。』渠立應余曰：『防風骨節專車，當不如白起頭小而銳。』余又謂曰：『汝長大當爲將〔一三〕。』又應余曰：『仲尼三尺童子，羞言霸道。況某承大人嚴訓，敢措意於相斫刺乎〔一四〕？』余知其了了過人矣。不知足下生來有郎娘否？」良久沉思，稍如相識，因曰：「二君子既是總友人〔一五〕，何計可脱小吏之厄？」徐幹曰：「君但執前集訴於縣宰，則脱矣。」總又問：「坤明是何國？」幹曰：「魏開國鄴地也。公昔爲開國侍中，何遽忘也？公在坤明國家累悉無恙，賢小娘子嬌羞娘，有一篇奉憶，昨者已誦似丈人矣〔一六〕，詩曰：「憶爺抛女不歸家〔一七〕，不作侍中爲小吏，就他辛苦棄榮華〔一八〕，願爺相念早相見，與兒買李市甘瓜。」誦訖，總不覺涕泗交下，爲一章寄嬌羞娘云：「憶兒貌，念兒心，望兒不見淚沾襟。時殊世異難相見，棄謝此生當訪尋。」既而王粲、徐幹與總殷勤敘別。乃擕劉楨集五卷，並具陳見王粲、徐幹之狀，仍説前生是劉楨，縣宰因見楨卒後詩，大驚曰：「不可使劉公幹爲小吏。」即解遣以賓禮待之。後不知總所在，集亦尋失矣。時人舃子弟皆曰：「死劉楨猶庇得生顧總，可不進修哉！」

〔一〕本篇亦見《太平廣記》卷三二七、《逸史搜奇》庚集卷七。《類説》本題作《死劉楨庇生顧總》。

〔二〕「顧總爲縣吏」《廣記》作「武昌小吏顧總」。

〔三〕「數被鞭捶」四字《廣記》作「性昏戇不任事數爲縣令鞭扑」。

〔四〕「坤明」原作「魏時」，據《廣記》及下文改。

〔五〕「記室」原作「記識」，據《廣記》改。

〔六〕「人多」原作「多人」，據《廣記》乙轉。
〔七〕「英」陳本作「世」。
〔八〕「真」《廣記》作「賢」。
〔九〕「鸞」《廣記》作「鑾」。
〔一〇〕「其父」二字陳本、《搜奇》作「肥」。
〔一一〕「自」原作「日」，此據陳本。
〔一二〕「與名似翁奴」《廣記》作「與字翁奴」。
〔一三〕「當」原作「人」，陳本作「當年」二字，此據《廣記》。
〔一四〕「斫刺」陳本作「相道」。
〔一五〕「友人」原作「前人」，據《廣記》改。陳本作「人前」。
〔一六〕「矣」陳本作「詞」，似屬下句。
〔一七〕「憶爺」《廣記》作「憶爺爺」，似當獨立成句。
〔一八〕陳本無「他」字。

周靜帝〔一〕

周靜帝初，居延部落主勃都骨低〔二〕，富虐陵暴〔三〕，奢逸好樂，居處甚盛。忽有人數十至門，一人先投刺曰：「省名部落主成多受。」因趨入，骨低問曰：「何爲省名部落？」多受曰：「某等數人各殊，名字皆不別造，有姓馬者，姓皮者，姓鹿者，姓熊者，姓麞者，姓衛者，姓斑者，然皆名受，唯其帥名多受耳[四]。」骨低曰：「君等悉似伶官，不知有何所解？」多受曰：「曉弄椀珠。性不愛俗，言皆經義。」骨低大喜曰：「目所未睹者。」有一優即前曰：「某等肚飢，臈臈恰恰，皮漫繞身三匝，主人食若不充，開口終當不合[五]。」骨低甚驚，命加食，一人曰：「某請弄大小相成，終始相生。」於是長人吞短人，肥人吞瘦人，相吞殘兩人，共一人人[六]，長者又曰：「請作終始相生耳。」遂吐下一人，吐者又吐一人，遞相吐出，人數復足。骨低甚驚，因重錫賚遣之。明日又至，戲弄如初。連翻半月[七]，骨低頗煩[八]，不能設食。諸伶皆怒曰：「主人當以某等爲幻術，請借郎君娘子試之。」於是持骨低兒女弟妹甥姪妻妾等吞之於腹中，皆啼呼請命[九]，骨低惶怖，降階頓首，哀乞親屬。伶者皆笑曰：「此無傷，不足憂。」即吐之出，親屬完全如初。骨低深懷喜怒[一〇]，欲伺隙殺之。因令密訪諸伶，果於一廳宅基而滅。骨低聞而令掘之，深數尺，得瓦礫，瓦礫之下得一大木檻，檻中有皮袋數十[一一]，檻旁有穀麥，觸即爲灰。檻中得竹簡書，文字磨滅不可識，惟隱隱似有三數字，若是陵字。骨低知諸袋爲怪，欲舉出焚之，諸袋因號呼檻中曰：「某等無命，尋合化滅。緣李都尉李少卿留水銀在此[一二]，欲得且存，某等即李都尉李少卿般糧袋，屋崩平壓，因至時綿歷歲月，今已有命，見爲居延山神收作伶人。伏乞存情於神，不相殘毀，自爾不敢更擾高居矣。」骨低利其水銀，盡焚諸袋，無不爲冤楚聲，血流漂灑。焚訖，骨低房廊戶牖皆爲冤痛之音，如焚袋時，經旬月餘日不止。其年骨低舉家病死，死者相繼，周歲，無復孑遺。其水銀後亦失所在也。

〔一〕本篇亦見《太平廣記》卷三六八，題作《居延部落主》。又見《廣艷異編》卷二十一，題作《省名部落主》。

〔二〕「都」陳本、《廣記》作「那」。

〔三〕「富虐」陳本作「當虛」，《廣記》無此二字。《廣艷》無「富虐」「好樂」四字。

〔四〕「其帥」陳本作「某師」，《廣記》、《廣艷》作「某帥」。

〔五〕「合」《廣記》、《廣艷》作「拾」。

〔六〕「共一人人」四字，疑有誤。《廣記》、《廣艷》無。似當作「其一人」。

〔七〕「翻」《廣記》、《廣艷》作「翩」。

〔八〕「煩」上原有「似」字，據《廣記》、《廣艷》刪。

〔九〕「啼」上原無「皆」字，據《廣記》、《廣艷》補。

〔一〇〕「深懷喜怒」《廣記》、《廣艷》作「深怒」二字。

〔一一〕「十」《廣記》、《廣艷》作「千」。

〔一二〕「在」上原無「留水銀」三字，據《廣記》、《廣艷》補。

玄怪録卷六

劉諷〔一〕

文明年，竟陵掾劉諷，夜投夷陵空館，月明下憩〔二〕。忽有四女郎西軒至，儀質溫麗，緩歌閒步，徐徐至中軒，迴命青衣曰：「紫綏，取西堂花茵來，兼屈劉家六姨姨、十四舅母、南鄰翹翹小娘子，並將溢奴來，傳語道此間好風月，足得遊樂〔三〕。彈琴詠詩，大是好事。雖有竟陵判司，此人已睡明月下，不足迴避也〔四〕。」未幾而三女郎至，一孩兒，色皆絕國。於是紫綏鋪花茵於庭中，揖讓班坐。坐中設犀角酒樽，象牙杓，綠罽花觶〔五〕，白琉璃盞，醪醴馨香，遠聞空際。女郎談謔歌詠，音詞清婉。一女郎爲明府，一女郎爲録事，明府女郎舉觴澆酒曰：「願三姨婆壽等祇果山，六姨姨與三姨婆壽等，劉姨夫得太山府君糾判官〔六〕，翹翹小娘子嫁得諸餘國太子〔七〕，溢奴便作諸餘國宰相，某三四女伴總嫁得地府司文舍人，不然，嫁得平等王郎君六郎子、七郎子，則平生素望足矣。」一時皆笑曰：「須與蔡家娘子賞口。」翹翹録事獨下一籌，罰蔡家娘子曰：「劉姨夫才貌溫茂，何故不與他五道主使，空稱糺判官，怕六姨姨不歡，深喫一盞〔八〕。」蔡家娘子即持盃曰：「誠知被罰，直緣劉姨夫年老眼暗〔九〕，恐看五道黃紙文書不得，誤大神伯公事。飲亦何傷〔一〇〕。」於是衆女郎皆笑倒。又一女郎起傳口令，仍抽一翠簪，急說，須傳翠簪，翠簪過令不通即罰。令曰：「鸞腦老〔一一〕，頭腦好，好頭腦鸞老。」傳說數巡，因令紫綏下坐〔一二〕，使說令，紫綏素吃訥，令至，但稱「鸞鸞」〔一三〕。女郎皆笑，曰：「昔賀若弼弄長孫鸞侍郎，以其年老口吃，又無髮，故造此令。」三更後，皆彈琴擊筑，齊唱迭和。歌曰：「明月清風，良宵會同。星河易翻，歡娛不終。綠樽翠杓，爲君斟酌。今夕不飲，何時歡樂？」又歌曰：「楊柳楊柳，褭褭隨風急，西樓美人春夢中〔一四〕，翠簾斜卷千條入。」又歌曰：「玉戶金釭，願陪君王。邯鄲宮中，金石絲簧〔一五〕。衛女秦娥，左右成行。紈縞繽紛，翠眉紅妝。王歡轉盼，爲王歌舞。願得君歡，常無災苦。」歌竟，已是四更〔一六〕。即有一黄衫人，頭有角，儀貌甚偉，走入拜曰：「婆提王屈娘子，使請娘子速來〔一七〕！」女郎等皆起而受命，卻傳曰：「不知王見召，適相與望月至此。既蒙王呼喚，敢不奔赴。」因命青衣收拾盤筵。諷因大聲嚏咳，視庭中無復一物。明旦，諦視之，拾得翠釵數箇〔一八〕，將出示人，更不知是何物也。

〔一〕本篇亦見《太平廣記》卷三三九，又見《艷異編》卷四一（四十卷本卷三六）、《逸史搜奇》壬集卷二。《類說》本《幽怪錄》題作《女郎傳鸞腦令》。

〔二〕「下憩」《廣記》、《艷異》作「不寢」。

〔三〕「樂」原作「行」，據《廣記》、《艷異》改。

〔四〕「也」原作「耳」，據《廣記》改。

〔五〕「綠」原作「緣」，「觶」原作「毬」，陳本、《艷異》作「單」，據《廣記》改。「罽」下原注：「九例反，毡類。」

〔六〕「糾判官」《廣記》、《艷異》作「糾成判官」，下同。
〔七〕「諸」《廣記》、《艷異》作「朱」。下同。
〔八〕「深」《廣記》作「請」。
〔九〕「直」原作「道」，據《廣記》、《艷異》改。
〔一〇〕「傷」原作「事」，據《廣記》、《艷異》改。
〔一一〕《廣記》、《艷異》「鸞」下無「腦」字，似是。
〔一二〕「紫綬」《廣記》、《艷異》作「翠綬」，下同。
〔一三〕「鸞鸞」二字，《廣記》作「鸞老鸞老」。《艷異》作「鸞鸞鸞鸞」四字。
〔一四〕「中」《廣記》作「長」。按：《侯鯖錄》卷二引此句作「西樓美人春睡濃」。
〔一五〕「簧」原作「篁」，據《艷異》《廣記》改。
〔一六〕「已」原作「亦」，據《廣記》、《類說》改。《類說》「四」作「五」。
〔一七〕「使」陳本、《搜奇》作「便」。上兩句《廣記》、《艷異》作「婆提王命娘子速來」。
〔一八〕「箇」陳本、《廣記》、《艷異》作「隻」。

董慎〔一〕

隋大業元年，兗州佐史董慎，性公直，明法理，自都督以下，用法有不直，必起犯顏而諫之。雖加誚責〔二〕，亦不懼，必俟刑正而後退。嘗因事暇偶歸家〔三〕，出州門，逢一黄衣使者曰：「太山府君呼君爲録事，知之乎？」因出懷中牒示慎。牒曰：「董慎名稱茂實，案牘精練〔四〕，將平疑獄，必俟良能，權差知右曹録事者〔五〕。」印處分明〔六〕，及後署曰倨。慎謂使者曰：「府君呼我，豈有不行，然不識府君名諱何？」使者曰：「録事勿言，到府即知矣。」因持大布囊，内慎於中，負之趨出兖州郭，致囊於路左，汲水調泥，封慎兩目，慎目既無所覩，都不知經過遠近，忽聞大唱曰：「范慎追董慎到。」使者曰：「諾。」趨入。府君曰：「所追録事，今復何在？」使者曰：「冥司幽祕，恐或漏洩，向請左曹匿影布囊盛之。」府君大笑曰：「使一范慎追一董慎，取左曹布囊盛一右曹録事，可謂能防慎矣。」便令寫出，抉去目泥，便賜青縑衫〔七〕、魚須笏、豹皮靴，文甚斑駮，邀登副階，命左右取榻令坐，曰：「藉君公正，故有是請。今有閩州司馬令狐寔等六人，置無間獄。承天曹符，以寔是太元夫人三等親，准令遞減三等〔八〕。昨罪人程翥一百二十人引例，喧訟紛紜，不可止遏。已具名申天曹。天曹以爲罰疑唯輕，亦令量減二等，余恐後人引例多矣，君謂宜如何？」慎曰：「夫水照妍蚩而人不怒者，以其至清無情，況於天地刑法，豈宜恩貸姦慝。然慎一胥吏爾，素無文字，雖知不可，終語無條貫。常州府秀才張審通〔九〕，辭彩雋拔，足得備君管記。」府君令帖召之，俄頃審通至，曰：「此易耳，君當判以狀申〔一〇〕。」府君曰：「君善爲辭〔一一〕。」即補充左曹録事，仍賜衣服如董慎，各給一玄狐，每出即乘之。審通判曰：「天本無私，法宜畫一，苟從恩貸，是恣姦行。令狐寔前命減刑，已同私請；程翥後申簿訴，且異罪疑。倘開遞減之科，實失公家之論。請依前付無間獄，仍録狀申天曹者。」即有黄衫人持狀而往，少頃，復持天符曰：「所申文狀〔一二〕，多起異端〔一三〕。奉主之宜，但合遵守。周禮八議，一曰議親，又元化匱中釋冲符，亦曰無不親。是則典章昭然，有何不可〔一四〕。豈可使太元功德，不能庇三等之親。仍敢愆違，須有懲謫。府君可罰不紫衣六十甲子，餘依前處分者。」府君大怒審通曰：「君爲判辭，使我受譴。」即命左右取方寸肉塞卻一耳，遂無聞。審通訴曰：「乞更爲判申，不允，則甘罪再罰。」府君曰：「君爲我去罪，即更與君一耳。」審通又判曰：「天大地大，本以無親；若使奉主〔一五〕，何由得一？苟欲因情變法，實將生僞喪真。太古以前，人猶至朴；中古之降，方聞各親。豈可合太古育物之心，生仲尼觀蜡之歎。無不親，是非公也，何必引之。請寬逆耳之辜，敢薦沃心之藥。庶其閱實，用得平均。令狐寔等並請依正法〔一六〕。仍錄申天曹者〔一七〕。」黃衣人又持往，須臾又有天符來曰：「再省所申，甚爲允當。府君可加六天副正使，令狐寔、程翥等並正法處置者〔一八〕。」府君悅，即謂審通曰：「非君不可以正此獄。」因命左右割下耳中肉，令一小兒擘之爲一耳，安於審通額上，曰：「塞君一耳，與君三耳，何如？」又謂慎曰：「甚賴君薦賢以成我美，然不可久留君，當壽一周年相報耳〔一九〕。君兼本壽，得二十一年矣。」即促送歸家，使者復以泥封二人，布囊各送至宅，欻如寫出，而顧問妻子，妻子云：「君亡精魂已十餘日矣。」慎自此果二十一年而卒。審通數日額角癢，遂踴出一耳，通前三耳〔二〇〕，而踴出者尤聰。時人笑曰：「天有九頭鳥，地有三耳秀才。」亦呼爲雞冠秀才者。慎初見府君稱鄰，後方知倨乃鄰字也〔二一〕。

〔一一〕本篇亦見《太平廣記》卷二九六，《逸史搜奇》戊集卷二。《類說》本《幽怪錄》題作《三耳秀才》。

〔二〕「誚」陳本作「削」，《廣記》作「譴」。
〔三〕「事暇偶」《廣記》作「授衣」二字。
〔四〕「練」原作「鍊」，據《廣記》改。
〔五〕「事」陳本作「使」。「者」字原無，此據陳本。
〔六〕「印處」原作「即處」，《廣記》作「印甚」，據改。
〔七〕「青」原作「有」，據陳本、《廣記》改。「衫」陳本作「衣」。
〔八〕陳本「令」下有「式」字。
〔九〕「常」原作「當」，此據陳本。
〔一〇〕「君當」明鈔本《廣記》作「當爲」。
〔一一〕《廣記》「辭」上有「我」字。
〔一二〕「申」原作「持」，據《廣記》改。
〔一三〕「多」陳本、《逸史搜奇》作「來」。
〔一四〕「有何」原作「何有」，據陳本、《廣記》乙轉。
〔一五〕「奉主」《廣記》作「有親」。
〔一六〕「並」明鈔本《廣記》作「乞」。
〔一七〕《廣記》「錄」下有「狀」字。
〔一八〕「翥」下原無「等」字，據《廣記》補。

〔一九〕「壽」明鈔本《廣記》作「加」。
〔二〇〕「三」陳本作「二」。
〔二一〕「字」陳本作「家」。

袁洪兒誇郎

陳朱崖太守袁洪兒，小名誇郎，年二十，生來性好書樂靜，別處一院，頗能玄言。嘗野見翠翠鳥，命羅得之。袁甚好玩，清夜月明，徹燭長吟：「露濕寒塘草，月映清淮流。」忽失翠翠鳥所在，見一雙鬟婢子立在其左，曰：「袁郎此篇甚爲佳妙，然未知我二十七郎封郎，能押劇韻，又爲三言四言句詩，一句開口，一句合口，詠春詩曰：『花落也，蛺蝶舞，人何多疾，吁足憂苦。』如劇韻押法之詩，有一二百首，不能盡記得。」誇郎甚異之，曰：「汝是誰家青衣，乃得至此？且汝封郎，吾可屈致之乎？」婢子曰：「某王家二十七郎子從嫁，本名翡翠，偶因化身遊行，使爲袁郎子羅得。封郎去此不遠，但具主人之禮，少頃封郎即至。」誇郎乃命酒具茶器，未移〔一〕，翡翠至，曰：「封郎在門外。」出見一少年，可二十餘，言辭溫雅，風流爽邁，揖讓登席，博論子史〔二〕，自晡竟夕，賓主相得。誇郎曰：「足下高居，當垂見喻。」封郎曰：「平仲來日當有蔬饌奉邀，然非僕本居，贅於瑯琊耳。」再三殷勤而別。及明日辰後，有小童前拜曰：「封郎使歸兒送書，令從二郎引路。」啟書讀曰：「佳辰氣茂，思得良會，駐足層台，企俟光儀，唯足下但東馳耳。」誇郎即策馬從之，可行十里，忽見泉石瑩徹，異花駢植，賓館宏敞，窮極瑰寶。門懸青綃幕，下宛一尺餘，皆爇獸炭。誇郎與封郎相見，方顧異之，平仲回叱一小童曰：「捧筆奴，早令汝煎火浣幕，何故客至猶未畢！」但令去火，而幕色尤鮮。坐未幾，又有四人出宅，皆風雅士也。封生曰：「主人王二兄、三兄、四兄、六郎子，其名曰準、曰推、曰惟、曰淮。」誇郎相見坐訖，即有六青衣，皆有殊色，悉衣珠翠，捧方丈盤至，珍羞萬品，中有珍異，無不殫盡。王淮曰：「有少家樂，請此奉娛。」即有女娃十餘人並出，別有胡優，咬指翹足，一時拜員外資，次即爲給舍〔三〕。淮指一妓曰：「石崇妾仙娥娘也，名稱亞於綠珠。」於是絲竹並作，鏗鏘清亮。日晚，王氏兄弟醉寢，封生謂誇郎曰：「此亦足爲富貴，然丈人爲太守，當不以此盛〔四〕。」誇郎曰：「不以鄙賤，願陪行末，不審何以致之？」封生曰：「君誠能結同心，僕便請爲行人。拙室有姨，美淑善音，請袁君思之。」誇郎曰：「但恐龍門下難爲魚耳。」封生因入白王氏尊長，即出曰：「允矣！明日吉，便爲迎日。」誇郎大悅，許之。明日，王氏昆弟方陳設於堂下，茵榻帷帳，赫然炫目。及誇郎入，簾下有女郎曰：「袁郎行動趨蹌，猶似把書入學時。」又老青衣過，誇郎拜謝訖，目之，即又笑曰：「禽霏無乳久矣，袁郎何用目之！」將暮，儐樂皆至，有青衣持牋催妝詩，誇郎下筆賦詩曰：「好花本自有春暉，不偶紅妝亂玉姿。若用何郎面上粉，任將多少借光儀。」其餘吉禮，無不畢備。篇詠甚多，而不悉記得。唯憶得詠花扇詩曰：「圓扇畫方新，金花照錦茵。那言燈下見，更值月中人。」誇郎妻殊麗絕國，舉止閒雅，小名曰從從，正名攜。第二十七儀質亦得類娣娣，辯捷善戲謔，贈袁郎詩曰：「人家女美大須愁，往往醜郎門外求。昨日金剛腳下見，今朝何得此間遊？」及後班坐桐陰，封平仲鼓琴，顧謂誇郎曰：「姨夫豈無一言相贈？」誇郎即賦詩曰：「寶匣開玉琴，高梧追煩暑。商絃一以發，白雲飄然舉。何必蒼梧東，激琴懷怨浦。」誇郎日恣飲嘯，遂無歸思。忽覺妻皆慘然，又飾行裝。誇郎問封生，封生曰：「丈人晉侍中王濟也，久爲陰道交州牧，近改并州刺史。若足下以賢尊在此，不能俱往，則當從此有終天之別。」其妻嗚咽流涕曰〔五〕：「君本自殊途，不期與會，致今日之别，亦封郎二兄之過。」遂聞外人呼聲，走出，迴顧已蒼然不復見一物。太守求不得已近一年。及至數月，猶惝怳，往往奔至前所，別無所見，復涕泣而退，終歲乃如故。

按：本篇亦見《才鬼記》卷二，題作《王濟女》，出《幽怪錄》。

〔一〕「移」下疑脱「時」字。
〔二〕「博」陳本作「討」。
〔三〕此上似有脱誤。
〔四〕「盛」上疑脱「爲」字。
〔五〕「流涕」原作「涕流」，據陳本改。

玄怪録卷七

張左〔一〕

前進士張左，嘗爲叔父言：少年南次鄠杜，郊行，見有老父乘青驢，四足白，腰背鹿革囊，顔甚悦懌〔二〕，旨趣非凡。叟自斜徑合路，左甚異之，試問所從來，叟但笑而不答。至於再三，叟忽怒叱曰：「年少子，乃敢相逼！吾豈盜賊椎埋者耶，何必問所從來。」左遜謝曰：「向慕先生高躅，願從事左右耳，何賜深責？」叟曰：「吾無術教子，但壽永者。子當嗤我潦倒，欲噱吾釋志耳。」遂鞭乘促走，左亦撲馬趨，俱至逆旅。叟枕鹿囊，寢未熟，左方疲倦〔三〕，貰取酒將飲〔四〕，試就請曰：「單醪期先生共之〔五〕。」叟跳起曰：「此正吾所好，何子解吾意！」飲訖，左覘其色悦，徐請曰：「小生寡昧，願先生賜言以廣聞見，然非所敢望。」叟曰：「吾所見梁陳隋唐耳，賢愚治亂，國史已具。然請以身所異者語子：吾宇文周時居岐，扶風人也，姓申名宗，慕齊神武，因改爲歡〔六〕。十八，從燕公于謹征梁元帝於荆州，州陷〔七〕，大軍將旋〔八〕，夢青衣二人謂余曰：『呂走天年〔九〕，人向主壽。』既覺〔一〇〕，吾乃詣占夢者於江陵市，占夢者謂余曰：『呂走，迴字也。人向主，住字也。豈子住乃壽也。』時留兵於江陵，吾遂陳情於校尉托跋烈，許之。因卻詣占夢者曰：『住即合矣，壽有術乎？』占者曰：『汝生前梓潼薛君胄也〔一一〕，好服木蕊散，多尋異書，日誦黄老一百紙，徙居鶴鳴山下，草堂三間，戶外駢植花竹，泉石縈繞。八月十五日，長嘯獨飲，因酒酣暢，大言曰：「薛君胄疏澹若此，何無異人降止？」忽覺兩耳中有車馬聲，因頹然思寢，纔至席，遂有小車，朱輪青蓋，駕赤犢出耳中，各高二三寸，亦不知出耳之難。車有二童，綠幘青帔，亦長二三寸，憑軾呼御者，踏輪扶下，而謂君胄曰：「吾自兜玄國來，向聞長嘯月下，韻甚清激，私心奉慕，願接清論。」君胄大駭曰：「君適出吾耳〔一二〕，何謂兜玄國來？」二童子曰：「兜玄國在吾耳中，君耳安能處我？」君胄曰：「君長二三寸，豈復耳有國土！倘若有之，國人當盡焦螟耳。」二童曰：「胡爲其然！吾國與汝國無異，不信，盍從吾遊。或能便留，則君亡生死苦矣〔一三〕。」一童因傾耳示君胄，君胄覗之，乃別有天地，花卉繁茂，甍棟連接，清泉翠竹，縈繞香甸〔一四〕，因捫耳投之，已至一都會，城池樓堞，窮極瑰麗。君胄彷徨，未知所之，顧見向之二童已在側，謂君胄曰：「此國大小於君國〔一五〕，即至此，盍從吾謁蒙玄真伯。」蒙玄真伯居大殿〔一六〕，牆垣階陛，盡飾以金碧，垂翡翠簾帷帳，中間獨褰〔一七〕，真伯身衣雲霞日月衣，冠通天冠，垂旒皆與身等。玉童四人，立侍左右，一執白拂，一執犀如意。二人皆拱手拜伏〔一八〕，不敢仰視。有高冠長鬣絳紗衣人〔一九〕，宣青紙制曰：「肇分大素，國既百億，爾淪下土，賤卑萬品，聿臻於此，實由冥合。況爾清乃躬誠〔二〇〕，叶於真宰，大官厚爵，俾宜享之。右可主籙大夫。」君胄拜舞出門，即有黄帔三四人，引至一曹署。其中文簿，多所不識，每月亦無請受，但意有所念，左右必先知，當便供給。因暇登樓遠望，忽有歸思，賦詩曰：「風軟景和麗，異花馥林塘。登高一悵望，信美非吾鄉。」因以詩示二童子，童子怒曰：「吾以君質性冲寂，引至吾國，鄙俗餘態，果乃未去，卿有何憶耶〔二一〕！」遂疾逐君胄，如陷落地，仰視乃自童子耳中落，已在舊居處，隨視童子亦不見〔二二〕，因問諸鄰人，鄰人云〔二三〕：「失君已七八年矣〔二四〕。」君胄在彼如數月。未幾而君胄卒，遂生於中家，即今身也。』占者又云：『吾前生乃出耳中童子，以汝前生好道，已得至兜玄國，然俗想未盡，不可長生。然汝由此壽千歲矣。吾授汝符，即歸。』因吐朱絹尺餘，令吞之。占者遂復童子形而滅。自是不復有疾，周行天下名山，迨茲向二百餘歲〔二五〕。然吾所見異事甚多，並記鹿革中。」因啟囊，出一軸書甚大，字頗細。左不能讀，請叟自宣，略述十餘事，其半昭然可紀。此卷八事，無非叟之所說〔二六〕。其夕將明，左略寢，及覺已失叟。後數日，有人於炭谷湫見之，叟曰：「爲我致意於張君。」左遽尋之，已復不見。時貞元中〔二七〕。

〔一〕本篇《太平廣記》卷八三引作《張佐》，文中「左」俱作「佐」。《廣艷異編》卷十六同，題作《兜玄國記》。《類說》本《幽怪錄》題作《兜玄國》。朝鮮成任輯《太平廣記詳節》卷八引作《續玄怪錄》。

〔二〕「懌」原作「澤」，據《廣記》改。

〔三〕「倦」字原無，據陳本補。

〔四〕陳本無「貫」字。「取」《廣記》作「白」。

〔五〕「單」陳本作「簞」，「醪」《廣記》、《廣艷》作「瓢」。

〔六〕「歡」陳本、《廣記》、《廣艷》誤作「覩」。高歡即北齊神武帝。

〔七〕「陷」上原無「州」字，據《廣記》補。

〔八〕「大軍將旋」陳本、《廣記》作「大將軍旋」。

〔九〕「夭」陳本、《廣記》、《廣艷》作「天」。

〔一〇〕「既覺」《廣記》、《廣艷》作「不千」。

〔一一〕「胄」陳本、《類說》、《廣艷》作「曹」，下同。

〔一二〕「君」上原有「吾」字，據《廣記》、《廣艷》刪。

〔一三〕「亡」即「無」字，《廣記》、《廣艷》作「離」。

〔一四〕「清泉翠竹縈繞香甸」，《廣記》、《廣艷》作「清泉縈繞巖岫杳冥」。

〔一五〕此句疑有脱誤。「於」陳本作「與」，亦費解。

〔一六〕此句原不重「蒙玄真伯」四字，據《廣記》、《廣艷》補。

〔一七〕「褰」《廣記》、《廣艷》作「坐」，似當連下「真伯」讀。

〔一八〕「二人」下《廣記》、《廣艷》有「既入」二字。

〔一九〕「有高冠長鬣絳紗衣人」《廣記》、《廣艷》作「有高冠長裾緣綠衣人」。

〔二〇〕「誠」陳本作「試」。

〔二一〕「卿」《廣記》、《廣艷》作「鄉」。

〔二二〕「隨視童子」原作「童子隨視」，據《廣記》改。

〔二三〕「鄰人」下原無「云」字，據《廣記》、《廣艷》補。

〔二四〕「君」下《廣記》、《廣艷》有「胄」字。

〔二五〕「二百餘」原作「百餘」，據《廣記》、《廣艷》改。按：文中謂申宗「所見梁陳隋唐」，至貞元中當爲二百餘歲。

〔二六〕《廣記》、《廣艷》無「此卷八事無非叟之所説」十字。

〔二七〕《廣記》、《廣艷》無「時貞元中」四字，而篇首有「開元中」三字。

蕭志忠〔一〕

中書令蕭志忠，景雲元年爲晉州刺史，將以臘日畋遊，大事罝羅。先一日，有薪者樵於霍山，暴瘧不能歸，因止巖穴之中，呻吟不寐，夜將艾〔二〕，似聞谷崒有人聲〔三〕，初以爲盜賊將至，則匍匐於枯木中〔四〕。時山月甚明，有一人身長丈餘，鼻有三角，體被豹鞟，目閃閃如電，向谷長嘯〔五〕。俄有虎、兕、鹿、豕、狐、兔、雉、雁駢迊百許步，長人即唱言曰：「余玄冥使者，奉北帝之命。明晨臘日，蕭使君當順時畋獵。汝等若干合鷹死，若干合箭死〔六〕。」言訖，羣獸皆俯伏戰懼，若請命者。有老虎洎老麋皆屈膝白長人言曰〔七〕：「以某之命，死亦以分。然蕭公仁者，非意欲害物，以行時令耳，若有少故則止。使者豈無術救余〔八〕？」使者曰：「非余欲殺汝輩，但以帝命宣示汝等刑名，即余使乎之事畢矣。自此任爾自爲計。然余聞東谷嚴四善謀，爾等可就彼祈求。」羣獸皆輪轉歡叫。使者即東行，羣獸畢從〔九〕。時薪者疾亦少間，隨往覘之。既至東谷，有茅堂數間，黃冠一人，架懸虎皮，身熟寢，驚起見使者曰：「闊別既久，每多思望。今日至此，得無配羣生臘日刑名乎？」使者曰：「正如高明所問。然彼皆求生於四兄，四兄當爲謀之。」老虎老麋即屈膝哀請〔一〇〕。黄冠曰：「蕭使君役人，必恤其饑寒〔一一〕。若祈滕六降雪，巽二起風，即不復遊獵矣。余昨得滕六書，知已喪偶。又聞索泉家第五娘子爲歌姬〔一二〕，以妬忌黜。若汝求得美女納之，雪立降矣。又巽二好飲，汝若求得醇醪以賂之，則風立生。」有二狐自稱：「多媚，能取之。河東縣尉崔知之第三妹，美淑嬌艷〔一三〕。絳州盧思由善釀醪〔一四〕，妻産，必有美酒。」言訖而去。諸獸皆有歡聲。黄冠乃謂使者曰：「憶含質在仙都，豈意千年爲獸身，悒悒不得志。聊爲述懷一章。」乃吟曰：「昔爲仙子今爲虎，流落陰崖足風雨。更將斑毳被余身，千載空山萬般苦。」「然含質譴謫已滿，惟有十一日即歸紫府矣。久居於此，將別不無恨恨，因題數行於壁，使後人知僕曾居於此矣。」乃書北壁曰：「下玄八千億甲子，丹飛先生嚴含質，謫下中天被斑革。六千甲子血食澗飲〔一五〕，厠猿狖，下濁界，景雲元祀升太一。」時薪者素曉書誦，因密記得之。少頃，老狐負美女至，纔及笄歲，紅袂拭目，殘妝妖媚〔一六〕。又有一狐負美酒二瓶，香氣芳烈〔一七〕。嚴四兄即以美女洎美酒瓶，各内一囊中，以朱書二符〔一八〕，取水噀之，二囊即飛去。薪者懼其爲所見〔一九〕，即尋路卻迴。未明，風雪暴至，竟日乃罷，而蕭使君不復獵矣。

〔一〕本篇亦見《太平廣記》卷四四一。又見《續艷異編》卷二十八，題作《丹飛先生傳》。《類説》本《幽怪録》題作《滕六降雪巽二起風》。

〔二〕「夜將艾」三字原無，據《廣記》補。

〔三〕「谷崒」《廣記》作「悉窣」。

〔四〕「枯」《廣記》作「林」。

〔五〕「嘯」原作「笑」，據《廣記》改。

〔六〕《廣記》尚有「若干合鎗死，若干合網死，若干合棒死，若干合狗死」等語。

〔七〕「白」陳本、《廣記》作「向」。

〔八〕「救余」《廣記》作「救某等乎」。

〔九〕「畢」陳本作「翼」。

〔一〇〕「老麋」上原無「老虎」，據《廣記》補。

〔一一〕「役」上《廣記》有「每」字，「役人必」三字陳本作「從仁心」，《廣艷》作「懷仁心」。

〔一二〕「泉」下原無「家」字，據《廣記》補。

〔一三〕「嬌艷」原作「媚緩」，據《廣記》改。

〔一四〕「思由」《廣記》作「司戶」。

〔一五〕「六千」陳本、《廣艷》作「六十萬」，《廣記》作「六十」（許本《廣記》亦作「六千」）。

〔一六〕「妖」陳本作「嬌」。

〔一七〕「芳」《廣記》作「酷」。

〔一八〕「二」《廣記》作「一」。

〔一九〕「其」《廣記》作「且」。

李汭〔一〕

漢中從事李汭言：天寶中有士人〔二〕，尉於巴蜀，纔至成都而卒。時連帥章仇兼瓊哀其妻少而無投止，因與青城下置一別墅〔三〕。又以其色美，欲聘納之，計無所出，謂其夫人曰：「貴爲諸侯妻〔四〕，何不盛爲盤筵，邀召女客，五百里內，盡可迎致。」夫人甚悅。兼瓊因命衙官遍報五百里內女郎，即日會成都，意欲因會便留亡尉妻。時已爲盧舅納之〔五〕。盧舅密知兼瓊意，令尉妻辭疾不行，兼瓊大怒，促左右百騎往收捕。盧舅時方食〔六〕，兵騎繞宅四合〔七〕，盧談笑自若，殊不苦懷〔八〕，食訖，謂尉妻曰：「兼瓊之意可知矣，夫人不可不行。少頃即當送素色衣來，便可服之而往。」言訖，乘驢出門，兵騎前攬不得，徐徐而去，追不及矣。俄使一小童捧箱，內有故青裙、白衫子、綠帔子、緋羅縠絹素，皆非世人之所有。尉妻服之至成都，諸女郎皆先期而至，兼瓊覘於帷下。及尉妻入，光彩繞身，美色旁射〔九〕，不可正視，坐皆慴氣，不覺起拜。會訖歸，三日而卒，紅壞立盡。兼瓊大駭，具狀錄奏聞，帝問張果，果云：「知之，不敢言。請問青城王老。」帝即詔兼瓊求訪王老進之。兼瓊搜索青城山前後，並無此人。惟草市藥肆云〔一〇〕：「常有二人日來買山藥〔一一〕，稱王老所使。」二人至，兼瓊即令衙官隨訪，入山數里，至一草堂，王老皤然鬢髮，隱几危坐。衙官隨入，遂宣詔，兼致兼瓊意。王老曰：「此必多言小子張果也。」因與兼瓊尅期至京師，令先發表，不肯乘傳，兼瓊從之。使纔至銀臺，王老亦到。帝召問，張果猶在席側，見王老，惶恐再拜。王老叱果曰：「小子何不言之！又遣遠取吾來。」果言：「小仙不敢，專俟仙伯言耳。」因奏曰：「盧二舅即太元夫人庫子，因假下遊，以亡尉妻微有仙骨，故納爲媵。無何，盜太元夫人衣服與着，已受謫至重，爲鬱單天子矣。亡尉妻以衣太元夫人衣服，墮無間獄矣。」奏訖，苦不願留，帝命放還〔一二〕，出後不知所在也。

〔一〕本篇陳本作「李汭言」。《太平廣記》卷三一附《許老翁》條後，作又一説，無「漢中從事李汭言」一句。
〔二〕《廣記》「士人」下有「崔姓者」三字。
〔三〕「青城」下《廣記》有「山」字。
〔四〕「貴」下原無「爲」字，據《廣記》補。
〔五〕此句陳本作「辭以爲族舅納之」，《廣記》作「不謂已爲族舅盧生納之矣」。
〔六〕「食」原作「已」，據《廣記》改。陳本作「湌」。
〔七〕「四」陳本作「亦」，《廣記》作「已」。
〔八〕「苦懷」《廣記》作「介懷」。
〔九〕「射」陳本作「睹」。
〔一〇〕「云」字原無，據《廣記》補。
〔一一〕「常有」陳本作「常云」。

〔一二〕「命」字原無，據《廣記》補。「帝」《廣記》作「玄宗」。

南纘〔一〕

廣漢守南纘，嘗爲人言：至德中有調選得同州督郵者，姓崔，忘名字〔二〕，輕騎赴任，出春明門，見一青袍人乘馬出，亦不知其姓字，因相揖偕行。徐問何官，青袍人云：「新授同州督郵。」崔云：「某新授此官，豈不錯誤乎？」青袍人笑而不答。又相與行，悉云赴任，去同州數十里，於斜路中，有官吏拜迎。青袍人謂崔君曰：「君爲陽道錄事，某爲陰道錄事。路從此別，豈不相送耶？」崔生異之，即與連轡入斜路，遂至一城郭，街衢局署，亦甚壯麗。青袍人至廳，與崔生同坐，伍伯通胥徒僧道等訖，次通辭訟獄囚，崔之妻與焉〔三〕。崔生大驚，謂青袍人曰：「不知拙室何得至此？」青袍人即避大案後，令崔生自與妻言。妻云：「被追至此已是數日〔四〕，君宜哀請錄事耳。」崔生即祈求青袍人，青袍人因令胥吏促放崔生妻令迴。崔生試問妻犯何罪至此，青袍人曰：「君寄家同州，應同州亡人皆聽勘過〔五〕。蓋君管陽道，某管陰道。」崔生淹留半日，即請卻回。青袍人令胥吏合拜送〔六〕，曰：「雖陰陽有殊，然俱是同州也，可不拜送督郵哉！」青袍人亦偕餞送，再三勤款，揮袂，又令斜路口而去。崔生至同州，問妻子，妻子病七八日，冥然無知，神不識主，愈纔得一日〔七〕。崔生計之，恰放回日也。妻不記陰道見崔生時，崔生言之，妻始悟如夢，亦不審記也。

〔一〕本篇亦見《太平廣記》卷三〇三。又見《異聞總錄》卷三。
〔二〕《廣記》「忘」下有「其」字。
〔三〕「崔之妻與焉」五字原脱，據《廣記》補。
〔四〕「日」陳本作「月」。
〔五〕「應同州」三字原脱，據《廣記》補。
〔六〕陳本、《廣記》無「合」字。
〔七〕「神不識主愈纔得一日」，《廣記》作「神識生人纔得一日」。

玄怪録卷八

侯遹〔一〕

隋開皇初，廣都孝廉侯遹入城，至劍門外，忽見四黄石〔二〕，皆大如斗。遹愛之，收藏於籠，負之以驢，因歇鞍取看，皆化爲金。遹至城貨之，得錢百萬，市美妾十餘人，大開第宅，近甸良田別墅，貨買甚多〔三〕。後乘春景出遊，盡載妓妾隨從，下車陳設酒殽。忽有一老翁，負大笈至，厠下坐〔四〕。遹怒詬之，命蒼頭杖之〔五〕，皆不嗔恚，但引滿啖炙而笑云〔六〕：「吾此來求君償債耳。君昔將我金去，不憶記乎？」盡取遹妓妾十餘人，投之於笈〔七〕，亦不覺笈中之窄，負之而趨，走若飛鳥。遹令蒼頭馳馬逐之，斯須已失所在。自後遹家日貧，卻復昔日生計。十餘年，卻歸蜀，到劍門，又見前者老翁，攜所將妓妾遊行，嬪御極多〔八〕，見遹皆大笑。問之不言，逼之又失所在。訪劍門前後，並無此人，竟不能測也。

〔一〕本篇亦見《太平廣記》卷四〇〇。又見《廣艷異編》卷十六。《類説》本《幽怪録》題作《黄石化金》。

〔二〕「黄」，《廣記》、《廣艷》作「廣」。

〔三〕「近甸良田別墅貨買甚多」，《廣記》、《廣艷》作「又近甸置良田別墅」。

〔四〕「厠下坐」，《廣記》、《廣艷》作「坐於席末」。
〔五〕「杖之」，陳本作「扶之」，《廣記》、《廣艷》作「扶出」。
〔六〕「滿」下陳本有「盃」字。
〔七〕「於」《廣記》、《廣艷》作「書」。
〔八〕「嬪御」《廣記》、《廣艷》作「嬪從」。

巴邛人〔一〕

有巴邛人，不知姓名，家有橘園。因霜後，諸橘盡收，餘有兩大橘，如三四斗盎。巴人異之，即令攀摘〔二〕，輕重亦如常橘。剖開，每橘有二老叟，鬢眉皤然，肌體紅潤，皆相對象戲，身僅尺餘〔三〕。談笑自若，剖開後亦不驚怖，但與決賭〔四〕。賭訖，一叟曰：「君輸我海龍神第七女髮十兩〔五〕，智瓊額黃十二枚，紫絹帔一副，絳臺山霞寶散二庾，瀛洲玉塵九斛，阿母療髓凝酒四鍾，阿母女態盈娘子躋虛龍縞襪八緉，後日於王先生青城草堂還我耳。」又有一叟曰：「王先生許來，竟待不得，橘中之樂，不減商山，但不得深根固蒂，爲愚人摘下耳。」又一叟曰：「僕饑矣，當取龍根脯食之〔六〕。」即於袖中抽出一草根，方圓徑寸，形狀宛轉如龍，毫釐罔不周悉，因削食之，隨削隨滿。食訖，以水噀之，化爲一龍，四叟共乘之，足下泄泄雲起。須臾，風雨晦冥，不知所在。巴人相傳云：百五十年來如此，似在陳隋之間〔七〕，但不知的年號耳。

〔一〕本篇亦見《太平廣記》卷四十。《類說》本《幽怪錄》題作《橘中之樂不減商山》。

〔二〕「攀摘」陳本作「舉橘下」三字。

〔三〕「僅」陳本作「長」。

〔四〕陳本「與」上有「相」字。

〔五〕「海龍神第七女髮」，陳本作「海上龍王第七女髮髮」。

〔六〕「當取」《廣記》作「須」字。

〔七〕「陳隋」《廣記》作「隋唐」。

劉法師〔一〕

貞元中〔二〕，華州雲台觀有劉法師者，鍊氣絕粒，迨二十年。每三元設齋，則見一人，衣縫掖，面黧瘦〔三〕，來居末座，齋畢而去，如此者十餘年，而衣服顏色不改。法師異而問之，對曰：「余姓張名公弼，住蓮花峰東隅。」法師意此處無人之境，請同往。公弼怡然許之，曰：「此中甚樂，師能便往，亦當無悶。」法師遂隨公弼行，三二十里，援蘿攀葛，纔有鳥道，經過崖谷險絕，雖猿狖不能過也，而公弼履之若夷途，法師從行亦無難。遂至一石壁削成，高直千餘仞〔四〕，下臨無底之谷，一逕闊數寸，法師與公弼側足而立。公弼乃以指扣石壁，中有人問曰：「爲誰？」對曰：「某。」遂劃然開一門，門中有天地日月。公弼將入，法師隨公弼亦入，其人乃怒，謂公弼曰：「何故引外人來？」其人因闔門，則又成石壁矣。公弼曰：「此非他人，乃雲臺劉法師也〔五〕，余久交，故請來此，何見拒之深也！」又開門，內公弼及法師，公弼曰：「法師此來甚飢，君可豐食遺之。」其人遂問法師：「便能住否？」法師請以後期。其人遂取一盂水〔六〕，以肘後青囊中刀圭粉和之〔七〕，以飲法師，其味甚甘香，飲畢而饑渴之想頓除矣。公弼曰：「余昨云山中甚樂，君盍爲戲，令法師觀之。」其人乃以水噀東谷中，俄有蒼龍白象各一，對舞，舞甚妙。威鳳綵鸞各一，對歌，歌甚清。頃之，公弼送法師迴，師却顧〔八〕，惟見青崖丹壑，向之歌舞，一無所覩矣。及去觀將近，公弼乃辭。法師至觀，處置事畢，卻尋公弼，則步步險阻，杳不可階，痛恨前者不住，號天叫地，遂成腰疾。公弼更不復至矣。茲昭應縣尉薛公幹爲僧孺叔父言也〔九〕。

〔一〕本篇《太平廣記》卷十八引作《續玄怪錄》。
〔二〕「貞元」《廣記》作「貞觀」。
〔三〕「衣縫掖面黧瘦」，陳本作「縫掖衣而面瘦」。
〔四〕「千」陳本作「十」。
〔五〕「乃」陳本作「則」。

〔六〕「盂」陳本作「盆」。
〔七〕「粉和」二字陳本作「糝」。
〔八〕「師却顧」陳本作「回顧」。
〔九〕《廣記》無「茲昭應縣尉薛公幹爲僧孺叔父言也」十五字。陳本無「茲」字。此句當爲《玄怪錄》原文。

刁俊朝〔一〕

安康伶人刁俊朝，其妻巴嫗，項癭者初微若雞卵，漸巨如三四升瓶盎〔二〕，積四五年〔三〕，大如數斛之囊，重不能行。其中有琴瑟笙磬塤篪之響。細而聽之，若合音律，泠泠可樂。積數年，癭外生小穴如針芒者不知幾億〔四〕。每天欲雨則穴中吐白雲〔五〕，霏霏如絲縷，漸高布散，結爲屯雲，雨則立降。其家少長懼之，咸請遠送巖穴。俊朝戀戀不能已，因謂妻曰：「吾以迫衆議，將不能庇於伉儷，送汝於無人之境，如何？」妻曰：「此疾誠可憎惡，送之亦死，拆之亦死〔六〕，君當爲我決拆之，看有何物。」俊朝即磨淬利刃〔七〕，揮挑將及妻前，癭中軒然有聲〔八〕，遂四分拆裂〔九〕，有一大猱跳走騰踏而去。即以帛絮裹之〔一〇〕，雖癭疾頓愈，而冥然大漸矣。明日，有黄冠扣門曰：「吾乃昨日癭中走出之猱也。本是老獮猴精，解致風雨，無何與漢江鬼湫潭老蛟還往，常與覘船舫將至〔一一〕，俾他覆之，以求舟中餱糧，以養孫息〔一二〕，昨者太一誅蛟〔一三〕，搜索黨與，故借君夫人蝤蠐之領〔一四〕，以匿性命，雖外不相干〔一五〕，然爲累亦甚矣〔一六〕。今於鳳凰山神處求得少許靈膏〔一七〕，請君塗之，幸當立愈。」俊朝如其言塗之，隨手瘡合。俊朝因留黄冠，烹雞設食，食訖，貰酒欲飲。黄冠因轉喉高歌，又爲絲匏瓊玉之音，罔不鏗鏘可愛。既而辭去，莫知所詣。時大定中也〔一八〕。

〔一〕本篇《太平廣記》卷二二〇引作《續玄怪錄》。亦見《廣艷異編》卷十六，《逸史搜奇》壬集卷十。《類説》本《幽怪錄》題作《瘻中猱》。

〔二〕「升」陳本作「斗」。

〔三〕「五」上《廣記》、《廣艷》無「四」字。

〔四〕「瘻外生小穴如針芒者不知幾億」，陳本作「瘻外生穴如蜂芒者不幾紀億」。

〔五〕「吐白雲」《廣記》、《廣艷》作「吹白煙」。陳本「吐」作「起」。

〔六〕「拆」陳本作「析」，下同。

〔七〕「利」陳本作「白」。

〔八〕「軒」陳本作「忽」。

〔九〕「四」上陳本無「遂」字。「拆」《廣記》、《廣艷》作「披」。

〔一〇〕「帛」陳本作「白」。

〔一一〕「常」陳本作「嘗」，重出「船舫」二字。《廣記》「舫」作「舸」。

〔一二〕陳本「以」作「且」，「息」作「姪」。

〔一三〕「太一」二字，陳本作「天」。

〔一四〕「蝤蠐」原作「蠐螬」，據《廣記》、《廣艷》改。

〔一五〕陳本無「雖外」二字。「外」《廣記》、《廣艷》作「分」。

〔一六〕「爲累亦甚矣」陳本作「恩亦至矣」。

〔一七〕「少許靈膏」陳本作「少起亡膏」。

〔一八〕「貰酒欲飲」原作「貰酒飲而去」，據《廣記》、《廣艷》改。「黄冠因囀喉高歌……」以下三十四字原無，據《廣記》補。

古元之〔一〕

古元之〔二〕，不知何許人也，嘗暴疾，屍臥數日，家以爲死，已而醒〔三〕，卻生矣〔四〕。元之云：當昏醉時，忽如有人沃冷水於體中。仰見一衣冠，絳裳霓帔，儀容甚偉，顧元之曰：「吾乃古弼也〔五〕，是汝遠祖，適欲至和神國中，無人擔囊侍從，故來取汝。」即令負一大囊，可重一鈞。又與一竹杖，長丈二餘，令元之乘騎隨後，飛舉甚速，常在半天。西南行，不知里數，山河愈遠，欻然下地，已至和神國。其國無大山，山皆積碧岷，石際生青彩簵篠，異花珍果，軟草香媚，好禽嘲哳。山頂皆正平如砥，清泉迸下者二三百道。原野無凡樹〔六〕，悉生百果及相思楠榴之輩〔七〕。每果樹花卉俱發，實色鮮紅〔八〕，映翠葉於香叢之下〔九〕，紛錯滿樹，四時不改〔一〇〕。唯一歲一度，暗换花實葉等，更生新嫩，人不知覺。田疇盡長大瓠，瓠中實以五穀，甘香珍美，非中國稻粱所擬〔一一〕。人得足食，不假耕種。原隰滋茂，蕕穢不生〔一二〕。一年一度，出綵絲樹，枝幹悉纏繞五色絲纊，人得隨色織紝，不假蠶杼。四時之氣，常熙熙和淑，如中國二三月。無蚊虻螟蟣虱蜂蠍蛇虺守宫蜈蚣蛛蟻之蟲〔一三〕，又無鴟梟鴉鷂鵂鶹蝙蝠之禽〔一四〕，又無虎狼豺豹狐狸蓦駮之獸，又無貓鼠豬犬擾害之類〔一五〕。其人長短妍媸皆等，無有嗜慾愛憎之志。人生二男二女，爲鄰則世世爲婚姻，笄年而嫁，二十而娶，人壽百二十，中無夭折疾病瘖聾跛躄之患。百歲以下〔一六〕，皆自記憶；百歲已外，皆不知其壽幾何。至壽盡則欻然失其所在，雖親戚子孫，皆忘其人，故常無憂慼。每日午時一食，中間惟食酒漿果實耳〔一七〕。餐亦不知所化，不置溷所。人無私積囷倉，餘糧棲畝，要者取之。無灌園鬻蔬，野菜皆足人食。十畝有一酒泉，味甘而香。國人日相攜遊覽歌詠，陶陶然，暮夜而散，未嘗昏醉。人人有婢僕〔一八〕，皆自然謹慎，知人所要，不煩役使。隨意屋室，靡不壯麗。其國六畜唯有馬，馴擾而駿，不用芻秣，自食野草，不近積聚。人要乘則乘，乘訖而卻放，亦無主守。其國千官皆足，而仕宦不自知其身之在仕，雜於下人〔一九〕，以無職事操斷也〔二〇〕。雖有君主，而君不自知爲君，雜於千官，以無職事昇貶也〔二一〕。又無迅雷風雨，其風常微輕如煦，襲萬物不至木有鳴條。其雨十日一降，降必以夜，津潤調暢，不至地有淹流。一國之人，皆自相親，有如戚屬，人各相惠多與〔二二〕，無市易商販之輩，以不求利故也。古弼既到其國，顧謂元之曰：「此和神國也，雖非神仙，風俗不惡。汝回當爲世人言之。吾既至此，迴即别求人負囊〔二三〕，不用汝矣。」因以酒飲元之。元之引滿數巡，不覺沈醉冥然〔二四〕。既而復醒，身已活矣。自是元之疏逸，無宦情之意，遊行山水，自號知和子，竟不知其終也。

〔一〕本篇亦見《太平廣記》卷三八三。陳本作《李元之》，文字差異甚多。《類說》本《幽怪錄》題作《和神國》。
〔二〕「古」陳本作「李」，《類說》本同。
〔三〕「醒」陳本作「甦」。
〔四〕以上一段《廣記》作：「後魏尚書令古弼族子元之，少養於弼，因飲酒而卒。弼憐之特甚。三日殯畢，追思，欲與再別，因命斲棺，開已卻生矣。」
〔五〕「弼」《廣記》作「說」。下同。
〔六〕「原」上陳本有「其國」二字。
〔七〕「及」下陳本有「香之果木時間竹」七字。「楠」《廣記》作「石」。
〔八〕「實」原作「寶」，據陳本、《廣記》改。
〔九〕「葉」下陳本無「於香叢」三字。
〔一〇〕「改」陳本作「斷」。
〔一一〕「粱」下陳本有「肥脂」二字。「所擬」《廣記》作「可比」。
〔一二〕「蕕穢」陳本作「輕等」，「不生」下有「蕕草」二字。
〔一三〕「蚊虻」陳本作「蛟螭」。「蟣」《廣記》作「蠓」。

〔一四〕「鷂」陳本作「鵲」。「禽」《廣記》作「屬」。
〔一五〕陳本「豬犬」二字作「諸」，「害」下有「人」字。
〔一六〕「歲」陳本作「載」。下同。
〔一七〕陳本無「中間惟食酒漿果實耳」一句。
〔一八〕「有」上陳本有「皆」字。
〔一九〕「下」下陳本無「人」字。
〔二〇〕「以無」陳本作「無以」。下同。
〔二一〕「職」陳本作「機」。「貶」下《廣記》有「故」字。
〔二二〕「人各相惠多與」《廣記》作「各各明惠」。
〔二三〕「別求人負囊」陳本作「求別人負笈」。
〔二四〕「不覺」陳本作「既」字。「醉」下《廣記》無「冥然」二字。

盧公渙〔一〕

黄門侍郎盧公渙，爲明州刺史〔二〕，屬邑象山縣□□〔三〕，溪谷迴無人處，有盜發墓者云：初見車轍中有花磚，因揭之，知是古塚墓。乃結十人於縣投狀，請路旁居止，縣尹允之〔四〕。遂種麻，令外人無所見，即悉力發掘，入其隧路，漸至壙中，有三石門，皆以鐵封之。其盜先能誦呪，因齋戒禁之。翌日，兩門開，每門中各有銅人銅馬數百〔五〕，持執干戈，其制精巧。盜又齋戒三日，中門一扇開，有黃衣人出，傳語曰：「漢征南將軍劉忘名使來相聞，某生有征伐大勳〔六〕，及死，敕令護葬及鑄銅人馬等，以象存日儀衛。奉計來此，必要財貨〔七〕，西門所居之室〔八〕，實無他物，且官葬不瘞貨寶，何必苦以神呪相侵，若更不已〔九〕，當不免兩損。」言訖卻入，門復合如初。盜又誦呪數日不已，門開，一青衣又出傳語，盜弗允〔一〇〕，兩扇歘闢，大水漂蕩，盜皆溺死。一盜解泅而出，自縛詣官，具說本末。黃門令覆視其墓〔一一〕，其中門內有一石牀，骷髏枕之〔一二〕，水漂已半垂於牀下，因卻爲封兩門，窒其隧路矣。

〔一〕本篇亦見《太平廣記》卷三九〇，題作《盧渙》。又見《異聞總錄》卷三。

〔二〕「明」明鈔本《廣記》作「洺」，誤。下文所云象山縣即屬明州。

〔三〕原有墨丁，陳本作「百姓」二字。《廣記》「象」作「翁」，無缺字亦無墨丁。

〔四〕「尹」陳本作「君」，《廣記》無此字。

〔五〕「門」下陳本無「中」字。

〔六〕「生」陳本作「人」。

〔七〕「要」原作「戀」，據《廣記》、《總錄》改。

〔八〕「西」陳本作「兩」。《廣記》無「西門」二字。

〔九〕「已」上陳本有「見」字。

〔一〇〕「盜弗允」，《廣記》作「盜不聽」，《總錄》作「責盜呪說」。陳本「允」下有「說」字。

〔一二〕「黄門」《廣記》作「涣」字。

〔一三〕「骷髏枕之」陳本作「骸枕之類」。

玄怪録卷九

齊饒州〔一〕

饒州刺史齊推女，適湖州參軍韋會。長慶三年，韋以妻方娠，將赴調也，送歸鄱陽，遂登上國。十一月，妻方誕之夕，齊氏忽見一人長丈餘，金甲仗鉞，怒曰：「我梁朝陳將軍也，久居此室。汝是何人，敢此穢觸！」舉鉞將殺之。齊氏叫乞曰：「俗眼有限，不知將軍在此。比來承教，乞容移去。」將軍曰：「不移當死。」左右悉聞齊氏哀訴之聲，驚起來視，則齊氏汗流浹背，精神恍然，遶而問之，徐言所見。及明，侍婢白於使君，請居他室。使君素正直，執無鬼之論，不聽。至其夜三更，將軍又到，大怒曰：「前者不知，理當相恕，知而不避，豈可復容！」復將用鉞。齊氏哀乞曰：「使君性強，不從所請。我一女子，敢拒神明。容至天明，不待命而移去。此更不移，甘於萬死。」將軍者拗怒而去。未曙，令侍婢灑掃他室，移榻其中。方將輦運，使君公退，問其故，侍者以告，使君大怒，杖之數十，曰：「產蓐虛羸，正氣不足，妖由之興，豈足遽信。」女泣以請，終亦不許。入夜，自寢其前，以身爲援，堂中添人加燭以安之。夜分聞齊氏驚痛之聲，開門入視，則頭破死矣。使君哀恨之極，倍百常情，以爲引刀自殘不足以謝其女，乃殯於異室，遣健步者報韋會。韋以文籍小差爲天官所黜，異道來復，凶訃不逢，去饒州百餘里，忽見一女人〔二〕，儀容行步酷似齊氏，乃援其僕而指之曰：「汝見彼人乎？何以似吾妻也？」僕曰：「夫人刺史愛女，何以行此，乃人有相類耳。」韋審觀之，愈是，躍馬而近焉。女人乃入門，斜掩其扇。又意其他人也，乃不下馬，過而迴視之，齊氏自門出，呼曰：「韋君忍不相顧？」遽下馬視之，真其妻也〔三〕，驚問其故，具云陳將軍之事，因泣曰：「妾誠愚陋，幸奉巾櫛，言詞情禮，未嘗獲罪於君子。方欲竭節閨門，終於白首，而枉爲狂鬼所殺。自檢命籍，當有二十八年。今有一事，可以相救〔四〕，君能相哀乎？」悲恨之深，言不盡意。韋曰：「夫妻之情，事均一體，鶼鶼翼墜，比目半無，單然此身，更將何往？苟有歧路，湯火能入。但生死異路，幽晦難知。如可竭誠，願聞其計。」齊曰：「此村東數里，有草堂中田先生者，領村童教授，此人奇怪，不可遽言。君能去馬步行，及門趨謁，若拜上官然，垂泣訴冤，彼必大怒，乃至詬罵，屈辱捶擊，拖拽穢唾，必盡數受之，事窮然後見哀，即妾必還矣。先生之貌，固不稱焉。晦冥之事，幸無忽也。」於是同行，韋牽馬授之，齊氏哭曰：「今妾此身，故非舊日，君雖乘馬，亦難相及。事甚迫切，君無推辭。」韋鞭馬隨之，往往不及。行數里，遥見道北草堂，齊氏指曰：「先生居也。救心誠堅，萬苦莫退。渠有凌辱，妾必得還。無忽忿容，遂令永隔。勉之，從此辭矣。」揮涕而去。數步間，忽不見。韋收淚詣草堂，未到數百步，去馬公服，使僕人執謁前引，到堂前，學徒曰：「先生轉食未歸。」韋端笏以候。良久，一人戴破帽、曳木屐而來，形狀醜穢之極，問其門人，曰：「先生也。」命僕呈謁，韋趨走迎拜，先生答拜曰：「某村翁，求食於牧豎，官人何忽如此，甚令人驚。」韋拱訴曰：「妻齊氏，享年未半，枉爲梁朝陳將軍所殺，伏乞放歸，終其殘祿。」因扣地哭拜。先生曰：「某乃村野鄙愚，門人相競，尚不能斷，況冥晦間事乎！官人莫風狂否？火急須去，勿恣妖言。」不顧而入。韋隨入，拜於牀前曰：「實訴深冤，幸垂哀宥。」先生顧其徒曰：「此人風疾，來此相喧，衆可拽出。」又復入，汝共唾之。」村童數十，競來唾面，其穢可知。韋亦不敢拭，唾歇復拜，言誠懇切。先生曰：「吾聞風狂之人，打亦不痛，諸生爲吾擊之，無折支敗面耳。」村童復來羣擊，痛不可堪。韋執笏拱立，任其揮擊。擊罷，又前哀乞，又敕其徒推倒，把腳拽出，放而復入者三。先生謂其徒曰：「此人乃實知吾有術，故此相訪。汝今歸，吾當救之耳。」衆童既散，謂韋曰：「官人真有心丈夫也，爲妻之冤，甘心屈辱，感君誠懇，試爲檢尋〔五〕。」因命入房，房中鋪一淨席，席上有案，置香一爐，爐前又鋪席。坐定，令韋跪於案前，俄見黃衫人引向北行數百里〔六〕，入城郭，鄽里閙喧，一如會府。又如北，有小城，城中樓殿，峨若皇居，衛士執兵立者坐者各數百人，及門，門吏通曰：「前湖州參軍韋某。」乘通而入，直北正殿九間，堂中一間卷簾設牀案，有紫衣人南面坐者〔七〕。韋入，向坐而拜，起視之，乃田先生也。韋復訴冤，左右曰：「近西通狀。」韋乃趨近西廊，又有授筆硯者，乃爲訴詞。韋問當衙者曰：「何官？」曰：「王也。」吏收狀上殿，王判曰：「追陳將軍，仍檢狀過。」狀出，瞬息間，通曰：「提陳將軍〔八〕。」仍檢狀過〔九〕，有如齊氏言。王責曰：「何故枉殺平人？」將軍曰：「自居此室已數百歲，而齊氏擅穢，再宥不移，忿而殺之，罪當萬死。」王判曰：「明晦異路〔一〇〕，理不相干。久幽之鬼，橫占人室，不相自省，仍殺無辜，可決一百，配流東海之南。」案吏過狀曰：「齊氏祿命，實有二十八年。」王命呼阿齊問〔一一〕：「陽祿未盡，理合卻回〔一二〕，今將放歸，意欲願否？」齊氏曰：「誠願卻回。」王判曰：「付案勒回。」案吏咨曰：「齊氏宅舍破壞，迴無所歸。」王曰：「差人修補。」吏曰：「事事皆隳，修補不及。」王曰：「必須放歸。」出門商量狀過，頃復入，曰：「唯有放生魂去，此外無計。」王曰：「魂與生人，事有何異？」曰：「所以有異者，唯年滿當死之日，病篤而無屍耳。其他並同。」王召韋曰：「生魂只有此異。」韋拜請之〔一三〕，遂令齊氏同歸，各拜而出。黃衫人復引南行，既出其城，若行崖谷，足跌而墜，開目即復跪在案前，先生者亦據案而坐。先生曰：「此事甚秘，非君誠懇，不可致也。然賢夫人未葬，尚瘞舊房，宜飛書葬之，到即無苦也。慎勿言於郡下〔一四〕，微露於人，將不利於使君爾。賢閤只在門前，便可同去。」韋拜謝而出，其妻已在馬前矣。此時卻爲生人，不復輕健。韋擲其衣馱，令妻乘馬，自跨衛從之，且飛書於郡，請葬其柩。使君始聞韋之將到也，設館，施繐帳以待之。及得書，驚駭殊不信，然強葬之，而命其子以肩輿迓焉。見之，益閟，多方以問，不言其實。其夏〔一五〕，醉韋以酒，迫問之，不覺具述，使君聞而惡焉。俄而得疾，數月而卒。韋潛使人覘田先生，亦不知所在矣。齊氏飲食生育，無異於常，但肩輿之夫不覺其有人也。余聞之已久，或未深信。太和二年秋，富平尉宋堅〔一六〕，因坐中言及奇事，客有鄘王府參軍張奇者，即韋之外弟，具言斯事，無差舊聞，且曰：「齊嫂見在，自歸復已來〔一七〕，精神容飾，殊勝舊日。」冥吏之理於幽晦也，豈虛言哉〔一八〕！

〔一〕本篇亦見《異聞總錄》卷三，不注出處。又見《古今說海》說淵三四、《廣艷異編》卷九，題作《齊推女傳》；《逸史搜奇》乙集卷二題作《齊推女》。

〔二〕「忽見一女人」，《說海》、《廣艷》作「忽見一室有女人映門」。

〔三〕「真」陳本作「乃」。

〔四〕「相」陳本、《廣艷》作「自」。

〔五〕「試爲檢尋」一句，《說海》、《廣艷》、《逸史搜奇》作：「然茲事吾亦久知，但不早申訴，屋宅已敗，理之不及。吾向拒公，蓋未有計耳。試爲足下作一處置。」似據《廣記》所引。

〔六〕陳本此句上無「令韋跪於案前俄」七字。

〔七〕「南」陳本作「當」。

〔八〕「提陳將軍」《總錄》作「捉陳將軍到」。

〔九〕「仍檢狀過」《總錄》作「衣甲仗鉞」。

〔一〇〕「明」原作「冥」，據《總錄》改。

〔一一〕原無「問」字，據《總錄》補。

〔一二〕「卻」陳本作「當」。

〔一三〕「必須放歸……韋拜請之」七十一字，《說海》、《廣艷》、《搜奇》作：「『齊氏壽算頗長，若不再生，義無厭伏。公等所見如何？』有一老吏前啓曰：『東晉鄴下有一人橫死，正與此事相當。前使葛真君斷以具魂作本身，卻歸生路。飲食言語，嗜慾追游，一切無異，但至壽終不見形質耳。』王曰：『何謂具魂？』吏曰：『生人三魂七魄，死則散草木，故無所依。今收合爲一體，以續弦膠塗之。大王當衙發遣放回，則與本身同矣。』王曰：『善。』召韋曰：『生魂只有此異，作此處置，可乎？』韋曰：『幸甚！』俄見一吏別領七八女人來，與齊氏一類，即推而合之。又有一人持一器藥，狀似稀餳，即於齊氏身塗之，畢。」似據《廣記》增改。

〔一四〕「下」《總錄》作「苟」，則當屬下讀。

〔一五〕「夏」《總錄》作「夜」。

〔一六〕陳本「堅」下有「塵」字。

〔一七〕「自歸復已來」，陳本作「自歸復已拜之」，《總錄》作「自歸後已往拜之」。

〔一八〕「言」陳本作「語」。自「余聞之已久」以下至末他本俱無。

按：《太平廣記》卷三五八引《玄怪錄》之《齊推女》條，事同而文字大異。今附載於後，以備比勘。

齊推女附

元和中，饒州刺史齊推女，適隴西李某。李舉進士，妻方娠，留至州宅，至臨月，遷至後東閤中。其夕，女夢丈夫，衣冠甚偉，瞋目按劍叱之曰：「此屋豈是汝腥穢之所乎！亟移去。不然，且及禍。」明日告推，推素剛烈，曰：「吾忝土地主，是何妖孽能侵耶！」數日，女誕育，忽見所夢者，即其牀帳亂毆之。有頃，耳目鼻皆流血而卒。父母傷痛女冤橫，追悔不及，遣遽告其夫，俟至而歸葬於李族，遂於郡之西北十數里官道權瘞之。李生在京師下第將歸，聞喪而往。比至饒州，妻卒已半年矣。李亦粗知其死不得其終，悼恨既深，思爲冥雪。至近郭，日晚，忽於曠野見一女，形狀服飾，似非村婦，李即心動，駐馬諦視之，乃映草樹而沒。李下馬就之，至則真其妻也。相見悲泣，妻曰：「且無涕泣，幸可復生。俟君之來，亦已久矣。大人剛正，不信鬼神，身是婦女，不能自訴。今日相見，事機校遲。」李曰：「爲之奈何？」女曰：「從此直西五里鄱亭村，有一老人姓田，方教授村兒，此九華洞中仙官也，人莫之知。君能至心往來，或異諧遂。」李乃徑訪田先生，見之，乃膝行而前，再拜稱曰：「下界凡賤，敢謁大仙。」時老人方與村童授經，見李，驚避曰：「衰朽窮骨，且暮溘然，郎君安有此說？」李再拜，扣頭不已，老人益難之。自日宴至於夜分，終不敢就坐，拱立於前。老人俛首良久曰：「足下誠懇如是，吾亦何所隱焉。」李生即頓首流涕，具云妻枉狀。老人曰：「吾知之久矣，但不蚤申訴，今屋宅已敗，理之不及。吾向拒公，蓋未有計耳。然試爲足下作一處置。」乃起從北出，可行百步餘，止於桑林，長嘯。倏忽見一大府署，殿宇環合，儀衛森然，擬於王者。田先生衣紫帔，據案而坐，左右解官等列侍。俄傳教呼地界。須臾，十數部各擁百餘騎，前後奔馳而至。其帥皆長丈餘，眉目魁岸，羅列於門屏之外，整衣冠，意緒蒼惶，相問今有何事。須臾，謁者通地界廬山神、江瀆神、彭蠡神等皆趣入。田先生曰：「比者此州刺史女，因産爲暴鬼所殺，事甚冤濫，爾等知否？」皆俯伏應曰：「然。」又問：「何故不爲申理？」又皆對曰：「獄訟須有其主。此不見人訴，無以發摘。」又問〔二〕：「知賊姓名否？」有一人對曰：「是西漢鄱縣王吳芮。今刺史宅，是芮昔時所居。至今猶恃雄豪，侵占土地，往往肆其暴虐，人無奈何。」田先生曰：「即追來！」俄頃，縛吳芮至。先生詰之，不伏。乃命追阿齊。良久，見李妻與吳芮庭辯。食頃，吳芮理屈，乃曰：「當是產後虛弱，見某驚怖自絕，非故殺。」田先生曰：「殺人以梃與刃，有以異乎？」遂令執送天曹，回謂速檢李氏壽命幾何。頃之，吏云：「本算更合壽三十二年，生四男三女。」先生謂羣官曰：「李氏壽算長，若不再生，議無厭伏。公等所見何如？」有一老吏前啟曰：「東晉鄴下有一人横死，正與此事相當。前使葛真君，斷以具魂作本身，卻歸生路。飲食言語，嗜欲追遊，一切無異。但至壽終，不見形質耳。」田先生曰：「何謂具魂？」吏曰：「生人三魂七魄，死則散離，本無所依。今收合爲一體，以續絃膠塗之。大王當街發遣放回，則與本身同矣。」田先生曰：「善〔二〕。」即顧謂李妻曰：「作此處置，可乎？」李妻曰：「幸甚！」俄見一吏，別領七八女人來，與李妻一類，即推而合之。有一人持一器藥，狀似稀餳，即於李妻身塗之。李氏妻如空中墜地，初甚迷悶，天明盡失夜來所見，唯田先生及李氏夫妻三人共在桑林中。田先生顧謂李生曰：「相爲極力，且喜事成，便可領歸。見其親族，但言再生，慎無他說。吾亦從此逝矣。」李遂同歸至州，一家驚疑，不爲之信。久之，乃知實生人也。自爾生子數人。其親表之中，頗有知者，云：「他無所異，但舉止輕便，異於常人耳。」《廣記》卷三五八

〔一〕「又」原作「有」，今改。

〔二〕「善」上原無「曰」字，據《說海》、《搜奇》補。

吳全素〔一〕

吳全素，蘇州人，舉孝廉，五上不第，元和十二年，寓居長安永興里。十二月十三日夜既臥，見二人白衣執簡，若貢院引牓來召者〔二〕，全素曰：「禮闈引試，分甲有期，何煩夜引？」使者固邀，不得已而下牀隨行，不覺過子城，出開遠門二百步，正北行，有路闊二尺已來，此外盡是深泥〔三〕，見丈夫婦人，捽之者，拽倒者，枷杻者，鎖身者，連裾者，僧者，道者，囊盛其頭者，面縛者，散驅行者〔四〕，數百輩，皆行泥中，獨全素行平路，約數里〔五〕。入城郭見官府，同列者千餘人，軍吏佩刀者分部其人，率五十人爲一引，引過，全素在第三引中。其正衙有大殿，當中設牀几，一人衣緋而坐，左右立吏數十人，衙吏點名，便判付司獄者，付磑獄者，付鑊獄者，付湯獄者，付火獄者，付案者。聞其付獄者，方悟身死。見四十九人皆點付訖，獨全素在，因問其人曰：「當衙者何官？」曰：「判官也。」遂訴曰：「全素忝履儒道，年祿未終，不合死。」判官曰：「冥司案牘，一一分明。據籍帖追，豈合妄訴！」全素曰：「審知年命未盡，今請對驗命籍。」乃命取吳郡戶籍到，檢得吳全素，元和十三年明經出身，其後三年卒〔六〕，亦無官祿。判官曰：「人世三年，纔同瞬息，且無榮祿，何必卻迴！既去即來，徒煩案牘。」全素曰：「辭親五載，得歸即榮，何況成名尚餘三載，伏乞哀察。」判官曰：「任歸。」仍誡引者曰：「此人命薄，宜令速去。稍以延遲，即天明矣〔七〕。」引者受命，即與同行。出門外，羡而泣者不可勝紀。既出其城，不復見泥矣。復至開遠門，二吏謂全素曰：「君命甚薄，天明即歸不得，不見判官之命乎？我皆貧，各惠錢五十萬，即無慮矣。」全素曰：「遠客又貧，如何可致？」吏曰：「從母之夫，居宣陽爲戶部吏者甚富，一言可致也。」既同詣其家，二吏不肯上階，令全素入告，其家方食煎餅，全素至燈前拱曰：「阿姨萬福！」不應。又曰：「姨夫安和！」又不應。乃以手籠燈，滿堂皆暗。姨夫曰：「何不抛少物？夜食香物，鬼神便合惱人。」全素既憾其不應，又目爲鬼神，意頗忿之。青衣有執食者，其面正當，因以手掌之〔八〕，應手而倒，家人競來拔髮噴水，呼喚良久方寤。全素既言情不得，下階問二吏，吏曰：「固然，君未還生，非鬼而何。鬼語而人不聞，籠燈行掌，誠足以駭之〔九〕。」曰：「然則何以言事？」曰：「以吾唾塗人大門，一家睡；塗人中門，門內人睡；塗堂門，滿堂人睡。可以手承吾唾而塗之。」全素掬手，二吏交唾。逡巡掬手以塗堂門，纔畢，滿堂欠伸，促去食器，遂入寢。二吏曰：「君入，去牀三尺立言之，愼勿近牀，以手搖動，則魘不寤矣。」全素依其言言之〔一〇〕，其姨驚起，泣謂夫曰：「全素晚來歸宿，何忽致死。今者見夢求錢，言有所遺，如何？」其夫曰：「憂念外甥，偶爲熱夢，何足遽信！」又寢，又夢，驚起而泣，求紙於櫃，適有二百幅，乃令遽剪焚之，火絕則千緡宛然在地矣。二吏曰：「錢數多，某固不能勝，而君之力，生人之力也。可以盡舉，請負以致寄之。」全素初以爲難，試以兩手上承，自肩挑之，巍巍然極高，其實甚輕，乃引行寄介公廟，主人者紫衣腰金，敕吏受之。寄畢，二吏曰：「君之還生必矣，且思便歸，爲亦有所見耶？今欲取一人送之受生，能略觀否？」全素曰：「固所願也。」乃相引入西市絹行南人家〔一一〕，燈火熒煌，嗚嗚而泣，數僧當門誦經〔一二〕，香烟滿戶，二吏不敢近，乃從堂後簷上，計當寢牀，有抽瓦折椽，開一大穴。穴中下視。一老人氣息奄然，相向而泣者周其牀。一吏出懷中繩，大如指，長二丈餘，令全素安坐執之，一頭垂於穴中，誡全素曰：「吾尋取彼人，人來，當掣繩。」全素遂出繩下之〔一三〕，而以右手捽老人，左手掣繩。全素遽掣出之〔一四〕，拽於堂前，以繩囚縛，二吏更荷而出，相顧曰：「何處有屠案最大？」其一曰：「布政坊十字街南王家案最大。」乃相與往焉。既到，投老人於案上，脫衣纏身，更上推撲，老人曰苦，其聲感人。全素曰：「有罪當刑，此亦非法，若無罪責，何以苦之？」二吏曰：「訝君之問何遲也〔一五〕。凡人有善功清德，合生天堂者，仙樂綵雲霓旌鶴駕來迎也，某何以見之？若有重罪及穢惡，合墮地獄者，牛頭奇鬼鐵叉枷杻來取，某又何以見之？此老人無生天堂之福，又無入地獄之罪，雖能修身，未離塵俗，但潔其身，浄無瑕穢，既捨此身，只合更受男子之身。當其上計之時，其母已孕，此命既盡，彼命合生，今若不團撲，令彼婦人，何以能産？」又盡力揉撲，實覺漸小，須臾，其形才如拳大，百骸九竅，莫不依然。於是依依提行，踰子城大勝業坊西南下東迴第二曲北壁，入第一家，其家復有燈火熒煌〔一六〕，言語切切，沙門二人，當窗誦《八陽經》。此因吉來〔一七〕，不敢逼僧，直上階，見堂門斜掩，一吏執老人投於堂中，纔似到牀，新子已啼矣。二吏曰〔一八〕：「事畢矣，送君去。」又偕入永興里旅舍，到寢房，房内尚黑，略無所見，二吏隨自後〔一九〕，乃推全素大呼曰：「吳全素！」若失足而墜，既甦〔二〇〕，頭眩者良久方定〔二一〕。而街鼓方動〔二二〕，姨夫者自宣陽走馬來，則已蘇矣，其僕不知覺也。乘肩輿憩於宣陽，數日復故，再由子城入勝業生男之家，歷歷在眼，自以明經中第，不足爲榮，思速侍親。卜得行日，或頭眩不果去，或驢來腳損，或雨雪連日，或親故往來，因循之間，遂逼試日，入場而過，不復似舊日之用意〔一三〕。俄而成名，笑別長安而去。乃知命當有成，棄之不可；時苟未會，躁亦何爲。舉此一端，可以誡其知進而不知退者。

〔一〕本篇亦見《古今説海》説淵五九，題作《知命錄》，不著撰人。又見《逸史搜奇》己集卷六。
〔二〕「召」下原無「者」字，據《説海》、《搜奇》補。
〔三〕「是」陳本作「目」。
〔四〕「驅」原作「駐」，據《説海》、《搜奇》改。
〔五〕「約」原作「如」，據《説海》、《搜奇》改。
〔六〕「卒」陳本作「衣食」二字。
〔七〕「天」陳本、《搜奇》作「突」。下同。
〔八〕「手」原作「力」，據《説海》、《搜奇》改。
〔九〕「足」原爲墨丁，此據陳本及《説海》、《搜奇》。
〔一〇〕「言」下原無「言之」，陳本有「之」字。據《説海》、《搜奇》補。
〔一一〕「人」陳本作「人人」，《説海》、《搜奇》作「盡人」。
〔一二〕「誦」陳本、《搜奇》作「讀」。下同。
〔一三〕陳本「素」下有「尋出」二字。
〔一四〕「掣」原作墨丁，陳本作「尋」，據《説海》、《搜奇》改。

〔一五〕「遲」上原無「何」字，據《說海》補。

〔一六〕原無「熒煌」二字，據陳本補。

〔一七〕「此因吉來」，《說海》作「因此」二字。

〔一八〕「二」陳本作「一」。

〔一九〕「隨」字原無，據陳本補。

〔二〇〕「若失足而墜既甦」原作「若到而」三字，據《說海》、《搜奇》改。

〔二一〕「者」陳本作「苦」。

〔二二〕「街」陳本作「衙」。

〔二三〕「似」陳本作「以」。「用」《說海》、《搜奇》作「望爲」二字。

掠剩使〔一〕

杜陵韋元方外兄裴璞，任邠州新平縣尉，元和五年卒於官。長慶初，元方下第，將客於隴右，出開遠門數十里抵偏店〔二〕，將憩，逢武吏躍馬而來，騎從數十，而貌似璞，見元方若識，而急下馬避之，入茶坊，垂簾於小室中，其徒御散坐簾外。元方疑之，亦造其邸。及褰簾入見，實裴璞也，驚喜拜之，曰：「兄去人間，復效武職，何從吏之赳赳焉？」裴曰：「吾爲陰官，職轄武士，故武飾耳。」元方曰：「何官？」「隴右三川掠剩使耳〔三〕。」曰：「何爲典耶？」曰：「吾職司人剩財而掠之。」韋曰：「何謂剩財？」裴曰：「人之轉貨求丐也，命當即叶，忽遇物之簡稀〔四〕，或主人深顧所得，乃踰數外之財，即謂之剩，故掠之焉。」曰：「安知其剩而掠之？」裴曰：「生人一飲一啄，無非前定，況財寶乎？陰司所籍，其獲有限，獲而踰籍，陰吏狀來，乃掠之也。」韋曰：「所謂掠者，奪之於囊耶，竊之於懷耶？」裴曰：「非也。當數而得，一一有成，數外之財，爲吾所運，或令虛耗，或累横事〔五〕，或買賣不及常價，殊不關身爾。始吾之生也，常謂商勤得財，農勤得穀，士勤得祿，只歎其不勤而不得也。夫覆舟之商，旱歲之農，屢空之士，豈不勤乎？而今乃知勤者德之基，學者善之本。德之爲善，乃理身之道耳，亦未足以邀財而求祿也。子之逢吾，亦是前定，合得白金二斤，過此遺子，又當復掠，故不厚矣。子之是行也，岐甚厚而邠甚薄，於涇殊無所得，諸鎮平平耳。人生有命，時不參差，以道靜觀，無復躁競，勉之哉！璞以公事，須入城中，陰冥限數，不可違越。」遂以白金二斤授之，揖而上馬。元方固請曰：「闊別多年，忽此集會，款言未幾，又隔晦明，何遽如此？」璞曰：「本司廨署，置在汧隴間，吐蕃將來，慮其侵軼，當與陰道京尹，共議會盟。雖非遠圖，聊亦紓患，亦粗安邊之計也。戎馬已駕，來期不遙，事非早謀，不可爲備，且去！且去！」上馬數里，遂不復見。顧其所遺，乃真白金也。悵然而西，所歷之獲，無差其說。彼樂天知命者，蓋知事皆前定矣。俄而蕃渾騷動，朝廷知之，又慮其叛，思援臣以爲謀，宰相涖盟，相國崔公不欲臨境，遂爲城下之盟，卒如其說也。

〔一〕本篇《類說》本《幽怪錄》題作《隴右山川掠剩使》。亦見《逸史搜奇》癸集卷五。《搜神廣記》後集題作《掠刷使》。《堅瓠祕集》卷二亦作《掠刷使》。

〔二〕「低」《搜神廣記》作「抵」。

〔三〕「三川」《類說》作「山川」。

〔四〕「簡」《搜神廣記》作「稍」。

〔五〕「累」《搜神廣記》作「縈」。

玄怪錄卷十

開元明皇幸廣陵〔一〕

開元十八年正月望夕，帝謂葉仙師曰：「四方之盛，陳於此夕，師知何處極麗〔二〕？」對曰：「燈燭華麗，百戲陳設，士女爭妍，粉黛相染，天下無踰於廣陵矣。」帝曰：「何術可使吾一觀之？」師曰：「侍御皆可，何獨陛下乎。」俄而虹橋起於殿前，板閣架虛，闌楯若畫。師奏：「橋成，請行，但無回顧而已。」於是帝步而上之，太真及侍臣高力士、黄旛綽、樂官數十人從行，步步漸高，若造雲中。俄頃之間，已到廣陵矣。月色如晝，街陌繩直，寺觀陳設之盛，燈火之光，照灼台殿。士女華麗，若行化焉，而皆仰望曰：「仙人現於五色雲中。」乃蹈舞而拜，闐溢里巷。帝大悦焉，乃曰：「此真廣陵也？」師曰：「請敕樂官奏《霓裳羽衣》一曲，後可驗矣。」於是作樂雲中，瞻聽之人，紛紜相蹈。曲終，帝意將迴，有頃之間，已到闕矣。帝極喜。人或謂仙師幻術造微，暫炫耳目。久之未決。後數旬，廣陵奏云：「正月十五日三更，有仙人乘彩雲自西來，臨孝感寺道場上，高數十丈。久之，又奏《霓裳羽衣》一曲，曲終西去。官僚士女，無不具瞻。斯蓋陛下孝誠感通，玄德昭著，名應仙籙，道冠帝圖。不然，何以初元朝禮之晨而慶雲現，小臣賤修之地而仙樂陳。則垂衣裳者徒聞帝德，歌南風者才洽人心，豈與盛朝同日而語哉！」上覽表，大悦，方信師之不妄也。

〔一〕本篇亦見《逸史搜奇》辛集卷六，題作《葉仙師》。《類説》本《幽怪録》題作《明皇觀揚州上元》。按：葉仙師，唐人諸書多作葉法善，參看王灼《碧雞漫志》卷三、胡仔《苕溪漁隱叢話》前集卷二十四。

〔二〕「麗」《歲時廣記》卷十二《遊廣陵》條引作「盛」。

葉天師〔一〕

開元中，道士葉靜能講於明州奉化縣興唐觀，自陞座也，有老父白衣而髯者，每先來而後去，必遲遲然，若有意欲言而未能者。講將罷去，愈更淹留。聽徒畢去，師乃召問，泣拜而言，自稱鱗位，曰：「有意求哀，不敢自陳，既蒙下問，敢不盡其誠懇。位實非人，乃寶藏之守龍也。職在觀南小海中，千秋無失，乃獲稍遷，苟或失之，即受炎沙之罰。今九百餘年矣〔二〕，胡僧所禁且三十春，其僧虔心，有大咒力，今憂午日午時，其術即成，來喝水乾，實無所隱〔三〕。弟子當死，不敢望榮遷，然千載之炎海，誠不可忍。惟仙師哀之，必免斯難，不敢忘德。」師許之，乃泣謝而去。師恐遺忘，乃大書其柱曰：「午日午時救龍。」其日赴食於邑人，既迴，方憩，門人忽讀其柱曰：「午日午時救龍，今方欲午，吾師正憩，豈忘之乎？」將入，師已聞，遽問曰：「今何時？」對曰：「頃刻正午耳〔四〕。」仙師遽使青衣門人執墨書符〔五〕，急往海一里餘〔六〕，見黑雲慘空，毒風四起，有婆羅門伏劍乘黑雲，持咒於海上連喝，海水尋減半矣。青衣使亦隨聲墮焉。又使黃衣門人執朱符奔馬以往，去海一百餘步，又喝，尋墮，海水十涸七八矣。有白龍跳躍淺波中，喘喘焉。又使朱衣使執黃符以往，僧又喝之，連喝不墮，及岸，則海水纔一二尺，白龍者奮鬣張口於沙中。朱衣使投符於海〔七〕，隨手水復。婆羅門撫劍而歎曰：「三十年精勤，一旦術盡，何道士之多能哉！」拗怒而去。既空海恬然，波停風息，前墮二使，亦漸能起，相與偕歸，具白於師。未畢，老父者已到，泣拜曰：「向者幾死於胡術，非仙師之力，不能免矣。位獸也，懼不克報，然終天依附，願同門人〔八〕可指使也。若承師命，雖秦越地阻，江山路殊，一念召之，即立左右矣。」自是朝夕定省，若門人焉。師以其觀在原上，不可穿井，童稚汲水，必於十里之外，闔觀患之。他日，師謂鬚父曰：「吾居此多日，憐其汲遠，思繞觀有泉以濟之，子可致乎？」曰：「泉水之流，天界所有，非力可致。然師能見活，又脫千年之苦，豈可辭乎！　夫非可致而致之，界神將拒，俟戰勝然後可。令諸人皆他徙。其日晦明三復，然後歸，庶幾有從命之功〔九〕。」合觀從之。過期而還，則石甃繞觀，清流潺潺，既周而南，入於海，黃冠賴焉。乃題渠曰「仙師渠」。師所以妙術廣大天下，蓋龍之所助焉。

〔一〕本篇《類說》本《幽怪錄》題作《胡僧咒海水》。亦見《逸史搜奇》壬集卷三。

〔二〕「餘」字原缺，據陳本補。

〔三〕「賓」《類說》作「竇」。

〔四〕「正」陳本、《搜奇》作「未」。
〔五〕「墨」原作「朱」，據《類說》改。
〔六〕「急」陳本、《搜奇》作「奔」。
〔七〕「投」原作「執」，據《類說》改。
〔八〕「同」陳本作「出」。
〔九〕「命」下陳本有二空格，似無缺字。

許元長〔一〕

許元長者，江陵術士，爲客淮南。御史陸俊之從事廣陵也，有賢妻，待之情分倍愈於常。俄而妻亡，俊之傷悼，情又過之。每至春風動處，秋月明時，衆樂聲悲，征鴻韻咽，或展轉忘寐，思苦長歎，或竚立無憀，心傷永日，如此者踰年矣。全失壯容，驟或雪鬢〔二〕。他日元長來，陸生知有奇術也，試以漢武帝李夫人之事誘之，元長曰：「此甚易耳。」曰：「然則能爲我致亡妻之神乎？」曰：「彼所致者，但致其魂，瞥見而已。元長又異焉。」陸曰：「然則子能致者何？」曰：「可致其身若生人，有以從容盡平生之意。」陸喜極拜曰：「先生誠能致之，顧某骨肉，手足無所措矣。」曰：「亡夫人周身之衣，亦彷彿能記乎？」曰：「然。」於是擇癸丑日，艮宮直音〔三〕，空其室，陳設焚香之外，悉無外物，乃備美食，夜分,使陸生公服以俟焉。老青衣一人侍立。元長曰:「夫人之來,非元長在此不可。元長若去,夫人隱矣。侍御夫人久喪,枕席單然,魂勞晦明〔四〕,恨入肌骨,精誠上達,懇意天從。良會難逢,已是逾年之思,必不可以元長在此,遂阻佳期。陽台一歸,楚君望絶,縱使高唐積恨,宋玉興辭,終無及也。」陸深感之。既而坐久,絶無來響,陸益倦,屢顧元長問焉。元長因出北望,入曰:「至矣,虔誠待之。」俄而悉窣若有人行階下者。元長揖曰:「請入。」其妻遂入,二青衣不識,徐而思之,乃明器女子也。陸拜哭,妻亦拜哭,因同席而坐,共話離間之思,且悲且歡。食畢,飲酒數巡。飲罷,元長覺其意洽,因回視仙海圖〔五〕。久之,忽聞其妻長吁整衣之聲,正坐,復明燈,又飲數巡。其妻起曰:「生死路殊,交歡望絶,非許山人之力,何以及此!此之一别,又是終天,幽暗之中,淚目成血。冥晦有隔,不可久淹,請從此辭。」陸又抱之而哭。哭竟,又曰:「絶望之悲,無身乃已。雖以許山人之命暫得此來,若更淹留,爲上司所責。」乃拜泣而去,下階失之,泣拜未息。陸號慟若初喪焉。乃信元長有奇異之術,且厚謝焉。元長固辭,終請不他言而已。今見在江陵。太和壬子歲得知其事於武寧曹侍郎弘真處,因備録之。

〔一〕本篇亦見《逸史搜奇》辛集卷八。
〔二〕「或」疑當作「成」或「忽」。
〔三〕「音」字原缺,據陳本補。

〔四〕「魂」字以下陳本缺失。

〔五〕「仙」《搜奇》作「山」。

王國良

莊宅使巡官王國良，下吏之兇暴者也，憑恃宦官，常以凌辱人爲事。李復言再從妹夫武全益，罷獻陵臺令，假城中之宅在其所管。武氏貧，往往納傭違約束，即言詞慘穢，不可和解。賓客到者，莫不先以國良告之，慮其謗及，畏如毒蛇。元和十二年冬，復言館於武氏，國良五日一來，其言愈穢，未嘗不掩耳而走。忽不來二十日，俄聞緩和之聲，遣人問之，徐曰：「國良也。」一家畏其惡辭，出而祈之，乃訝其羸瘠。曰：「國良前者奉辭，遂染重病，臥七日而死，死亦七日而蘇。冥官以無禮見譴〔二〕，杖瘡見在。久不得來。」復言呼坐，請言其實。國良曰：「疾勢既困，忽有壯士數人，揎拳露肘，就牀拽起，以布囊籠頭，拽行不知里數，亦不知到城郭，忽去其頭囊，乃官府門也，署曰『太山府君院』。喘亦未定，捽入廳前，一人緋衣當衙坐，謂案吏曰：『此人罪重，合沉地獄，一日未盡，亦不可追。可速檢過。』其人走入西廊，逡巡曰：『國良從今日已後，有命十年〔三〕。』判官令拽出放歸，既出門，復怒曰：『拽來！此人言語慘穢，抵忤平人。若不痛懲，無以爲誡。』遂拗坐決杖二十，拽起，不蘇者久之。判官又賜廳前池水一杯，曰：『飲之不忘，爲吾轉語世間人，慎其口過。口之招非，動掛網羅，一言以失，駟馬不追。』國良匍匐來歸，數宿方到，入門蹶倒，從此忽悟。家人泣伺將殮，問其時日，家人曰：『身冷已七日矣，唯心頭似暖，不忍即殮。』今起五六日矣，瘡痛猶在。」袒而視之，滿背黯黑，若將潰爛然，四際微紫，欲從外散，且曰：「自小兇頑，不識善惡，言詞狂誖，罪累積多，從此見戒，不敢復怒矣。凡若有錢，幸副期約，勿使獲罪於上也。」乃去。自是每到，必有仁愛〔三〕。明年九月，忽聞其死。計其得杖，僅滿十月，豈非陰司之事，十年爲月乎〔四〕？

〔一〕「譴」陳本作「撻」。
〔二〕「十」陳本作「千」。
〔三〕「必有仁愛」，陳本作「必若仁者」。
〔四〕「月」上似脱「十」。

按：本篇明言李復言所記，當出《續玄怪録》。

張寵奴〔一〕

長慶元年〔二〕，田令公弘正之失律鎮陽也，進士王泰客焉。聞兵起，乃出城南走。時兵交於野，乃晝伏宵行。入信都五六里，忽有一犬黄色隨來〔三〕。俄而犬顧泰曰：「此路絶險，何故夜行？」泰默然久之，以誠告之曰：「鎮陽之難矣〔四〕。」犬曰：「然得逢捷飛，亦郎之福也。許捷飛爲僕，乃可無患。」泰私謂：「夫人行爽於顯明之中者，有人責；行爽於幽冥之中者，有鬼誅。今吾行無爽，於吾何誅？神祇尚不懼，況妖犬乎。固可以正制之耳。」乃許焉。犬忽化爲人，拜曰：「幸得奉事〔五〕，然捷飛鈍於行，請元從暫爲驢，借捷飛乘之，乃可從行。」泰驚不對，乃驅其僕下路。未數步，不覺已爲驢矣。犬乃乘之。泰甚懼，然無計禦之，但仗正心而已〔六〕。偕行十里，道左有物，身長數尺，頭面倍之，赤目而髯者，揚眉而笑曰：「捷飛安得事人？」犬曰：「吾乃委質於人。」乃曰：「郎幸無怖。」大頭者低面而走。又數里，逢大面多眼者，赤光閃閃，呼曰：「捷飛安得事人？」又對如前。多眼者亦遁去。捷飛喜曰：「此二物者，以人爲上味，得人則戲投而爭食之，困然後食。今既去矣，餘不足畏。更三五里有居人劉老者，其家不貧，可以小憩。」俄而到焉，乃華居大第也。犬扣其門，有應而出者，則七十餘老人，行步甚健，啓門，喜曰：「捷飛安得與上客來？」犬曰：「吾遊冀州不遇，迴次山口，偶事王郎〔七〕，郎以違鎮陽之難，不敢晝行，故夜至。今極困，願得稍休。」老人曰：「何事不可。」因揖以入，館泰於廳中，盤饌品味，果栗之屬〔八〕，有頃而至。又有草粟筐貯飼馬，化驢亦飽焉。當食而捷飛預坐，曰：「倦行之人，夜蒙嘉饌，若更有酒，主人之分盡矣。」老人曰：「不待啓言，已令滌器。」俄有小童陳酒器，亦甚精潔。老人令捷飛酌焉，遂與同飲。數巡，捷飛曰：「酒非默飲之物，大凡人之家樂，有上客而不見，復誰見乎？」老人曰：「但以山中妓女不足侍爲懼〔九〕，安敢惜焉。」遽召寵奴。有頃，聞寵奴至，乃美妓也，貌稱三十餘，拜泰而坐其南，辭色頗不平。泰請歌，即唱。老人請，即必辭拒。犬曰：「寵奴之不肯歌者，當以無侶爲恨耳。側近有花眼者，亦善歌，盍召乎？」主人遽令邀之。少頃呼入〔一〇〕，乃十七八女子也，其服半故，不甚鮮華，坐寵奴之下。巡及老人，請花眼即唱，請寵奴即不唱。其意愈不平，似有所訴。巡又至老人，執杯固請不得，老人頗愧，乃笑曰：「常日請歌，寵奴未省相拒，今有少客，遂棄老夫耶！然以舊情當未全替，終請一曲。」寵奴拂衣起曰：「劉琨被段疋磾殺卻，張寵奴乃與老野狐唱歌來！」燈火俱滅，滿廳暗然。徐窺戶外似明，遂匍匐而出。顧其廳，即大墓也。馬繫長松下，舊僕立於門前，月輪正午。泰問其僕曰：「汝向者何爲？」曰：「夢化爲驢，爲人所乘，而與馬偕食草焉。」泰乃尋前路而去。行十餘里，天曙，逢耕人，問之曰：「近有何墓？」對曰：「此十里內，有晉朝并州刺史劉琨歌姬張寵奴墓。」乃知是昨夜所止也。又三數里，路隅有朽骷髏〔一一〕，傍有穿穴，草生其中，近視之，若四眼，蓋所召花眼也。而思大頭多眼者，杳不可知也。吾嘗以儒視世界，人死固有鬼；以釋觀之，輪迴之義，理亦昭然。柰何此妓華落千載〔一二〕，猶歌於冥冥之中〔一三〕，則信乎視聽之表，聖賢有不言者也。

〔一〕本篇亦見《異聞總錄》卷三，不注出處。又見《逸史搜奇》庚集卷三。《姬侍類偶》引作《續玄怪錄》。

〔二〕「元年」原作「九年」，據《總錄》改。按長慶無九年，田弘正被殺實在元年。

〔三〕「犬」陳本作「人」。

〔四〕「矣」《總錄》作「耳」。此句似有脱文。

〔五〕「事」陳本作「侍」。
〔六〕「心」字原無，據《總錄》補。
〔七〕「王」原作「于」，據《總錄》改。
〔八〕「栗」陳本作「粟」。
〔九〕「爲懼」二字《總錄》作「歡」。
〔一〇〕「少頃」原作「未頃」，據《總錄》改。
〔一一〕「隅」原作「偶」，據《總錄》改。
〔一二〕「華落」《總錄》作「牢落」。
〔一三〕「冥冥」《搜奇》作「冥寞」。

葉氏婦〔一〕

葉誠者，中牟縣梁城鄉染人也。婦耿氏，有洞晦之目，常言曰：「天下之居者、行者、耕者、桑者、交貨者、歌舞者之中，人鬼各半；鬼則自知非人，而人則不識也。」其家有牛騂而角者，夫婦念之可知矣。元和二年秋，忽有二鬼，一若州使，一若地界，入圈視牛，曰：「引重致遠，毛角筋骨可愛者，吾州無如此牛也。」若地界者曰：「何遠役追牛？」曰：「王之季女適南海君次子，從車五百兩，兩一牛，皆天下之美俊者。河南道配供十牛，當州唯一，只此牛耳，盍報使乎〔二〕？」遂去。其婦視牛，則惴惴然喘，汗流若沃水矣。其翁染人也，遽取藍花塗之。纔畢，有軍吏紫衣乘馬，導從數十騎，笑而入視牛，則異前所報矣。軍吏大怒，執地界，將決之，責曰：「貴主遠嫁，一州擇牛，既此牛中，奈何虛妄！」對曰：「適與衙官對定，所以馳報。及迴失牛，乃本牛主隱匿也。請收牛主問之，牛不遠矣。」乃令捉主人來。遂數人登階，捽其翁以出，其家只見中惡，呼不應矣。長幼繞而呼之，婦獨不哭，乃汲水澆牛，藍色盡，見界吏牽去而翁復來，上階，乃承呼而起曰：「吾爲軍吏責以隱牛，方欲洗滌，賴新婦自洗，遂得放歸。」使視其牛，已死矣。楊曙方宰中牟，聞此說，乃召而問之，一無謬矣。

〔一〕本篇亦見《異聞總錄》卷三，不注出處。又見《逸史搜奇》壬集卷十，題作《葉誠》。

〔二〕「使」，《總錄》作「此」。

馬僕射總〔一〕

檢校右僕射馬總，元和末節制東平。長慶二年六月十日午時，寢熟，夢一軍吏乘馬入中門，及階而下，一人握刀拱手而前，曰：「都統屈公。」公驚曰：「都統誰耶？」曰：「見則知矣。」公欲不去，使者曰：「都統之命，僕射不合辭。」不覺衣服上馬。一吏引，一吏從，遂出鄆州北郭門數百里，入城又數十里，見城門題曰「六押大都統府」。門吏武飾，威容甚嚴。入一二百步，有大衙門，正北百餘步，有殿九問，垂簾下有大聲曰：「屈上階。」陰知其聲，乃杜司徒佑也，遂趨而陞，二閹豎出卷簾。既而見之，果杜司徒也。公素承知友，交契甚深，相見極喜，慰勞如平生。遂揖坐，都統曰：「莫怪奉邀否？佑任此官，年勞將轉，上司許自擇替。中朝之堪付重權者，今揣量無踰於閣下者，將欲奉託耳。此官名六押大都統，陰官不是過也，且以大庇親族知友耳。人之生世，白駒過隙，誰能不死。而又福不再遇，良時易失，苟非深分，豈薦自代。權位既到，幸勿因循。」公曰：「生爲節制，死豈爲民，陽禄方崇，陰位誰顧。直使爲王且不願，況都統哉？」杜曰：「上請授公，天命難拒。文符即下，何能違天！」公曰：「天聽甚卑，亦從人欲，奈何自取求替，誣其天命乎？」杜曰：「終與公，公豈能免。」公曰：「終不受，都統安能與？必若以鬼相逼，豈無天乎？」杜乃顧謂群吏曰：「公既拒，事不諧矣！」公曰：「渴，請一兩盂茶。」杜乃促煎茶。從吏曰：「僕射既不住，不合飲此茶。況時熱，不可久住，宜速命駕。」俄而牽馬立於故處，公辭將去，都統步步送之。既下階，執手曰：「勉修令圖，此位終奉。」遂乘馬南行，舊吏引從如初，乃却從故道〔二〕而歸，入北郭，從吏忽大叫。公驚，迴視，應聲墜馬，忽寤，乃申候也。姬僕之輩，但見熟寐，不知其他。明年，罷鎮還京，及夏而薨，斯乃果從所請乎？公之將薨也，有兗人逢甲兵萬騎擁公東去者，得非赴是職歟？

〔一〕本篇亦見《逸史搜奇》癸集卷六，「總」訛作「聰」。

〔二〕「故道」以下陳本缺失。

玄怪錄卷十一

華山客〔一〕

党超元者，同州郃陽縣人〔二〕。元和二年，隱居華山羅敷水南。明年冬十二月十六日，夜近二更，天清月朗〔三〕，風景甚好，忽聞扣門之聲。令童候之，云：「一女子，年可十七八，容色絶代，異香滿路。」超元邀之而入，與坐，言詞清辯，風韻甚高，固非人世之材。良久，曰：「君識妾何人也？」超元曰：「夫人非神仙耶〔四〕，必非尋常人也。」女曰：「非也。」又曰：「君知妾此來何欲？」超元曰：「不以陋愚，特垂枕席之歡耳。」女笑曰：「殊不然也。妾非神仙，乃南冢之妖狐也。學道多年，遂成仙業。今者業滿願足，須從凡例，祈君活之耳。枕席之娱，笑言之會，不置心中有年矣，乞不以此懷疑，若徇微情，願以命託。」超元唯唯。又曰：「妾命後日當死於五坊箭下。來晚獵徒有過者，宜備酒食以待之。彼必問其所須，即曰：『親愛有疾，要一臘狐〔五〕，能遂私誠，必有殊贈。』以此懇請，其人必從。贈禮所須，今便留獻。」因出束素與党曰：「得妾之屍，請夜送舊穴。道成之後，奉報不輕。」乃拜泣而去。至明，乃鬻束素以市酒肉，爲待賓之具。其夕，果有五坊獵騎十人來求宿，遂厚遇之。十人相謂曰：「我獵徒也，宜爲衣冠所惡。今党郎傾蓋如此，何以報之？」因問所須，超元曰：「親戚有疾，醫藉臘狐，其疾見困，非此不愈。」乃祈於諸人：「幸得而見惠，願奉五素爲酒樓費。」十人許諾而去。南行百餘步，有狐突走繞大冢者，作圍圍之，一箭而斃。其徒喜曰：「昨夜党郎固求，今日果獲。」乃持來與超元，奉之五素。既去，超元洗其血，卧於寢床，覆以衣衾。至夜分人寂，潛送穴中，以土封之。後七日夜半，復有扣門者，超元出視，乃前女子也，又延入。泣謝曰：「道業雖成，准例當死，爲人所食，無計復生。今蒙深恩，特全斃質，修理得活，以証此身。磨頂至踵，無以奉報。人塵已去，雲駕有期，仙路遥遥，難期會面。請從此辭。藥金五十斤，聊充贈謝。此金每兩值四十緡，非胡客勿示。」乃出其金，再拜而去，且曰：「金烏乍分〔六〕，有青雲出於冢上者，妾去之候也。火宅之中，愁焰方熾，能思静理，少滌俗心〔七〕，亦可一念之間，暫臻凉地。勉之！勉之！」言訖而去。明晨往視〔八〕，果有青雲出於冢上，良久方散。及驗其金〔九〕，真奇寶也。即日携入市，市人只酬常價。後數年，忽有胡客來請〔一〇〕，曰：「知君有異金，願一觀之。」超元出示，胡笑曰：「此乃九天液金〔一一〕，君何以致之？」於是每兩酬四十緡，收之而去。後不知其所在耳。

〔一〕本篇《類説》本《幽怪録》題作《塚狐學道成仙》。亦見《逸史搜奇》壬集卷七。《廣艷異編》卷二十九，題作《狐仙》。

〔二〕「同州」原作「司州」，按《元和郡縣圖志》郃陽屬同州，據改。

〔三〕「清」陳本、《搜奇》作「晴」。

〔四〕「耶」陳本、《廣艷》作「即」。
〔五〕「臘」陳本、《類説》作「獵」。
〔六〕「乍」陳本、《搜奇》作「未」。
〔七〕「滌」陳本、《類説》、《廣艷》、《搜奇》作「息」。
〔八〕「往」陳本、《搜奇》作「專」。
〔九〕「及」陳本、《搜奇》作「人」。
〔一〇〕「請」陳本、《廣艷》、《搜奇》作「詣」。
〔一一〕「液」陳本作「掖」。

尹縱之〔一〕

尹縱之，元和四年八月肄業中條山西峰，月朗風清，必吟嘯鼓琴以怡衷。一夕，聞檐外履步之聲，若女子行者。縱之遥謂曰：「行者何人？」曰：「妾山下王氏女，所居不遠，每聞郎君吟咏鼓琴之聲，未嘗不傾耳向風，凝思於蓬户〔二〕。以父母訓嚴，不敢來聽。今夕因親有適人者，父母俱往，妾乃獨止。復聞久慕之聲，故來潛聽。不期郎之聞也。」縱之曰：「居止接近，相見是常。既來聽琴，何不入坐？」縱之出迎，女子乃拜。縱之略復之，引以入户，設榻命坐。儀貌風態，綽約異常，但耳稍黑。縱之以爲真村女之尤者也。山居閒寂，頗積愁思，得此甚愜心也。命僕夫具果煮茗，彈琴以怡之。山深景静，琴思清遠，女意歡極。因留宿，女辭曰：「父母如何？」縱之曰：「喜會是赴，固不夜歸。五更潛復閉户爲獨宿者，父母曙到，亦何覺之。」女笑而止。相得之歡，誓將白首。綢繆之意，無不備盡。天欲曙，衣服將歸，縱之深念，慮其得歸而難召也，思留質以繫之。顧床前有青花氈履，遽起取一隻鎖於櫃中。女泣曰：「妾貧，無他履，所以承足止此耳。郎若留之，當跣足而去，父母召問，以何説告焉？杖固不辭，絶將來之望也。」縱之不聽，女泣曰：「妾父母嚴，聞此惡聲，不復存命。豈以承歡一宵，遂令死謝？繾綣之言，聲未絶耳〔三〕，不忘陋拙，許再侍枕席〔四〕，每夕尊長寢後，猶可潛來。若終留之，終將殺妾，非深念之道也。綢繆之歡，棄不旋踵耳，且信誓安在？」又拜乞曰：「但請與之，一夕不至，任言於鄰里。」自五更至曉，泣拜床前，言辭萬端。縱之以其辭懇，益疑，堅留之。將明，又不敢住，又泣曰：「是妾前生負郎君，送命於此。然郎之用心，神理所殛，修文求名，終無成矣！」收淚而去。縱之以通宵之倦，忽寢熟，日及窗方覺，聞床前腥氣，起而視之，則一方凝血在地，點點而去。開櫃驗氈履，乃猪蹄殻也。遽策杖尋血而行，至山下王朝猪圈，血蹤入焉。乃視之，一大母猪，無後右蹄殻，血卧墻下〔五〕，見縱之怒目而走。縱之告王朝，朝執弓矢逐之，一矢而斃。其年縱之下山求貢，雖聲華籍甚〔六〕，然終無成〔七〕，豈負豕之罪歟？

〔一〕本篇亦見《廣艷異編》卷二十六、《逸史搜奇》庚集卷四。《類説》本《幽怪録》題作《女留青氊履》。

〔二〕「蓬」原作「逢」，據陳本、《搜奇》改。
〔三〕「耳」陳本、《搜奇》作「矣」。
〔四〕「許」下《廣艷》有「妾」字。
〔五〕「臥」陳本、《廣艷》、《搜奇》作「引」。
〔六〕「甚」陳本作「盛」。
〔七〕「然」陳本作「終」。

王煌〔一〕

太原王煌，元和三年五月初申時，自洛之緱氏莊，乃出建春門二十里〔二〕，道左有新冢，前有白衣姬設祭而哭甚哀。煌微覘之，年適十八九，容色絕代。傍有二婢，無丈夫。侍婢曰：「小娘子秦人，既笄適河東裴直，未二年，裴郎乃遊洛不復，小娘子訝焉，與某輩二人，偕來到洛，則裴已卒矣。其夫葬於此，故來祭哭耳。」煌曰：「然則何歸？」曰：「小娘子少孤無家，何歸？頃婚禮者外族，其舅已亡。今且駐洛，必謀從人耳。」煌喜曰：「煌有正官，少而無婦。莊居緱氏，亦不甚貧，今願傾微誠，試爲咨達。」婢笑，徐詣姬言之。姬聞而哭愈哀，婢牽衣止之，曰：「今日將夕矣，野外無所止，歸秦無生業。今此郎幸有正官而少年，行李且贍，固不急於衣食。必欲他行，捨此何適？若未能抑情從變，亦得歸休，奈何不聽其言耶？」姬曰：「吾結髮事裴，今客死洛下，綢繆之情，已隔明晦。碎身粉骨，無謝裴恩。未展哀誠，豈忍他適。汝勿言，吾且當還洛。」其婢以告煌，煌又曰：「歸洛非有第宅，決爲客，客於緱，何傷？」婢復以告。姬顧日將夕，回無所抵，乃斂哀拜煌，言禮欲申，哀咽良久。煌召左右飾騎。與煌同行十餘里，偕宿彭婆店，禮設別榻。每聞煌言，必嗚咽而泣，不敢不以禮待之。先曙而到芝田別業，於中堂泣而言曰：「妾誠陋拙，不足辱君子之顧。身今無歸，已沐深念。請備禮席，展相見之儀。」煌遽令陳設，對食畢，入成結褵之禮，自是相歡之意，日愈殷勤。觀其容止婉娩，言詞閒雅，工容之妙，卓絶當時。信誓之誠，惟死而已。後數月，煌有故入洛。洛中有道士任玄言者，奇術之士也，素與煌善，見煌顔色，大異之，曰：「郎何所偶，致形神如此耶？」煌笑曰：「納一夫人耳。」玄言曰：「所偶非夫人，乃威神之鬼也。今能速絶，尚可生全。更一二十日，生路即斷矣，玄言亦無能奉救也。」煌心不悦，以所謀之事未果，白衣遣人請歸，其意尤切。纏綿之思，不可形狀。更十餘日，煌復入洛，遇玄言於南市，執其手而告曰：「郎之容色決死矣，不信吾言，乃至如是。明日午時，其人當來，來即死矣。惜哉！惜哉！」因泣與煌別，煌愈惑之。玄言曰：「郎不相信，請置符於懷中。明日午時，賢寵入門，請以符投之，當見本形矣。」煌乃取其符而懷之。既背去，玄言謂其僕曰：「明日午時，芝田妖當來，汝郎必以符投之。汝可視其形狀，非青面耐重鬼，即赤面者也。入反坐汝郎，郎必死。死時視之，坐死耶？臥死耶？」其僕潛記之。及時，煌坐堂中，芝田妖果來，及門，煌以懷中符投之，立變面爲耐重鬼。鬼執煌〔三〕，曰：「如此，奈何取妖道士言，令吾形見！」反捽煌，卧於床上，一踏而斃。日暮，玄言來候之，煌已死矣。問其僕曰：「何形？」僕乃告之。玄言曰：「此乃北天王右脚下耐重也，例三千年一替，其鬼年滿，自合擇替，故化形成人而取之。煌得坐死，滿三千年亦當求替。今既臥亡，終天不復得替矣。」前睹煌屍，脊骨已折。玄言泣之而去。此傳之僕人〔四〕，故備書焉。

〔一〕本篇亦見《廣艷異編》卷三十三。《類説》本《幽怪録》題作《娶耐重鬼》。
〔二〕「二十」下陳本有「五」字。
〔三〕「煌」下陳本衍「已死矣問其僕」六字，乃下文錯簡。
〔四〕陳本「僕」下缺失。

岑曦〔一〕

進士鄭知古，睿宗朝客於相國岑公門下有日矣。一夕，因寢於內廳。夜分，遠聞衆鬧祈哀之聲。傾耳聽之，聲聲漸近。既而分明聞其祈救人曰〔二〕：「岑氏寒微，未達於天下，幸而生之。曦，謬掌朝政，其心畏慎，未嘗敢危人。設使婦人而持權者，其心亦猛於曦也。即曦持衡御物，生無怨人，死無怨鬼，何所觸犯，而當此戮？唯使者恕之。某等當使曦以陰緡百萬奉謝。」泣告之聲盈路。俄見大鬼丈餘，蓬頭朱衣，執長劍逾牆而入，有丈夫、婦女、老者、少者亦隨之入，或自投於牆下遮拜，其辭懇切。大鬼不顧，又逾中門，衆亦紛紜而入。食頃，聞闔門大哭之聲，驚起聽之，大鬼者執曦頭而出，門内哭聲極哀，若有大禍。衙鼓將動，稍稍似息。知古徬徨不知所爲，行於廊下，以及鳴鼓。鼓發，中門大開，厩吏乃飾馬。導從之士，儼立於門下矣。知古微覘之，聞曦起而□冠矣〔三〕。有頃，朝天時至，執炬者告之。曦簪笏而出，撫馬欲上，忽捫其頸曰：「吾夜半項痛，及此愈甚，如何！」急命書吏爲簡，請展前假小憩之。遂復入，行數步，回曰：「今晨有事，須自對敭〔四〕。」强投簡而登馬。知古所見中夜之事小驗，益憂。有頃，一騎奔歸曰：「相國伏法矣，家當籍没！」知古逾垣而出，免爲法司所詰。前拜泣而求恕者，蓋岑氏之先也。僕常聞人之榮辱，皆禀自陰靈。惟此鬼吏，其何神速矣。乃知幽晦之内，其可忽之乎！

〔一〕本篇亦見《逸史搜奇》癸集卷七。
〔二〕「聞」原作「問」，據陳本、《搜奇》改。
〔三〕「冠」上墨釘陳本作「靦」，疑誤。
〔四〕「敭」原作「剔」，今改。

李沈〔一〕

隴西李沈者，其父嘗受朱泚恩，賊平伏法，沈乃逃而得免。既而逢赦，以家産僮僕悉施洛北惠林寺而寓生焉。讀書彈琴，聊以度日。今荊南相公清河崔公群，群弟進士于〔二〕，皆執門人禮，即其所與遊者，不待言矣。常以處士李擢爲刎頸交〔三〕。元和十三年秋，擢因謂沈曰：「吾有故將適宋，回期未卜，兄能泛舟相送乎？」沈聞其去，離思浩然，遂登舟。初約一程，程盡則曰：「兄之情，豈盡於此？」及又行，言似有感，竟不能別，直抵濉陽。其暮，擢謝舟人而去，與沈乃下汴堤〔四〕，月中徐曰：「承念誠久，兄識擢何人也？」沈曰：「辯博之士也。」擢曰：「非也。擢乃冥官，頃爲洛州都督，故在洛多時。陰道公事，故不任晝，乃得與兄同遊。今去陰遷陽，托孕於親已五載矣。所以步步邀兄者，意有所託。」沈曰：「何事？」曰：「擢之此身，藝難爲匹，唯慮一舍此身，都醉前業，祈兄與醒之耳。然擢孕五載，寓親腹中，其家以爲不祥，祈神祝佛之法，竭貲而爲。擢尚未往，神固何爲。兄可往其家，朱書『産』字令吞之，擢即生矣。必奉兄絹素。兄得且去，候擢三歲，宜復來視之，且曰：『主人孫久不産者，某以朱字吞之，生兒奇慧，今三載矣，思宿以驗之〔五〕，故復來也。』可取兒抱卧，夜久伺掌人閉户，即抱於靜處呼曰：『李擢記我否？』兒當啼，啼即掌之。再三問之，擢必微悟。兄宜與擢言洛中居處及遊宴之地，擢當大悟，悟後此生之業無孑遺矣。此事必醒素以歸〔六〕，擢乃後榮盛〔七〕，兄必可復得從容矣〔八〕。兄聲名籍甚，不久當有大諫之拜，慎勿赴也，赴當非壽。此郡北三十里有胡村，村前有車門，即擢新身之居也。」言訖，泣拜而去。遲明，沈策杖訪之，果有胡村。叩門求憩，掌人翁年八十餘，倚杖延入。既命坐，似有憂色，沈問之，翁曰：「新婦孕五載矣，計窮術盡，略無少徵。」沈因曰：「沈道門留心，頗善咒術，不産之由，見之即辨。」遽令左右召新婦來，沈診其臂曰：「男也，甚明慧，有非常之才，故不拘常月耳。」於是令速具產所帷帳床榻畢，沈執筆若祝者，朱書「產」字令吞之，入口，而男生焉。翁極喜，奉絹三十疋，沈乃受焉，曰：「此兒不常也，三歲當復來爲君相之。」言訖而去。及期再往，乃曰：「前所生子，今三歲矣，願得之一宿占相之。」掌人喜而許之。沈伺夜人静，抱之遠處，呼曰：「李攉，今識我否？」兒驚啼，沈掌之，曰：「李攉何見我不記耶？」又掌之，兒愈啼。而問之者三四，兒忽曰：「十六兄果能來此耶？」沈因語洛中事，遂大笑言若平生，曰：「攉一一悟矣。」乃抱之歸宿。及明朝〔九〕，告其掌人曰：「此兒有重禄，乃成家之貴人也，宜保持之。」胡氏喜，又贈絹五十疋，因取别。乃憶醒素之言，蓋以三才五星隱其成數耳。以沈食禄而誅〔一〇〕，不食而免，其命乎？足以警貪禄位而不知其命者也。

〔一〕本篇亦見《異聞總録》卷二，不注出處。又見《逸史搜奇》辛集卷二。

〔二〕「羣弟進士于」《總録》作「既第進士」。按：崔于爲羣弟，不誤。

〔三〕「以」《總録》作「與」。

〔四〕「乃下」《總録》作「坐」字。

〔五〕「驗」陳本、《搜奇》作「告」，《總録》作「占」。

〔六〕「事」《總録》作「時」。

〔七〕「乃後」二字疑倒。

〔八〕「必」陳本、《總録》、《搜奇》作「不」。

〔九〕「及」原作「足」，據《總録》改。

〔一〇〕「而誅」以下陳本缺失。

補遺

杜巫

杜巫尚書年少未達時，曾於長白山遇道士貽丹一丸，即令服訖，不欲食，容色悦懌，輕健無疾。後任商州刺史，自以既登太守，班位已崇而不食，恐驚於衆，於是欲去其丹，遇客無不問其法。歲餘，有道士至，甚年少。巫詢之，道士教以食猪肉，仍吃血。巫從之食吃，道士命挲羅，須臾，巫吐痰涎至多，有一塊物如栗。道士取之。甚堅固。道士剖之，若新膠之未乾者，丹在中。道士取以洗之，置於手中，其色緑瑩。巫曰：「將來，吾自收之，暮年服也。」道士不與，曰：「長白吾師曰：『杜巫悔服吾丹，今願出之。汝可教之，收藥歸也。』今我奉師之命，欲去其神物。今既去矣，而又擬留至耄年。縱收得，亦不能用也。自宜息心。」遂吞之而去。巫後五十餘年，罄産燒藥，竟不成。《廣記》卷七二

崔尚

開元時有崔尚者，著《無鬼論》，詞甚有理。既成，將進之，忽有道士詣門，求見其論。讀竟，謂尚

曰：「詞理甚工，然天地之間若云無鬼，此謬矣。」尚謂：「何以言之？」道士曰：「我則鬼也，豈可謂無？君若進本，當爲諸鬼神所殺，不如焚之。」因爾不見，竟失其本。《廣記》卷三三〇

鄭望

乾元中有鄭望者，自都入京，夜投野狐泉店宿，未至五六里而昏黑。忽於道側見人家，試問門者，云是王將軍，與其亡父有舊。望甚喜，乃通名參承。將軍出，與望相見，叙悲泣，人事備之。因爾留宿，爲設饌飲。中夜酒酣，令呼蘧蒢三娘唱歌送酒，少間三娘至，容色甚麗，尤工唱《阿鵲鹽》〔一〕。及曉別去，將軍夫人傳語，令買錦袴及頭髻花紅朱粉等。後數月，東歸過，送所求物，將軍相見歡洽，留宿如初。望問何以不見蘧蒢三娘，將軍云：「已隨其夫還京。」以明日辭去。出門不復見宅，但餘丘隴。望憮然却迴。至野狐泉，問居人，曰：「是王將軍冢。冢邊，伶人至店，其妻暴疾亡，以葦席裹屍，葬將軍墳側，故呼曰蘧蒢三娘云。旬日前伶官亦移其屍歸葬長安訖。」《廣記》卷三三六

〔一〕「鹽」原作「監」，據《容齋續筆》卷七《昔昔鹽》引改。

元載

大曆九年春，中書侍郎、平章事元載早入朝，有獻文章者，令左右收之。此人若欲載讀，載云：「俟至中書，當爲看。」人言：「若不能讀，請自誦一首。」誦畢不見，方知非人耳。詩曰：「城東城西舊居處，城裏飛花亂如絮。海燕銜泥欲下來，屋裏無人却飛去。」載後竟破家，妻子被殺云。《廣記》卷三二七

魏朋

建州刺史魏朋，辭滿後客居南昌，素無詩思。後遇病，迷惑失心，如有人相引接。忽索筆抄詩言：「孤墳臨清江，每睹白日晚。松影摇長風，蟾光落巖甸。故鄉千里餘，親戚罕相見。望望空雲山，哀哀泪如霰。恨爲泉臺客，復此異鄉縣。願言敦疇昔，勿以棄疵賤。」詩意如其亡妻以贈朋也。後十餘日，朋卒。《廣記》卷三四一

岑順〔一〕

汝南岑順字孝伯，少好學有文，老大尤精武略。旅於陝州，貧無第宅。其外族呂氏有山宅〔二〕，將廢之，順請居焉。人有勸者，順曰：「天命有常，何所懼耳！〔三〕」卒居之。後歲餘，順常獨坐書閣下，雖家人莫得入。夜中聞鼓鼙之聲，不知所來。及出户則無聞，而獨喜，自負之，以爲石勒之祥也。祝之曰：「此必陰兵助我，若然，當示我以富貴期。」數夕後，夢一人被甲冑前報曰：「金象將軍使我語岑君，軍城夜警，有喧諍者，蒙君見嘉，敢不敬命。君甚有厚禄，幸自愛也。既負壯志，能猥顧小國乎？今敵國犯壘，側席委賢，欽味芳聲，願執旌鉞。」順謝曰：「將軍天質英明，師貞以律，猥煩德音，屈顧疵賤。然犬馬之志，惟欲用之〔四〕。」使者復命，順忽然而寤，恍若自失，坐而思夢之徵。俄然鼓角四起，聲愈振厲。順整巾下牀，再拜祝之。須臾，户牖風生，帷簾飛揚，燈下忽有數百鐵騎，飛馳左右，悉高數寸，而被堅執鋭，星散遍地。倏閃之間，雲陣四合。順驚駭，定神氣以觀之。須臾，有卒賫書云：「將軍傳檄。」順受之，云：「地連獯虜，戎馬不息，向數十年。將老兵窮，姿霜卧甲，天設勁敵，勢不可止。明公養素蓄德，進業及時，屢承嘉音，願托神契。然明公陽官，固當享大禄於聖世，今小國安敢望之。緣天那國北山賊合從，剋日會戰，事圖子夜，否滅未期〔五〕，良用惶駭。」順謝之，室中益燭，坐觀其變。夜半後，鼓角四發。先是東面壁下有鼠穴，化爲城門，壘堞崔嵬，三奏金革，四門出兵，連旗萬計〔六〕，風馳雲走，兩皆列陣〔七〕。其東壁下是天那軍，西壁下金象軍。部後各定〔八〕。軍師進曰：「天馬斜飛度三止，上將橫行係四方〔九〕。輜車直入無迴翔，六甲次第不乖行。」王曰：「善。」於是鼓之，兩軍俱有一馬，斜去三尺止。又鼓之，各有一步卒，橫行一尺。又鼓之，車進。如是鼓漸急而各出物包，矢石亂交。須臾之間，天那軍大敗奔潰，殺傷塗地。王單馬南馳，數百人投西南隅，僅而免焉。先是西南有藥〔一〇〕，王栖臼中，化爲城堡。金象軍大振，收其甲卒，輿屍橫地。順俯伏觀之，於時一騎至禁，頒曰：「陰陽有厝，得之者昌。亭亭天威，風驅電激〔一一〕，一陣而勝，明公以爲何如？」順曰：「將軍英貫白日，乘天用時，竊窺神化靈文，不勝慶快。」如是數日會戰，勝敗不常。王神貌偉然，雄姿罕儔。宴饌珍筵，與順致寶貝明珠珠璣無限。順遂榮於其中，所欲皆備焉。後遂與親朋稍絶，閉門不出〔一二〕。家人異之，莫究其由。而順顏色憔悴，爲鬼氣所中。親戚共意有異，詰之不言。因飲以醇醪，醉而究泄之。其親人潛備鍬鍤，因順如厠而隔之。荷鍤亂作，以掘室內，八九尺，忽坎陷，是古墓也。墓有磚堂，其盟器悉多，甲冑數百，前有金牀戲局，列馬滿枰，皆以金銅成形，其干戈之事備矣。乃悟軍師之詞，乃象戲行馬之勢也。既而焚之，遂平其地。多得寶貝，皆墓內所畜者。順閲之，恍然而醒，乃大吐，自此充悦，宅亦不復凶矣。時寶應元年也。《廣記》卷三六九

〔一〕本篇《廣艷異編》卷二十一題作《金象將軍》，不著作者。

〔二〕「山」《廣艷》作「凶」。

〔三〕「耳」《廣艷》作「耶」。
〔四〕「欲」《廣艷》作「所」。
〔五〕「否」《廣艷》作「殄」。
〔六〕「計」《廣艷》作「騎」。
〔七〕「皆」《廣艷》作「階」。
〔八〕「後」《廣艷》作「伍」。
〔九〕「係」《廣艷》作「繫」。
〔一〇〕「藥」下明鈔本《廣記》有「曰」字，疑是「臼」字之訛。《廣艷》無此一段。
〔一一〕「電」原作「連」，據《廣艷》改。
〔一二〕「閉門」原作「閑間」，據《廣艷》改。

韋協律兄〔一〕

太常協律韋生，有兄甚凶，自云平生無懼憚耳。聞有凶宅，必往獨宿之。其弟話於同官，同官有試之者，且聞延康東北角有馬鎮西宅，常多怪物，因領送其宅，具與酒肉，夜則皆去，獨留之於大池之西孤亭中宿。韋生以飲酒且熱，袒衣而寢。夜半方寤，乃見一小兒，長可尺餘，身短脚長，其色頗黑，自池中而出，冉冉前來，循階而上，以至生前。生不爲之動，乃言曰：「卧者惡物，直又顧我耶？」乃繞牀而行。須臾，生迴枕仰卧，乃覺其物上牀，生亦不動。逡巡，覺有兩個小脚緣於生脚上，冷如冰鐵，上徹於心，行步甚遲。生不動，候其漸行上及於肚，生乃遽以手摸之，則一古鐵鼎子，已欠一脚矣。遂以衣帶繫之於牀脚。明旦，衆看之，具白其事。乃以杵碎其鼎，染染有血色。自是人皆信韋生之皃而能絶宅之妖也。《廣記》卷三七〇

〔一〕本篇談本《廣記》注「出異怪錄」，今據黄本《廣記》。

蘇履霜

太原節度馬侍中燧小將蘇履霜者，頃事前節度使鮑防，從行營日，並將伐回紇。時防臨陣，指一旗劉明遠，以不進鋒，命履霜斬之。履霜受命，然數目明遠遽進，得脱喪元之禍。後十餘年卒。履霜亦遊於冥間，見明遠，乃謂履霜曰：「曩日蒙君以生成之故，無因酬德，今日當展素願。」遂指一路，路多榛棘，云：「但趨此途，必遇舍利王。王平生會爲侍中之部將也，見而訴之，必獲免。」告之命去，履霜遂行一二十里間，果逢舍利王弋獵。舍利素識履霜，驚問曰：「何因至此？」答曰：「爲冥司所召。」乃曰：「公不合來，宜速反！」遂命判官王鳳翔令早放迴，兼附信耳。謂履霜曰：「爲余告侍中，自此二年當罷節，一年之内，先須去入赴朝廷。郎君早棄人世，慎勿泄之。」鳳翔檢籍放歸。至一關門，逢平

生飲酒之友數人，謂履霜曰：「公獨行歸，余曹企慕，所不及也。」生五六日，遂造鳳翔。鳳翔逆已知之，問云：「舍利何詞？」曰：「有之，不令告他人也。」鳳翔曰：「余亦知之，汝且歸，余候隙當白侍中。」旬日，遂與履霜白之。侍中召履霜訊之，履霜亦具所見。鳳翔陳告，後所驗一如履霜所言。蓋鳳翔生自司冥局，隱而莫有知之者，因履霜還生而洩也。《廣記》卷三八四

景生

景生者，河中猗氏人也，素精於經籍，授胄子數十人。歲暮將歸，途中遇逢故相呂譚，以舊相識，遂以後乘載之而去。群胄子乃散報景生之家。而景生到家，身已卒訖，數日乃蘇，云：「冥中見黄門侍郎嚴武、朔方節度張或然。」景生善《周易》，早歲兼與呂相講授，未終秩，遇呂相薨，乃命景生，請終餘秩。時嚴、張俱爲左右臺郎，顧呂而怒曰：「景生未合來，固非冥間之所勾留，奈何私欲而有所害？」共請放迴。呂遂然之。張尚書乃引景生，屬兩男，一名曾子，一名夫子，閏正月三日當起北屋，妨曾子新婦，爲報止之。令速罷，當脱大禍。及景蘇數日而後報其家，屋已立，其妻已亡矣。又説曾子當終刺史，夫子亦爲刺史而不正拜，後果如其言。《廣記》卷三八四

崔紹〔一〕

崔紹者，博陵王玄暐曾孫。其大父武，嘗從事於桂林。其父直，元和初亦從事於南海，常假郡符於端州。直處官清苦，不蓄羨財，給家之外，悉拯親故。在郡歲餘，因得風疾，退卧客舍，伏枕累年。居素貧，無何，寢疾復久，身謝之日，家徒索然。繇是眷屬輩不克北歸。紹遂孜孜履善，不墮素業。南越會府，有攝官承乏之利，濟淪落羈滯衣冠。紹迫於凍餒，常屈至於此。賈繼宗，外表兄夏侯氏之子，則紹之子婿，因緣還往，頗熟其家。大和六年，賈繼宗自瓊州招討使改換康州牧，因舉請紹爲掾屬。康之附郭縣曰端谿，端谿假尉隴西李彧，則前大理評事景休之猶子。紹與彧錫類之情，素頗友洽，崔李之居，復隅落相近。彧之家畜一女貓，常往來紹家捕鼠。南土風俗，惡他舍之貓産子其家，以爲大不祥。彧之貓産二子於紹家，紹甚惡之，因命家童縶三貓於筐篋，加之以石，復以繩固筐口，投之於江。是後不累月，紹丁所出滎陽鄭氏之喪，解職，居且苦貧。孤孀數輩，饘粥之費，晨暮不充，遂薄游羊城之郡，丐於親故。大和八年五月八日，發康州官舍，歷抵海隅諸郡。至其年九月十六日，達雷州。紹家常事一字天王，已兩世矣。雷州舍於客館中，其月二十四日，忽得熱疾，一夕遂重，二日遂殛。將殛之際，忽見二人焉，一人衣黄，一人衣皂，手執文帖，云：「奉王命追公。」紹初拒之，云：「平生履善，不省爲惡。今有何事，被此追呼？」二使人大怒曰：「公殺無辜三人，冤家上訴，奉天符下降，令按劾。公方當與冤家對命，奈何猶敢稱屈，違拒王命？」遂展帖示。紹見文字分明，但不許細讀耳。紹頗畏讋，不知所裁。頃刻間，見一神人來，二使者俯伏禮敬。神謂紹曰：「爾識我否？」紹曰：「不識。」神曰：「我一字天王也，常爲爾家供養久矣，每思以報之，今知爾有難，故來相救。」紹拜伏求救。天王曰：「爾但共我行，必無憂患。」王遂行，紹次之，二使者押紹之後。通衢廣陌，杳不可知際。行五十許里，天王問紹：「爾莫困否？」紹對曰：「亦不甚困，猶可支持三二十里。」天王曰：「欲到矣。」逡巡，遥見一城門，墻高數十仞，門樓甚大，有二神守之。其神見天王，側立敬懼。更行五里，又見一城門，四神守之。其神見天王之禮，亦如第一門。又行三里許，復有一城門，其門關閉。天王謂紹曰：「爾且立於此，待我先入。」天王遂乘空而過。食頃，聞摇鎖之聲，城門洞開，見十神人，天王亦在其間，神人色甚憂懼。更行一里，又見一城門，有八街，街極廣闊，街兩邊有雜樹，不識其名目。有神人甚多，不知數，皆羅立於樹下。八街之中，有一街最大，街西而行，又有一城門，門兩邊各有數十間樓，並垂簾。街衢人物頗衆，車輿合雜，朱紫繽紛，亦有乘馬者，亦有乘驢者，一似人間模樣。此門無神看守。更一門，盡是高樓，不記間數，珠簾翠幕，眩惑人目。樓上悉是婦人，更無丈夫，衣服鮮明，裝飾新異，窮極奢麗，非人寰所覩。其門有朱旗，銀泥畫旗，旗數甚多，亦有著紫人數百。天王立紹於門外，便自入去。使者遂領紹到一廳。使者先領見王判官。既至廳前，見王判官着緑，降階相見，情禮甚厚，而答紹拜，兼通寒暄，問第行，延昇階與坐，命煎茶。良久，顧紹曰：「公尚未生。」紹初不曉其言，心甚疑懼。判官云：「陰司諱死，所以唤死爲生。」催茶，茶到，判官云：「勿喫，此非人間茶。」逡巡，有著黄人提一瓶茶來，云：

「此是陽官茶，紹可喫矣。」紹喫三碗訖。判官則領紹見大王，手中把一紙文書，亦不通入。大王正對一字天王坐，天王向大王云：「祇爲此人來。」大王曰：「有冤家上訴，手雖不殺，口中處分，令殺於江中。」天王令喚崔紹冤家，有紫衣十餘人，齊唱喏走出。頃刻間，有一人著紫襴衫，執牙笏，下有一紙狀，領一婦人來，兼領二子，皆人身而貓首。婦人著慘裙黃衫子，一女子亦然，一男子亦然，著皂衫。三冤家號泣不已，稱崔紹非理相害。天王向紹言：「速開口與功德。」紹忙懼之中，都忘人間經佛名目，唯記得《佛頂尊勝經》，遂發願各與寫經一卷。言訖，便不見婦人等。大王及一字天王遂令紹昇階與坐，紹拜謝大王，王答拜。紹謙讓曰：「凡夫小生，冤家陳訴，罪當不赦，敢望生迴。大王尊重如是，答拜紹，實所不安。」大王曰：「公事已畢，即還生路。存歿殊途，固不合受拜。」大王問紹：「公是誰家子弟？」紹具以房族答之。大王曰：「此若然者，與公是親家，總是人間馬僕射。」紹即起申叙，馬僕射猶子磻夫，則紹之妹夫。大王問磻夫安在，紹曰：「闊別已久，知家寄杭州。」大王又曰：「莫怪，此來奉天符令勘。今則却還人道。」便迴顧王判官云：「崔子停止何處？」判官曰：「便在某廳中安置。」天王云：「甚好。」紹復咨啓大王：「大王在生，名德至重，官位極崇，則合却歸人天爲貴人身，何得在陰司職？」大王笑曰：「此官職至不易得。先是杜司徒任此職，總濫蒙司徒知愛，舉以自代，所以得處此位，豈容易致哉！」紹復問曰：「司徒替何人？」曰：「替李若初。若初性嚴寡恕，所以上帝不遣久處此，杜公替之。」紹又曰：「無因得一至此，更欲諮問大王，紹聞冥司有世人生籍。紹不才，兼本抱疾，不敢望人間官職，然顧有親故，願一知之，不知可否？」曰：「他人則不可得見，緣與公是親情，特爲致之。」大王顧謂王判官曰：「從許一見之，切須誡約，不得令漏泄。漏泄之，則終身喑啞。」又曰：「不知紹先父在此，復以受生？」大王曰：「見在此充職。」紹涕泣曰：「願一拜覲，不知可否？」王曰：「亡歿多年，不得相見。」紹起辭大王，其一字天王送紹到王判官廳中。鋪陳贍給，一似人間。判官遂引紹到一瓦廊下，廊下又有一樓，便引紹入門。滿壁悉是金榜銀榜，備列人間貴人姓名。將相二色，名列金榜。將相以下，悉列銀榜。更有長鐵榜，列州縣府僚屬姓名。所見三榜之人，悉是在世人。若謝世者，則隨所落籍。王判官謂紹曰：「見之則可，慎勿向世間説榜上人官職。已在位者，猶可言之。未當位者，不可漏泄，當犯大王向來之誡。世人能行好心，必受善報。其陰司誅責惡心人頗甚。」紹在王判官廳中停止三日，旦暮嚴，打警鼓數百面，唯不吹角而已。紹問判官曰：「冥司諸事，一切盡似人間，惟空鼓而無角，不知何謂？」判官曰：「夫角聲者，象龍吟也。龍者，金精也。金精者，陽之精也。陰府者，至陰之司。所以至陰之所，不欲聞至陽之聲。」紹又問判官曰：「聞陰司有地獄，不知何在？」判官曰：「地獄名目不少，去此不遠，罪人隨業輕重而入之。」又問：「此處城池人物，何盛如是？」判官曰：「此王城也，何得怪盛。」紹又問：「王城之人如海，豈得俱無罪乎？而不入地獄耶？」判官曰：「得處王城者，是業輕之人，不合入地獄。候有生關，則隨分高下，各得受生。」又康州流人宋州院官田洪評事，流到州二年，與紹鄰居。紹、洪復累世通舊，情愛頗洽。紹發康州之日，評事猶甚康寧。去後半月，染疾而卒。紹未迴，都不知之。及追到冥司，已見田生在彼。田崔相見，彼此涕泣。田謂紹曰：「洪別公後來，未經旬日，身已謝世矣。不知公何事，忽然到此？」紹曰：「被大王追勘少事，事亦尋了，即得放迴。」洪曰：「有少情事，切敢奉託。洪本無子，養外孫鄭氏之子爲兒，已喚致得。年六十，方自有一子。今被冥司責以奪他人之嗣，以異姓承家。既自有子，又不令外孫歸本族，見爲此事被勘劾頗甚。今公却迴，望爲洪百計致一書與洪兒子，速令鄭氏子歸本宗。又與洪傳語康州賈使君，洪垂盡之年，竄逐遠地，主人情厚，每事相依。及身歿之後，又發遣小兒北歸，使道體歸葬本土，眷屬免滯荒陬。雖仁者用心，固合如是。在洪淺劣，何以當之。但荷恩於重泉，恨無力報。」言訖，二人慟哭而別。居三日，王判官曰：「歸可矣，不可久處於此。」一字天王與紹欲迴，大王出送。天王行李頗盛，道引騎從，闐塞街衢。天王乘一小山自行。大王處分與紹馬騎。盡諸城門。大王下馬拜別天王〔二〕，天王坐山不下，然從紹相別。紹跪拜，大王亦還拜訖，大王便迴。紹與天王自歸。行至半路，見四人皆人身而魚首，著慘緑衫，把笏，衫上微有血污，臨一峻坑立，泣拜請紹曰〔三〕：「性命危急，欲墮此坑，非公不能相活。」紹曰：「僕何力以救公？」四人曰：「公但許諾則得。」紹曰：「灼然得。」四人拜謝，又云：「性命已蒙君放訖，更欲啓難發之口，有無厭之求，公莫怪否？」紹曰：「但力及者，盡力而應之。」曰：「四人共就公乞一部《金光明經》，則得度脱罪身矣。」紹復許，言畢，四人皆不見。却迴至雷州客館，見本身偃卧於牀，以被蒙覆手足。天王曰：「此則公身也，但徐徐入之，莫懼。」如天王言，入本身便活。及蘇，問家人輩，死已七日矣，唯心及口鼻微暖。蘇後一日許，猶依稀見天王在眼前。又見階前有一木盆，盆中以水養四鯉魚。紹問此是何魚，家人曰：「本買充厨膳，以郎君疾殛，不及修理。」紹曰：「得非臨坑四人乎？」遂命投之於陂池中，兼發願與寫《金光明經》一部。《廣記》卷三八五

〔一〕《説郛》卷四《墨娥漫録》引《河東記》博陵王崔元暐曾孫照事，即此篇節略。《類説》卷四《兩京雜記》之《冥間列榜》條亦節録崔紹事。本篇疑非《玄怪録》文，姑附於此。

〔二〕「天」原作「大」，今改。

〔三〕「請」原作「諸」，今改。

盧頊表姨〔一〕

洺州刺史盧頊表姨常畜一猧子，名花子，每加念焉。一旦而失，爲人所斃。後數月，盧氏忽亡。冥間見判官姓李，乃謂曰：「夫人天命將盡，有人切論，當得重生一十二年。」拜謝而出，行長衢中，逢大宅，有麗人，侍婢十餘人，將游門屏，使人呼夫人入，謂曰：「夫人相識耶？」曰：「不省也。」麗人曰：「某即花子也。平生蒙不以獸畜之賤，常加育養。某今爲李判官别室。昨所囑夫人者，即某也。冥司不俞其請〔二〕，只加一紀，某潛以改十二年爲二十，以報存育之恩。有頃李至，伏願白之本名，無爲夫人之號，懇將力祈。」李逡巡而至，至别坐語笑。麗人首以圖乙改年白李〔三〕。李將讓之，對曰：「妾平生受恩，以此申報，萬不獲一，料必無難之。」李欣然謂曰：「事則匪易，感言請之切，遂許之。」臨將别，謂夫人曰：「請收餘骸，爲瘞埋之。骸在履信坊街之北牆，委糞之中。」夫人既蘇，驗而果在，遂以子禮葬

之。後申謝於夢寐之間。後二十年，夫人乃亡也。《廣記》卷三八六

〔一〕本篇亦見《廣艷異編》卷十八，題作《花子》。

〔二〕「俞」原作「廣」，據《廣艷》改。

〔三〕「圖」疑當作「塗」。

狐誦通天經

裴仲元家鄠北，因逐兔入大冢，有狐憑棺讀書。仲元摶之不中，取書以歸，字不可認識。忽有胡秀才請見，曰行周，乃憑棺讀書者。裴曰：「何書也？」曰：「《通天經》，非人間所習。足下誠無所用，願奉百金贖之。」裴不應。又曰：「千鎰。」又不應。客怒，拂衣而起。裴内兄韋端士，已死，忽逢之，曰：「聞逐兔得書，吾識其字。」乃出示之。韋云：「爲胡秀才取爾。」遂失不見。裴亦尋卒。《類說》卷十一

續玄怪錄

續玄怪錄卷一

李復言編

楊敬真〔一〕

楊敬真，虢州閿鄉縣長壽鄉天仙村田家女也。年十八，適同村王清。其夫家貧力田〔二〕，楊氏奉箕帚，供農婦之職甚謹。夫族目之曰勤力新婦。性沉靜，不好戲笑，有暇必洒掃靜室，閉門閒坐〔三〕，雖鄰婦狎之，終不相往來。生三男一女，年二十四歲。元和十二年五月十二日夜，告其夫曰：「妾神識頗不安，惡聞人語，當於靜室寧之。請君與兒女暫居異室。」其夫以田作困，又保無他，因以許之〔四〕，不問其故。楊氏遂沐浴着新衣，掃灑其室，焚香閉戶而坐。及明，訝其起遲，開門視之，衣服委於牀上，若蟬蛻然，身已去矣。但覺異香滿屋，其夫驚以告其父母，共歎之次，鄰人來曰：「昨夜夜半，有天樂從西而來，似若雲中下於君家，奏樂久之，稍稍上去。闔村皆聽之，君家聞否？」而異香酷烈，遍數十里。村吏以告縣令李邯，遣吏民遠近尋逐，皆無蹤迹。因令不動其衣，閉其户，以棘環之，冀其或來也。至十八日夜五更，村人復聞雲中仙樂之聲，異香之芳從東來，復下王氏宅〔五〕，作樂，久之而去。王氏亦無聞者。及明，來視其門，棘封如故，房中髣髴若有人聲。遽走告縣令李邯，親率僧道官吏，共開其門，則新婦者宛在牀矣〔六〕。但覺面目光芒，有非常之色。邯問曰：「向何所去？今何所來？」對曰：「昨十五日夜初，有仙騎來，曰：『夫人當上仙，雲鶴即到，宜静室以俟之。』遂求靜室。至三更，有仙樂彩仗，霓旌絳節，鸞鶴紛紜，五雲來降，入於房中。執節者前曰：『夫人准籍合仙，仙師使使者來迎〔七〕，將會於西岳。』於是綵童二人〔八〕，捧玉箱來獻。箱中有奇服，非綺非羅，製若道人之衣，珍華香潔，不可名狀，遂衣之。畢，樂作三闋。青衣引白鶴來，曰：『宜乘此。』初尚懼其危，試乘之，穩不可言。飛起而五雲捧出，彩仗前引，次第前引，至於華山雲臺峰。峰上有盤石，已有四女先在彼焉。一人云姓馬，宋州人。一人姓徐，幽州人。一人姓郭，荆州人。一人姓夏，青州人。皆其夜成仙，同會於此。傍一小仙曰：『並捨虚幻，得证真仙。今當定名，宜有真字。』於是馬曰信真，徐曰湛真，郭曰脩真，夏曰守真。其時五雲參差，遍覆崖谷，妙樂羅列，間作於前。五人相慶曰：『同生濁界，並是凡身。一旦脩然，遂與塵隔。今夕何夕，歡會於斯！宜各賦詩以導其意〔九〕。』信真詩曰：『幾劫澄煩思〔一〇〕，今身僅小成。誓將雲外隱，不向世間行。』湛真詩曰：『綽約離塵界，從容上太清。雲衣無綻日，鶴駕没遥程。』脩真詩曰：『華岳無三尺，東瀛僅一杯。入雲騎彩鳳，歌舞上蓬萊。』守真詩曰：『共作雲山侣，俱辭世界塵。静思前日事，抛却幾年身。』敬真亦繼詩曰：『人世徒紛擾，其生似蕣華。誰言今夕裏，俯首視雲霞。』既而雕盤珍果，名不可知。妙樂鏗鍠，響動崖谷。俄而執節者請曰：『宜往蓬萊謁大仙伯。』五真曰：『大仙伯爲誰？』曰：『茅君也。』妓樂鸞鶴復次第前引東去。倏然間，已到蓬萊。其宫闕皆金銀，花木樓殿，皆非人世之製作。大仙伯居金闕玉堂中，侍衛甚嚴，見五真，喜曰：『來何晚耶？』飲以玉杯，賜以金簡，鳳文之衣，玉華之冠，配居蓬萊華院。四人者出，敬真獨前曰：『王清父年高〔一一〕，無人侍養，請迴侍其殘年。王父去世，然後從命，誠不忍得樂而忘王父也。唯仙伯哀之。』仙伯曰：『敬真，汝村一千年方出一仙人，汝當其會〔一三〕，無自墜其道。』因敕四真送至其家，故得還也。」邯問昔何修習，曰：「村婦何以知？但性本虛静，閒即凝神而坐，不復俗慮得入胸中耳。此性也，非學也。」又問要去可否，曰：「本無道術，何以能去。雲鶴來迎即去，不來亦無術可召。」於是遂謝絶其夫，服黄冠。邯以狀聞州，州聞廉使。時崔尚書從按察陝輔，延之舍於陝州紫極宮，請王父於别室，人不得昇其階，惟廉使從事及夫人之瞻拜者〔一三〕，才及階而已，亦不得昇。廉使以聞，上召見〔一四〕，舍於内殿，虔誠訪道，而無以對，罷之。今見在陝州，終歲不食，時啗果實或飲酒三兩杯，絶無所食，但容色轉芳嫩耳。

〔一〕本篇原題作《楊恭政》，蓋避宋諱而改。現據《太平廣記》卷六八回改。正文俱同，不再出。又見《古今説海》説淵六一，題作《五真記》，亦作「楊敬真」；《逸史搜奇》丁集卷六。

〔二〕「貧」上原無「家」字，據《廣記》補。

〔三〕「坐」原作「居」，據高本、陳本（以下簡稱二本）、《説海》改。

〔四〕「以」陳本作「與」。

〔五〕「復」下原無「下」字，據《廣記》、高本、《説海》補。

〔六〕二本、《説海》「宛」下有「然」字。

〔七〕「使者」上原不重「使」字，據《廣記》補。

〔八〕「綵」二本、《説海》作「仙」。

〔九〕「導」《廣記》、高本作「道」。

〔一〇〕「思」《廣記》作「慮」。

〔一一〕「王清父」原作「王父清」，據《説海》改。《廣記》無「清」字。

〔一二〕「其」原作「之」，據《廣記》、高本、《説海》改。

〔一三〕《廣記》「之」上有「得」字。

〔一四〕「上」《廣記》作「唐憲宗」三字。

辛公平〔一〕

洪州高安縣尉辛公平，吉州廬陵縣尉成士廉，同居泗州下邳縣，於元和末偕赴調集〔二〕，乘雨入洛西榆林店。掌店人甚貧，待賓之具，莫不塵穢，獨一床似潔，而有一步客先憩於上矣。主人率皆重車馬而輕徒步，辛、成之來也，乃逐步客於他床〔三〕。客倦起於床而回顧，公平謂主人曰：「客之賢不肖，不在車徒，安知步客非長者，以吾有一僕一馬而煩動乎？」因謂步客曰：「請公不起，僕就此憩矣〔四〕。」客曰：「不敢。」遂復就寢。深夜，二人飲酒食肉，私曰：「我欽之之言，彼固德我，今或召之，未惡也。」公平高聲曰：「有少酒肉，能相從否？」一召而來，乃綠衣吏也。問其姓名，曰：「王臻。」言辭亮達，辯不可及。二人益狎之。酒闌，公平曰：「人皆曰天生萬物〔五〕，唯我最靈。儒書亦謂人爲生靈。來日所食，便不能知，此安得爲靈乎？」臻曰：「步走能知之〔六〕。夫人生一言一憩之會，無非前定。來日必食於磁澗王氏，致飯蔬而多品。宿於新安趙氏，得肝美耳。臻以徒步不可晝隨，而夜可會耳。君或不棄，敢附末光。」未明，步客前去。二人及磁澗逆旅，問其姓，曰：「王。」中堂方饌僧，得僧之餘悉奉客〔七〕，故蔬而多品。到新安，店叟召之者十數，意皆不往，試入一家，問其姓，曰：「趙。」將食，果有肝美。二人相顧方笑，而臻適入，執其手曰：「聖人矣！」禮欽甚篤。宵會晨分，期將來之事，莫不中的。行次閿鄉，臻曰：「二君固明智之士〔八〕，識臻何爲者？」曰：「博文多藝，隱遁之客也。」曰：「非也。固不識我，乃陰吏之迎駕者。」曰：「天子上仙，可單使迎乎？」曰：「是何言歟？甲馬五百，將軍一人，臻乃軍之籍吏耳。」曰：「其徒安在？」曰：「左右前後。今臻何所以奉白者，來日金天置宴，謀少酒肉奉遺，請華陰相待。」黄昏，臻乘馬引僕，攜羊豕各半，酒數斗來，曰：「此人間之物，幸無疑也。」言訖而去。其酒肉肥濃之極，過於華陰〔九〕。聚散如初，宿灞上，臻曰：「此行乃人世不測者也，辛君能一觀〔一〇〕。」成公曰：「何獨棄我？」曰：「神祇尚侮人之衰也，君命稍薄，故不可耳，非敢不均其分也。入城當舍於開化坊西門北壁上第二板門王家，可直造焉。辛君於初更立灞西古槐下〔一一〕。」及期，辛步往灞西，見旋風卷塵，迤邐而去〔一二〕，到古槐，立未定，忽有風來撲林，轉盼間〔一三〕，一旗甲馬立於其前，王臻者乘且牽，呼辛速登〔一四〕。既乘，觀馬前後〔一五〕，戈甲塞路。臻引辛謁大將軍，將軍長丈餘〔一六〕，貌甚偉，揖公平曰：「聞君有廣欽之心，誠推此心於天下，鬼神者且不敢侮，況人乎？」謂臻曰：「君既召來，宜盡主人之分。」遂同行入通化門，及諸街鋪，各有吏士迎拜。次天門街，有紫吏若供頓者〔一七〕，曰：「人多並下不得，請逐近配分〔一八〕。」將軍許之。於是分兵五處，獨將軍與親衛館於顔魯公廟。既入坊，顔氏之先，簪裾而來若迎者，遂入舍。臻與公平止西廊幕次，餚饌馨香，味窮海陸，其有令公平食之者，有令不食者。臻曰：「陽司授官，皆稟陰命。臻感二君，已檢選事據籍〔一九〕，誠當駿放，君僅得一官耳。臻求名加等，吏曹見許矣。」居數日，將軍曰：「時限向盡，在於道場萬神護蹕，無計奉迎〔二〇〕，如何？」臻曰：「牒府請夜宴，宴時腥羶，衆神自遠〔二一〕，即可矣。」遂行牒。牒去，逡巡得報，曰：「已敕備夜宴。」於是部管兵馬，戌時齊進入光範及諸門，門吏皆立拜宣政殿下，馬兵三百，餘人步，將軍金甲仗鉞來，立於所宴殿下，五十人從卒環殿露兵〔二二〕，若備非常者。殿上歌舞方歡，俳優贊詠，燈燭熒煌，絲竹並作。俄而三更四點，有一人多髯而長，碧衫皂袴，以紅爲褾，又以紫縠畫虹蜺爲帔，結於兩肩右腋之間，垂兩端於背，冠皮冠，非虎非豹，飾以紅罽，其狀可畏，忽不知其所來，執金匕首長尺餘，拱於將軍之前，延聲曰〔二三〕：「時到矣！」將軍凭几揖之〔二四〕，唯而走，自西廂歷階而上，當御座後，跪以獻上。既而左右紛紜，上頭眩，音樂驟散，扶入西閤，久之未出。將軍曰：「昇雲之期，難違頃刻。上既命駕，何不遂行？」對曰：「上澡身，不然〔二五〕，可即路。」遽聞具浴之聲。三更，上御碧玉輿，青衣士六〔二六〕，衣上皆畫龍鳳，肩舁下殿。將軍揖曰〔二七〕：「介胄之士無拜。」因慰問以：「人間紛挐，萬機勞苦，淫聲蕩耳，妖色惑心〔二八〕，清真之懷，得復存否？」上曰：「心非金石，見之能無少亂。今已捨離，固亦釋然。」將軍笑之，遂步從環殿引翼而出，自內閤及諸門吏，莫不嗚咽羣辭，或收血捧輿〔二九〕，不忍去者。過宣政殿，二百騎引，三百騎從，如風如雷，颯然東去，出望仙門。將軍乃敕臻送公平，遂勒馬離隊，不覺足已到一板門前。臻曰：「此開化王家宅，成君所止也。仙馭已遠，不能從容，爲臻多謝成君。」牽轡揚鞭，忽不復見。公平扣門一聲，有人應者，果成君也。秘不敢泄。更數月，方有攀髯之泣。來年，公平授揚州江都縣簿，士廉授兗州瑕丘縣丞，皆如其言。元和初，李生疇昔宰彭城，而公平之子參徐州軍事〔三〇〕，得以詳聞，故書其實〔三一〕，以警道途之傲者。

〔一〕本篇亦見《逸史搜奇》己集卷四。原作「辛公平上仙」，據高本及《搜奇》改。

〔二〕「元和末」與篇末「元和初」矛盾，疑經竄改。

〔三〕「逐」原作「遂」，據二本改。

〔四〕「此憩」二字原缺，據陳本補。

〔五〕「曰」原作「自」，據二本改。

〔六〕「步走」二字高本作「臻」。

〔七〕「得」高本作「待」。

〔八〕「士」原作「者」，據高本改。

〔九〕「陰」二本作「陽」。

〔一〇〕「辛」原作「幸」，據二本改。

〔一一〕「於初」原作「初五」，據高本改。

〔一二〕「迤邐」原作「邐迤」，據二本改。

〔一三〕「盼」原作「所」，據二本改。

〔一四〕「辛」原作「臻」，據二本改。

〔一五〕「馬」原作「焉」，據二本改。

〔一六〕「長」原作「者」，據高本改。

〔一七〕「有紫吏若供頓者」，高本作「有紫衣吏若俱頓首」。

〔一八〕「逐近」高本作「遠邇」。

〔一九〕「已」原作「也」，據高本改。

〔二〇〕「訃」原作「許」，據高本改。

〔二一〕「遠」原作「許」，據高本改。

〔二二〕「卒」二本作「辛」。

〔二三〕「延」二本作「正」。

〔二四〕「凭几」原作「頻眉」，據二本改。

〔二五〕「不」原作「否」，據高本改。

〔二六〕高本「六」下有「人」字。

〔二七〕「揖」下原無「曰」字，據高本補。

〔二八〕「惑」原作「感」，據二本改。

〔二九〕「收」高本作「扠」。

〔三〇〕「參」原作「忝」，據二本改。

〔三一〕「書」高本作「籍」。

涼國武公李愬〔一〕

涼武公以殊勳之子〔二〕，將元和之兵，擒蔡破鄆，數年攻戰，收城下壁，皆以仁恕爲先，未嘗枉殺一人，誠信遇物，發於深懇。長慶元年秋，自魏博節度使、左僕射、平章事詔徵還京師。將入洛，其衙門將石季武先在洛，夢涼公自北登天津橋，季武爲導，以宰相行，呵叱動地。有道士八人，乘馬持絳節幡幢，從南欲上。導騎呵之，對曰：「我迎仙公，安知宰相？」招季武與語，季武驟馬而前。持節道士曰：「可記我言，聞於相公。」其言曰：「聳轡排金闕，乘軒上漢槎。浮名何足戀，高舉入煙霞。」季武元不識字，記姓名又少〔三〕，及隨道士言之，再聞已得。道士曰：「已記得，可先白相公。」乃驚覺，汗流被體，喜以爲相國由當上仙，況俗官乎。後三日，涼公果自北登天津橋，季武爲導，因入憩天宮寺，月餘而薨。時人以仁恕端慤之心固合於道，安知非謫仙數滿而去乎？材行官業著於國史，故不書〔四〕。

〔一〕本篇亦見《太平廣記》卷二七九，題作《李愬》。

〔二〕《廣記》「涼武公」下有「勰」字。

〔三〕「姓名」二字，《廣記》作「性」。

〔四〕《廣記》無「材行官業」以下十一字。

薛中丞存誠〔一〕

御史中丞薛存誠，元和末由臺丞入給事中。未期，復亞臺長，憲閣清嚴，塵俗罕到。再入之日，浩然有閒曠之思，及廳，吟曰：「卷簾疑客到，入戶似僧歸。」後數月，閽吏因晝寢未熟，髣拂間見僧童數十人，持香花幢蓋，作梵唱，次第入臺。閽吏呵之曰：「此御史臺，是何法事，高聲入來？」其一僧自稱識達，曰：「識達是中丞弟子，來迎本師。師在臺，可入省迎乎？」閽吏曰：「此中丞官亞臺，本非僧侶，奈何妖僧〔二〕，敢入臺門！」即欲擒之。識達曰：「中丞元是須彌山東峰靜居院羅漢大德，緣誤與天下人言〔三〕，意涉近俗，謫來俗界五十年，年足合歸，故來迎耳。非汝輩所知也。」閽吏將馳報，遂驚覺。後數日，薛公自臺中遇疾而薨。潛問其年，正五十矣。

〔一〕本篇亦見《太平廣記》卷二七九，題作《薛存誠》。

〔二〕「妖」下原無「僧」字，據二本補。《廣記》無「妖僧」二字。

〔三〕《廣記》「人」上無「下」字，似是。

麒麟客〔一〕

麒麟客者，南陽張茂實家傭僕也。茂實家於華山下，大中初偶遊洛中〔二〕，假僕於南市，得一人焉，其名曰王夐，年可四十餘，傭作之直月五百，勤幹無私，出於深誠，苟有可爲，不待指使。茂實器之，易其名曰大曆，將倍其直，固辭。其家益憐之。居五年，計酬直盡，一旦辭茂實曰：「夐本居山，家業不薄，適與厄會，須傭作以禳之，固非無資而賣力者〔三〕。今厄盡矣，請從此辭〔四〕。」茂實不測其言，不敢留，聽之。曰：「今暮當去。」迨暮，入白茂實曰：「感君恩宥，深以奉報〔五〕。夐家去此甚近，其中景趣亦甚可觀，能相逐一遊乎？」茂實喜曰：「何幸！然不欲令家中知，潛一遊可乎？」夐曰：「甚易。」於是截竹杖長數尺，其上書符，授茂實曰〔六〕：「君杖此入室，稱腹痛，左右人悉令取藥，去後，潛置竹於衾中，抽身出來可也。」茂實從之。夐喜曰：「君真可遊吾居者也。」相與南行一里餘，有黃頭執青麒麟一，赤文虎二，俟於道左。茂實驚欲迴避〔七〕，夐曰：「無苦，但前行。」既到前，夐乘麟，茂實與黃頭各乘一虎。茂實懼不敢近，夐曰：「相隨，請不復畏〔八〕。且此物人間之極俊者，但試乘之。」遂憑而上，穩不可言。於是從之，上仙掌峰〔九〕，越壑凌山，舉意而過，殊不覺峻險。如到三更，計數百里矣。下一山，物象鮮媚，松石可愛，樓臺宮觀，非世間所有。將及門，引者揚鞭曰〔一〇〕：「阿郎來！」紫衣吏數百人，羅拜道側。既入，青衣數十人，容色皆殊，衣服鮮華，不可名狀，各執樂器引拜。遂入中堂，宴食畢，且命茂實坐。叟入更衣返坐，衣裳冠冕，儀貌堂堂然，實真仙之風度也。其窗戶階闥，屏幃床榻茵褥之盛，固非人世之所有。歌鸞舞鳳，及諸聲樂，皆所未聞。情意高逸，不復思人寰之事，歡極。主人曰：「此乃仙居，非世人之所到。君宿緣合一到此，故有逃厄之遇。仙俗路殊，塵靜難雜，君宜歸修其心，三五劫後當復相見〔一一〕。叟比者塵緣將盡，上界有名，得遇太清真人，召入小有洞中，示以九天之樂，復令下指生死海波，且曰：『樂雖難求，苦亦易遣。如爲山者，掬土增高，不掬則止，穿則陷。夫昇高者，不上難而下易乎？』自是修習經六七劫，乃證此身。迴視委骸，積如山嶽。四大海水，半是吾宿世父母妻子別泣之淚。然念念修之〔一二〕，倏已一世〔一三〕，形骸雖遠，此不忘修致，其功即亦非遠。亦時有心遠氣清，一言而悟者。勉之。」遺金百鎰，爲修身之助。復乘麒麟，令黄頭執之。叟步送到家，家人方環泣。茂實投金於井中。叟取去竹杖，令茂實潛臥衾中。叟曰：「我當至蓬萊謁大仙伯〔一四〕。明旦於蓮花峰上，有彩雲東去〔一五〕，我之乘也。」遂揖而去。茂實忽呻吟，衆驚而問之，茂實紿之曰：「初腹痛，忽若有人見召，遂奄然耳〔一六〕。不知其多時日也〔一七〕。」家人曰：「取藥既迴，呼之不應，已七日矣。唯心頭尚暖，故未殮也。」明日望之，蓮花峰上果有綵雲去〔一八〕。遂棄官遊名山，後歸，出井中金，與眷屬再出遊山，終不知所在也〔一九〕。

〔一〕本篇亦見《太平廣記》卷五三。

〔二〕「大中」下原無「初」字，據高本、《廣記》補。

〔三〕「資」下原有「也」字，據《廣記》、二本删。

〔四〕「辭」上原無「此」字，據高本、《廣記》補。

〔五〕「深以」，《廣記》作「深欲」，二本作「深何以」，則「深」字當屬上句。

〔六〕「授」原作「受」，據《廣記》、二本改。

〔七〕「實」上原脱「茂」字，據《廣記》、高本補。「避」字原無，據《廣記》、高本補。

〔八〕「復」，《廣記》作「須」。

〔九〕「上仙掌峰」原作「上升掌峰」，陳本無「掌」字，據《廣記》、高本改。

〔一〇〕「揚」原作「揖」，據高本改。

〔一一〕「劫」下原無「後」字，據《廣記》、高本補。

〔一二〕「修」原作「倏」，據《廣記》、高本改。

〔一三〕「倏」原作「條」，據《廣記》改。

〔一四〕「當」下原無「至」字，據《廣記》、高本補。

〔一五〕「東」，《廣記》作「車」。

〔一六〕「奄」原作「掩」，據《廣記》、高本改。

〔一七〕「多時日」，《廣記》、高本作「多少時」。

〔一八〕《廣記》、高本「雲」下無「去」字。

〔一九〕陳本「知」下有「其」字。高本「遊」字下殘缺。

續玄怪錄卷二

盧僕射從史〔一〕

盧公元和初以左僕射節制澤潞〔二〕，因鎮陽拒命，跡涉不臣，爲中官驃騎將軍吐突承璀所紿，縛送京師。以反狀未明，左遷驩州司馬。既而逆跡盡露，賜死於康州。寶曆元年，蒙州刺史李湘去郡歸闕，自以海隅郡守，無臺閣之親，一旦造上國，若扁舟泛滄海者。聞端溪縣女巫者〔三〕，知未來之事，維舟召焉。巫到，曰：「某能知未來之事，乃見鬼者也。呼之皆可召。然鬼有二等，有福德之鬼，有貧賤之鬼。福德者精神俊爽，往往自與人言。貧賤者氣劣神悴，假某以言事。盡在所遇，非某能知也。」湘曰：「安得福德之鬼而問之〔四〕？」曰：「廳前楸林下有一人〔五〕，衣紫佩金者〔六〕，自稱澤潞盧僕射，可拜而請之。」湘乃公服執簡，向林而拜。女巫曰：「僕射已答拜。」湘遂揖上階，空中曰：「從史死於此廳，爲弓弦所遺〔七〕，今尚惡之。使君床上弓，幸除之〔八〕。」湘遽命去焉。時驛廳副階上，只有一榻。湘偶忘其貴，將坐問之。女巫曰：「使君無禮，僕射官高，何不延坐，乃將吏視之，僕射大怒去也〔九〕。」急隨拜謝，或肯却來。」湘匍匐下階，問其所向，一步一拜，凡數十步，空中曰：「大錯：公之官未敵吾軍一裨將，柰何對我而自坐。」湘再三辭謝，方肯却迴。女巫曰：「僕射却迴矣。」於是拱揖而行〔一〇〕，及階，女巫曰：「僕射上矣。」别置榻而設裀褥以延之。巫曰：「坐矣。」湘乃坐，空中曰：「使君何所問？」對曰：「湘遠宦歸朝，憂疑日極〔二〕，伏知僕射神通造化，識達未然，伏乞略賜一言，示其榮悴。」空中曰：「大有人援引〔三〕，到城一月，當刺梧州。」湘又問，終更不言。湘因問曰：「僕射去人寰久矣，何不還生人中，而久處冥寞？」曰：「吁，是何言哉！人世勞苦，萬愁纏心，盡如燈蛾，争撲名利，愁勝而髮白，神敗而形羸，方寸之間，波瀾萬丈，相妬相賊，猛於豪獸。故佛以世界爲火宅，道以人身爲大患。吾已免離，下視湯火，豈復低身而卧其間乎？且夫據其生死，明晦未殊，學仙成敗，則無所異。吾已得煉形之術也。其術自無形而煉成三尺之形，則上天入地，乘雲駕鶴，千變萬化，無不可也。吾之形所未圓者三寸耳，飛行自在，出幽入明亦可也。萬乘之君不及吾，况平民乎？」湘曰：「煉形之道，可得聞乎？」曰：「非使君所宜聞也。」復問梧州之後，終而不言，乃去〔三〕。湘到輦下，以奇貨求助，助者數人。未一月，拜梧州刺史，皆如其言。竟終於梧州，盧所以不復言其後事也。

〔一〕本篇亦見《太平廣記》卷三四六，題作《李湘》。又見原本《説郛》卷十五，題作《盧從史》；《逸史搜奇》庚集卷八，題作《盧僕射》。

〔二〕「盧公」下《廣記》、高本、《説郛》有「從史」二字。

〔三〕「聞」原作「門」，據《廣記》、《説郛》、《搜奇》、陳本改。

〔四〕「鬼」上原無「福德之」三字，據二本補。

〔五〕「林」《廣記》、高本作「樹」。下同。
〔六〕「佩」下原無「金」字，據《廣記》、高本補。《說郛》「金」作「魚」。
〔七〕「遣」《廣記》、《說郛》作「迫」，《搜奇》、二本作「逼」。
〔八〕《廣記》、《說郛》「除」下有「去」字。
〔九〕「也」《廣記》、《說郛》作「矣」。
〔一〇〕「揖」原作「立」，據《廣記》、高本改。
〔一一〕「日」原作「曰」，據《說郛》、二本改。《廣記》無此句。
〔一二〕「援」原作「接」，據二本改。
〔一三〕「去」原作「云」，據《廣記》、《說郛》、《搜奇》、二本改。

李岳州〔一〕

岳州刺史李公俊〔二〕，興元中舉進士，連不中第。次年〔三〕，有故人國子祭酒通春官包結者援成之〔四〕。牓前一日，例以名聞執政。初五更，俊將候祭酒，里門未開，立馬門側，傍有鬻餻者，其氣爞爞。有一吏若外郡之郵檄者〔五〕。小囊氈帽，坐於其側，欲餻之色盈面〔六〕。俊顧曰：「此甚賤，何不以錢易之？」客曰：「囊中無錢耳。」俊曰：「俊有錢，願獻一飽，多少唯意。」客甚喜，啗數片。俄而里門開，衆競出，客獨附俊馬曰：「少故，願請少間。」俊下路聽之，曰：「某乃冥吏之送進士名者，君非其徒耶？」俊曰：「然。」曰：「送堂之牓在此，可自尋之。」因出視，俊無名，垂泣曰：「苦心筆硯二十餘年，偕計而歷試者亦僅十年〔七〕，心破魂斷，以望斯舉。今復無名，豈不終無成乎〔八〕？」曰：「君之成名在十年之外〔九〕，禄位甚盛。今欲求之亦非難，但於本禄耗半，且多屯剥，纔獲一郡，如何？」俊曰：「所求者名，名得足矣。」客曰：「能行少賂於冥吏，即於此取其同姓者，去其名而自書其名，可乎？」俊曰：「幾何可〔一〇〕？」曰：「陰錢三萬貫。某感恩而以誠告，其錢非某敢取，將遺牘吏。來日午時送可也。」復授俊自注〔一一〕，從上有故太子少師李公夷簡名，俊欲揩之，客遽曰：「不可。此人禄重，未易動也。」又其下有李温名，客曰：「可矣。」俊乃揩去「温」字，注「俊」字。客遽卷而行，曰：「無違約。」既而俊詣祭酒，祭酒未冠，聞俊來，怒目延坐，徐出曰：「吾與主司分深，一言姓名，狀頭可致。公何躁甚相疑，頻頻見問，吾豈輕語者耶？」俊再拜對曰：「俊懇於名者，若思決此一朝〔一二〕。今當呈牓之晨，冒責奉謁。」祭酒曰：「唯！唯！」其聲甚不平。俊見其責，憂疑愈極，乃變服伺祭酒出，隨之到子城東北隅〔一三〕，逢春官懷其牓將赴中書。祭酒揖問曰：「前言遂否？」春官曰：「誠知獲罪，負荆不足以謝。然迫於大權，難副高命。」祭酒自以交春官深，意謂無阻，待俊之怒色甚峻。今乃不成，何面相見，因曰：「季布所以名重天下者，能立然諾。今君不副然諾，移妄於某，蓋以某官閒也。平生交契，今日絶矣。」不揖而行。春官遽追之，曰：「迫於豪權，留之不得。竊恃深顧〔一四〕，外於形骸，見責如此，寧得罪於權右耳。」請同尋牓，揩名填之。祭酒開牓，見李公夷簡，欲揩，春官急曰：「此人宰相處分，不可去。」指其下李温曰：「可矣。」遂揩去「温」字，注「俊」字。及牓出，俊名果在已前所揩處。其日午時，隨衆參謝，不及即餒客之約。迨暮將歸〔一五〕，道逢餒客，泣示之背曰：「爲君所誤，得杖矣。」牘吏將舉勘，某更他祈，共止之。」其背實有重杖者。俊驚謝之，且曰：「當如何？」客曰：「既爾〔一六〕，勿復道也。來日午時送五萬緡，亦可無追勘之厄。」俊曰：「諾。」及到時焚之，遂不復見。然俊筮仕之後，追劾貶降，不歇於道，才得岳州刺史，未幾而終。人生之窮達〔一七〕，皆自陰騭，豈虚乎哉〔一八〕！

〔一〕本篇亦見《太平廣記》卷三四一，題作《李俊》。文字差異甚多。又見《廣艷異編》卷三十四、《逸史搜奇》庚集卷九。

〔二〕「俊」原作「倢」，據《廣記》、二本改，下同。

〔三〕「次年」《廣記》作「貞元二年」。

〔四〕「包結」《廣記》、高本作「包佶」。

〔五〕「郵檄」二字原爲墨丁，據《廣記》補。二本、《搜奇》作「公差」。

〔六〕「欲餒之色盈面」，《廣記》作「頗有欲餒之色」。

〔七〕高本「偕計」作「計偕」，「僅」作「及」。《廣記》無「而歷試」、「僅」字。

〔八〕《廣記》「豈」下無「不」字。

〔九〕「君之成名在十年之外」原作「君之成在一年一年之外成名」，據《廣記》、高本改。

〔一〇〕「何」原作「賂」，據《廣記》改。

〔一一〕《廣記》「授」下有「筆使」二字。

〔二〕「若思」明鈔本《廣記》作「受恩」。

〔三〕「之」上原無「隨」字，據《廣記》、高本補。「子」高本作「于」。「到子城」《廣記》作「經皇城」。

〔四〕「恃」原作「持」，據《廣記》、高本改。

〔五〕「迫」《廣記》、二本作「迫」。

〔六〕「爾」原作「而」，據高本改。

〔七〕「人生」原作「生人」，據二本改。

〔八〕「乎」陳本作「語」。

張質〔一〕

張質者，猗氏人，貞元中明經〔二〕，授亳州臨渙尉。到任月餘日，初暮，見數人執符來追，其僕亦持馬俟於階下，遂乘馬隨之出縣門。初黄昏，縣吏猶列坐門下〔三〕，略無起者，質怒曰：「州司暫追，官不遽廢，人吏敢無禮如此！」人亦不顧，出數十里，到一柏林，使者曰：「到此宜下馬。」遂去馬步行，約百餘步〔四〕，入城郭，直北有大府門，門額題曰地府。入府，徑西有門〔五〕，題曰推院。吏士甚衆，門人曰：「臨渙尉張質。」遂入。見一美鬚髯衣緋人，據案而坐，責曰：「爲官本合理人，因何曲推事，遣人枉死？」質被捽搶地，叫曰：「質本任解褐到官月餘，未嘗推事。」又曰：「案牘分明，訴人不遠。府命追勘，仍敢詆欺〔六〕！」取枷枷之。質又曰：「訴人既近，請与相見。」曰：「召冤人來。」有一老人，眇目，自西房出，疾視質曰：「此人年少，非推某者。」乃刺祿庫檢到報〔七〕，猗氏張質，貞元十七年四月二十一日上臨渙尉〔八〕。又檢訴狀被屈抑事，又牒陰道亳州，其年三月臨渙見任尉年名，如已受替，替人年名，并受上月日。得牒，其年三月，見任尉江陵張質，年五十一，貞元十一年四月十一日上任〔九〕，十七年四月二十一日受替。替人猗氏張質〔一〇〕，年四十七。檢狀過。判官曰：「名姓偶同，遂不審勘。錯行文牒，追擾平人，聞於上司，豈斯容易。本典決十下，改追正身。其張尉任歸。」執符者复引而迴，若行高山，墜于巖下，遂如夢覺，乃在柏林中，伏于馬項上。兩肋皆痛〔一一〕，不能自起，且不知何處。隱隱聞樵歌之聲，知其有人，遂大呼救命。樵人來視之，惊曰：「縣失官人並馬，此莫是乎？」競來問，質不能對。扶正其身，策以送縣。其柏林在縣北三十里，官吏大喜，迎焉。質之馬為鬼所取〔一二〕，仆人不知。及乘馬出門，門吏雖環坐，爲鬼所隱，人亦不見。有頃，家童求質不得，問於鄰廳，並云不來〔一三〕。入厩視馬亦不在，而僕夫不覺。訪於門吏，吏不見出。其宰惑之，且疑質之初臨也，嚴於吏，吏怨而殺之。是夜坐門者及門人當宿之吏，莫不禁錮，尋求不得者已七日矣。質歸憩數日，方能言，然神識遂闕。元和六年，質尉彭城，李生者爲之宰，訝其神蕩，說奇以導之，質因具言也〔一四〕。

〔一〕本篇亦見《太平廣記》卷三八〇，文字差異甚多。

〔二〕「貞元」原作「元和」，據《廣記》、高本改。詳下。

〔三〕「猶」原作「由」，據二本改。
〔四〕「步」原作「里」，據《廣記》改。
〔五〕「徑」原作「經」，據《廣記》、高本改。
〔六〕「詆」高本作「抵」，《廣記》作「言」。
〔七〕「祿」《廣記》、高本作「録」。
〔八〕「貞元十七年」原作「元和十七年」，據《廣記》、高本改。按：元和無十七年，蓋宋人諱避「貞」字而改。
〔九〕「貞元」原作「元和」，據《廣記》、高本改。
〔一〇〕「替人」原作「人檢」，據《廣記》、高本改。
〔一一〕「兩肋皆痛」原作「雨褭衣背痛」，據明鈔本《廣記》改。
〔一二〕「取」原作「加」，據《廣記》、高本改。
〔一三〕「來」陳本作「在」。
〔一四〕《廣記》無「元和六年」以下二十八字。

韋令公皋〔一〕

公初無官〔二〕，薄遊劍外，西川節度使、兵部尚書、平章事張延賞以女妻之。既而惡焉，厭薄之情日露。公鬱鬱不得志，時入幕廷〔三〕，與賓朋從遊，且攄其憤。張公愈惡，乘間謂公曰：「幕僚無非時彦，延賞尚敬憚之〔四〕。韋郎無事，不必數到。」其見輕也如此。他日，其妻尤甚憫之，曰：「男兒固有四方志〔五〕，大丈夫何處不安，今厭賤如此而不知〔六〕，歡然度日，奇哉！推鼓舞人〔七〕，豈公之樂。妾辭家事君子，荒隅一間茅屋，亦君之居；炊菽羹藜，簞食瓢飲，亦君之食。何必忍愧强安，爲有血氣者所笑〔八〕。」時公之道未行，自疑其命，嘗希乘張之權於仕。一旦悟此身茫然，於是入告張行意，張公遺帛五束，夫人薄之，揣知深意，不敢言，乃私遺二十束。公將别而行也，自中堂歸院，益州女巫適到，見之，不問夫人曰：「向之緑衣入西院者爲誰？」曰：「韋郎。」曰：「此人極貴，位過丞相遠矣。其禄將發，不久亦鎮此，宜殊待之。」問其所以，曰：「貴人之行，必有陰吏。相國之侍一二十人耳，如緑衣郎者，乃百餘人。」夫人既憫韋之是行也，其女且嫁之，聞是大喜，遽言於相國。相國怒曰：「閨闈中人，無端乃如是。且延賞女已嫁此人，憐其貧而贈薄，請益則加〔九〕，奈何假託妖巫以相調乎？」拗怒〔一〇〕，與之帛五束。是日韋行，月餘日到岐，岐帥以西川之貴壻，延置幕中，奏大理評事。尋以鞫獄平允，加監察。以隴州刺史卒，出知州事。俄而朱泚窺神器，駕幸奉天，兵戈亂起，征鎮路絶，輦下軍士衣食將闕，獨隴州貢獻不絶於道，天子忠之，乃除御史中丞、行在軍糧使。既而妖氛廓清，駕還宫闕，乃授兵部尚書、西川節度使。辭相國歲餘，代居其位。相國聞之，拔劍將自抉其目，以懲不知人之過。左右執之，久而方解，聞知韋異路入朝〔一一〕，蓋以輕忽之極，無面目復見。噫！夫人未遇，其必然乎？非張相之忽悔，不足以戒天下之傲者〔一二〕。

〔一〕本篇亦見《太平廣記》卷三〇五，題作《韋皋》，文字差異甚多。又見《逸史搜奇》癸集卷九。
〔二〕「公」《廣記》、高本作「韋皋」，無「無官」二字。
〔三〕「廷」《廣記》、高本作「府」。
〔四〕「敬」原作「欽」，據《廣記》改。
〔五〕「志」原作「意」，據《廣記》、二本改。
〔六〕「而不知」原作「而知者」，《廣記》、高本作「不知」，據改。
〔七〕「鼓舞」高本作「故侮」。《廣記》無此句。
〔八〕「所」原作「可」，據《廣記》、二本改。
〔九〕「則加」《廣記》作「可矣」。
〔一〇〕「拗」原作「物」，據高本改。《廣記》無「拗怒與之帛五束是日」九字。
〔一一〕「聞」原作「問」，據陳本改。原無「異」字，據高本補。
〔一二〕「兵戈亂起……不足以戒天下之慠者」一大段，《廣記》作：「隴州有泚舊卒五百人，兵馬使牛雲光主之。雲光謀作亂，不克，率其衆奔朱泚。道遇泚使，以僞詔除皋御史中丞，因與之俱還。皋受其命，謂雲光曰：『受命必無疑矣，可悉納器械，以明不相詐。』雲光從之。翌日大饗，伏甲盡殺之，立壇盟諸將。泚復許皋鳳翔節度使，皋斬其使。行在聞之，人心皆奮。乃除隴州刺史、奉義軍節度使。及駕還宮，乃授兵部尚書、西川節度使。延賞聞之，將自抉其目，以懲不知人。」

鄭虢州騊夫人〔一〕

弘農令女既笄，將適盧氏。卜吉之日，女巫有來者，李氏之母問曰：「小女今夕適人。盧郎常來〔二〕，巫當熟見〔三〕，其人官祿厚薄？」巫曰：「盧郎非長而髯者乎？」曰：「然。」「然則非夫人之子壻也。夫人子壻，中形且無髯。」夫人大驚曰：「吾女今夕適人，何以非盧生？」曰：「不知其他，盧非子壻之貌〔四〕。」俄而盧納采，夫人怒，援巫視之。巫曰：「事在今夕，安敢妄乎？即盧納其身，非夫人之子壻也。」其家大怒，共逐焉〔五〕。及夕，盧乘軒車來，展親迎之禮，賓主禮具，解珮約花，盧若驚奔而出，乘馬而遁。衆賓追之不及，掌人素有氣丈夫〔六〕，不勝其憤，且恃其女之容也，邀客皆坐，呼女出拜，其貌之麗，天下罕敵〔七〕。指曰：「此女豈驚人乎？今若不出，人以爲獸形也。」衆莫不嗟憤，掌人曰：「此女已奉見，衆賓中有能聘者〔八〕，願赴今夕。」時有鄭騊，爲盧之儐，在坐〔九〕，起曰：「願事門館。」於是奉書擇相〔一〇〕，登車成禮〔一一〕，巫言之貌宛然〔一二〕，乃知巫之有知也。後數年，鄭仕於京，逢盧，問其走狀，盧曰：「兩眼赤且大如盞〔一三〕，牙長數寸，出於口兩角，得無驚奔乎？」鄭素與盧善，乃出其妻以示之，盧大慚而退。乃知結褵之親，命固前定，不可苟求，乃驗巫言有徵矣。

〔一〕本篇亦見《太平廣記》卷一五九，題作《盧生》，亦見《廣艷異編》卷十七，文字頗多出入。

〔二〕「常」原作「當」，據《廣記》改。

〔三〕「熟」《廣記》作「屢」。

〔四〕「夫人大驚曰……盧非子壻之貌」，《廣記》、《廣艷》作：「夫人驚曰：『吾之女今夕適人，得乎？』巫曰：『得。』夫人曰：『既得適人，又何以云非盧郎乎？』曰：『不知其由，則盧終非夫人之子壻也。』」

〔五〕「共逐焉」《廣記》作「共唾而逐之」。

〔六〕「掌人」《廣記》、高本、《廣艷》作「主人」。下同。

〔七〕「下」原作「然」，據《廣記》改。

〔八〕「聘」原作「娉」，據《廣記》、二本改。

〔九〕高本「坐」上有「末」字。

〔一〇〕「奉」下原無「書」字，據《廣記》、高本、《廣艷》補。

〔一一〕「成」下原無「禮」字，據《廣記》補。高本作「姻」。

〔一二〕「巫言之貌」原作「巫之言貌」，據《廣記》、高本改。

〔一三〕「赤」原作「亦」，據《廣記》、二本改。

薛偉〔一〕

薛偉者，乾元元年任蜀州青城縣主簿〔二〕，與丞鄒滂、尉雷濟、裴寮同時〔三〕。其秋，偉病七日，忽奄然若往者，連呼不應，而心頭微暖。家人不忍即殮，環而伺之。經二十日，忽長吁起坐，謂其人曰〔四〕：「吾不知人間几日矣？」曰：「二十日矣。」曰：「即與我覷羣官〔五〕，方食鱠否？言吾已蘇矣，甚有奇事，請諸公罷筯來听也。」仆人走視群官〔六〕，實欲食鱠，遂以告，皆停餐而來。偉曰：「諸公敕司戶仆張弼求魚乎？」曰：「然。」又問弼曰：「漁人趙幹藏巨鯉，以小者應命，汝于葦間得藏者攜之而來。方入縣也，司戶吏某坐門東〔七〕，糾曹吏坐門西〔八〕，方弈棋。入及階，鄒、雷方博，裴啗桃實。弼言幹之藏巨魚也，曰：『五鞭之〔九〕。』既付食工王士良者，喜而殺之，皆然乎？」遞相問，誠然。眾曰：「子何以知之〔一〇〕？」曰：「向殺之鯉，我也。」眾駭曰：「愿聞其說。」曰：「吾初疾困，為熱所逼，殆不可堪。忽悶，忘其疾，惡熱求涼，策杖而去〔一一〕，不知其夢也。既出郭，其心欣欣然若籠禽檻獸之得逸，莫我如也。漸入山，山行益悶，遂下游于江畔，見江潭深淨，秋色可愛，輕漣不動，鏡涵遠空〔一二〕，忽有思浴意，遂脫衣于岸，跳身便入。自幼狎水，成人已來，絕不复戲，遇此縱适，實契宿心。且曰：『人浮不如魚快也，安得攝魚而健游乎？』傍有一魚曰：『顧足下不愿耳。正授亦易，何況求攝。當為足下圖之。』快然而去。未頃，有魚頭人長數尺，騎鯢來導，從數十魚，宣河伯詔曰：『城居水游，浮沉異道，苟非其好，則昧通波。薛掌意尚浮深〔一三〕，跡思怡曠〔一四〕。樂浩汗之域，放怀清江；厭巇崿之情，投簪幻世。暫從鱗化，非遽成身。可權充東潭赤鯉。嗚呼！恃長波而傾舟，得罪于晦；昧纖鉤而貪餌，見傷于明。無或失身〔一五〕，以羞其党，爾其勉之。』听而自顧，即已魚服矣。于是放身而游，意往斯到，波上潭底，莫不從容。三江五湖，騰躍將遍。然配留東潭，每暮必复。俄而飢甚，求食不得，循舟而行，忽見趙幹垂鈎，其餌芳香，心亦知戒，不覺近口，曰：『我人也，暫時為魚，不能求食，乃吞其鈎乎！』捨之而去。有頃，飢益甚，思曰：『我是官人，戲而魚服。縱吞其鈎，趙幹豈殺我，固當送我歸縣耳。』遂吞之。趙幹收綸以出。幹手之將及也，偉連呼之，幹不聽〔一六〕，而以繩貫我腮，乃繫于葦間。既而張弼來，曰：『裴少府買魚，須大者。』幹曰：『未得大魚，有小者十餘斤。』弼曰：『奉命取大魚，安用小者！』乃自于葦間尋得偉而提之。又謂弼曰：『我是汝縣主簿，化形為魚游江，何得不拜我？』弼不听，提之而行，罵之不已〔一七〕，幹終不顧。入縣門，見縣吏坐者弈碁〔一八〕，皆大聲呼之，略無應者，唯笑曰：『可畏魚〔一九〕，直三四斤餘〔二〇〕。』既而入階〔二一〕，鄒、雷方博，裴啗桃實，皆喜魚大。促命付廚。弼言幹之藏巨魚，以小者應命。裴怒鞭之。我叫諸公曰：『我是公同官，今而見擒，竟不相捨，促殺之，仁乎哉！』大叫而泣，三君不顧而付鱠手。王士良者，方持刃，喜而投我于机上，我又叫曰：『王士良，汝是我之常使鱠手也，因何殺我，何不執我白于官人？』士良若不聞者，按吾頸于砧上而斬之。彼頭适落，此亦醒悟，遂奉召爾。」諸公莫不大惊，心生愛忍。然趙幹之獲，張弼之提，縣司之弈吏，三君之臨階，王士良之將殺，皆見其口動，實無聞焉。於是三君并投鱠〔二二〕，終身不食。偉自此平愈〔二三〕，後累遷華陽丞乃卒〔二四〕。

〔一〕本篇亦見《太平廣記》卷四七一。又見《古今說海》說淵三五，題作《魚服記》；《逸史搜奇》庚集卷一。

〔二〕「元年」陳本作「二年」。「任蜀州」原作「在涇州」，據《廣記》改。

〔三〕「寮」高本、《說海》作「察」。

〔四〕「其」明鈔本《廣記》作「家」。

〔五〕「與」上原無「曰即」二字，據《廣記》補。

〔六〕「視」原作「示」，據《廣記》改。

〔七〕「某」原作「其」，據二本、《說海》改。《廣記》無此字。

〔八〕《說海》「吏」下有「某」字。

〔九〕「曰五鞭之」，《說海》、《搜奇》作「曰鞭之」，《廣記》作「裴五令鞭之」。

〔一〇〕「之」上原無「知」字，據《廣記》、二本、《說海》補。

〔一一〕「去」高本、《搜奇》作「行」。

〔一二〕「空」原作「靈」，據二本、《說海》改。《廣記》作「虛」。

〔一三〕「薛掌」《廣記》作「薛主簿」，陳本、《說海》、《搜奇》作「薛偉」。

〔一四〕「怡曠」原作「性廣」，據高本改。《廣記》、《說海》作「閒曠」。

〔一五〕「或」原作「惑」，據《廣記》、二本、《說海》、《搜奇》改。

〔一六〕「聽」下原有「之」字，據《廣記》、二本、《說海》刪。

〔一七〕「之」原作「亦」，據陳本改。《說海》、《搜奇》「已」作「顧」，無下句。

〔一八〕「者」《說海》、《搜奇》作「而」。

〔一九〕「可畏」明鈔本《廣記》作「好大」。「畏」二本、《說海》、《搜奇》作「長」。

〔三〇〕「斤」陳本作「尺」。

〔三一〕「既而」原作「而既」，據《廣記》、二本、《說海》、《搜奇》乙轉。

〔三二〕「投」原作「捉」，據《廣記》、高本改。《說海》作「棄」。

〔三三〕「平」原作「乎」，據《廣記》、二本、《說海》改。

〔三四〕「累遷」原作「異」字，據《廣記》、高本改。

續玄怪録卷三

蘇州客（一）

洛陽劉貫詞，大曆中求丐于蘇州，逢蔡霞秀才者，精彩儁爽之極，一相見意頗勤勤，以兄見呼貫詞。既而携羊酒來宴，酒闌，曰：「兄今泛浮江湖間（二）。何爲乎？」曰：「求丐耳。」霞曰：「有所抵耶？泛行郡國耶？」曰：「蓬行耳。」霞曰：「然則幾獲而止？」曰：「十萬。」霞曰：「蓬行而望十萬，乃無翼而思飛者也。設令必得，亦廢數月。霞居洛中，左右亦不貧（三），以他故避地，音問久絶，意有所託，祈兄爲迴，途中之費，蓬游之望，不擲日月而得，如何？」曰：「固所願耳。」霞於是遺錢十萬，授書一緘，白曰（四）：「逆旅中遽蒙周念（五）。既無形迹，輒露心誠。霞家長鱗蟲，宅渭橋下，合眼叩橋柱，當有應者，必邀入宅。孃奉見時，必請與霞小妹相見。既爲兄弟，情不合疏，書中亦令渠出拜。渠雖年幼，性頗聰慧（六），使渠助爲掌人，百緡之贈，渠當必諾。」貫詞遂歸。到渭橋下，一潭泓澄，何計自達。久之，以爲龍神不當我欺，試合眼叩之，忽有一人應。因視之，則失橋及潭矣。有朱門甲第，樓閣參差，有紫衣僕拱立於前而問其意。貫詞曰：「來自吴郡，郎君有書。」問者執書以入，頃而復出，曰：「太夫人奉屈。」遂入廳中，見太夫人者，年四十餘，衣服皆紫，容貌可愛。貫詞拜之，太夫人答拜，且謝曰：

「兒子遠游，久絶音耗，勞君惠顧，數千里達書。渠少失意上官，其恨未滅〔七〕，一從遁去，三歲寂然。非君特來，愁緒猶積。」言訖，命坐。貫詞曰：「郎君約爲兄弟，小娘子即貫詞妹也，亦當相見。」夫人曰：「兒子書中亦言。渠略梳頭即出奉見。」俄有青衣曰：「小娘子來。」年可十五六，容色絶代，辯慧過人〔八〕。既拜，坐於母下，遂命飲饌，亦甚精潔。方對食，太夫人忽眼赤，直視貫詞，女急曰：「哥哥憑來，宜且禮待，況令消患〔九〕，不可動摇。」因曰：「書中以兄處分，令以百緡奉贈，既難獨舉，須使輕賫。今奉一器，其價相當，可乎？」貫詞曰：「已爲兄弟，寄一書札，豈宜受其賜。」太夫人曰：「郎君貧遊，兒子備述。今副其諾，不可推辭。」貫詞謝之。因命取鎮國椀來〔一〇〕。又進食，未幾，太夫人復瞪視眼赤，口兩角涎下。女急掩其口曰：「哥哥深誠託人，不宜如此。」乃曰：「孃年高，風疾發動，祗對不得，兄宜且出。」女若懼者，遣青衣持椀，自隨而授貫詞〔一一〕，曰：「此罽賓國椀，其國以鎮灾癘。唐人得之，固無所用，得錢十萬即貨之，其下勿鬻。某緣孃疾，須侍左右，不遂從容。」再拜而入。貫詞持椀而行，數步，迴顧碧溜危橋，宛似初到，而身若適下。視手中器，乃一黄色銅椀也，其價只三五鐶耳〔一二〕，大以爲龍妹之妄也。執鬻於市，有酬七百八百者，亦有酬五百者，念龍神貴信，不當欺人，日日持行於市。及歲餘，西市店忽有胡客周視之，大喜，問其價，貫詞曰：「二百緡。」客曰：「物宜所直，何止二百緡，但非中國之寶，有之何益。百緡可乎？」貫詞以初約只爾，不復廣求，遂許之。交受，客曰：「此乃罽賓國鎮國椀也，在其國大穰，人民忠孝〔一三〕。此椀失來〔一四〕，其國大荒，兵戈亂起。吾聞龍子所竊，已僅四年。其君方以國中半年之賦召贖〔一五〕，君何以致之？」貫詞具告其實，客曰：「罽賓守龍上訴，當追尋次，此霞所以避地也。陰冥吏嚴，不得陳首，藉君爲郵送之耳。殷勤見妹者，非固親也，慮老龍之饞，或欲相啗，以其妹衞君耳。此椀既去，渠亦當來，亦銷患之道也。五十日後，漕洛波騰〔一六〕，瀺灂竟日〔一七〕，是霞歸之候也。」曰：「何以五十日然後歸？」客曰：「吾携過嶺，方敢來復。」貫詞記之，及期往視，誠然矣。

〔一〕本篇亦見《太平廣記》卷四二一，題作《劉貫詞》。
〔二〕「今」原作「所」，據《廣記》改。
〔三〕「亦」原作「下」，據《廣記》改。
〔四〕「曰」原作「日」，據《廣記》改。
〔五〕「周」原作「同」，據《廣記》改。
〔六〕「慧」原作「惠」，據《廣記》改。
〔七〕「恨」原作「痕」，據《廣記》改。
〔八〕「慧」原作「惠」，據《廣記》改。
〔九〕「令消」原作「今宵」，據《廣記》改。
〔一〇〕「命」下原無「取」字，據《廣記》補。
〔一一〕「授」原作「投」，據《廣記》改。
〔一二〕「鐶耳」原作「環矣」，據《廣記》改。

〔一三〕「在其國大穰人民忠孝」，《廣記》作「在其國大禳人患厄」。

〔一四〕「此」原作「比」，據《廣記》改。

〔一五〕「國中」原作「中國」，據《廣記》改。

〔一六〕「洛」原作「浴」，據《廣記》改。

〔一七〕「竟」《廣記》作「晦」。

張庾〔一〕

張庾舉進士，元和十二年居長安昇道里南街〔二〕。十一月八日夜，僕夫他宿，獨庾在月下，忽聞異香氛馥，驚惶之次，俄聞行步之聲漸近。庾屣履聽之，數青衣年十八九，艷美無敵，推開庾門，曰：「步月逐勝，不必樂遊原，只此院小臺藤架，可以樂矣。」遂引少女七八人，容色皆艷，絕代莫比，衣服華麗，首飾珍光，宛若公王節制家〔三〕。庾側身走入堂前，垂簾望之。諸女徐行，直詣藤下。須臾，陳設華麗，床榻並列，雕盤玉樽，杯杓皆奇物。八人環坐，青衣執樂者十人，執拍板立者二人〔四〕。左右侍立者十人〔五〕。絲管方動，坐上一人曰〔六〕：「不告掌人，遂欲張樂，得無慢易耳。既是衣冠，且非異類，邀來同歡，亦甚不惡。」因命一青衣傳語曰：「姊妹步月，偶入貴院，酒肉絲竹，輒以自隨。秀才能暫出作掌人否？夜深計已脱冠，紗巾而來，可稱疏野。」庾聞青衣受命，畏其來也，乃閉門拒之。傳詞者叩門而呼，庾不應；推門，門復閉，遂走復命。一女曰：「吾輩同歡，人不敢望。既入其家門，不召亦合來謁。閉門塞户，羞見吾徒，呼既不應，何須更召。」於是一人執樽，一人糾司。酒既巡行，絲竹合奏，餚饌芳珍，音曲清亮，權貴之極，不可名言。庾自度此坊南街，盡是墟墓，絶無人住。謂是坊中出來，則坊門已閉。若非妖狐，乃是鬼物。今吾尚未惑，可以逐之；少頃見迷，何能自悟。於是潛取枝床石〔七〕，徐開門突出，望席而擊〔八〕，正中臺盤。衆起紛紜，各執而去〔九〕。庾趁及奪得一盞，遽以衣繫之。及明解視，乃一白角盞，盞中之奇，不是過也。院中香氣，數日不歇。其盞鎖於櫃中，親朋來者，莫不傳視，竟不能辨其所自〔一〇〕。後十餘日，轉觀之次，忽墮地，遂不復見。庾明年春進士上第焉。

〔一〕本篇亦見《太平廣記》卷三四五。
〔二〕「十二」《廣記》作「十三」。
〔三〕「公王節制家」《廣記》作「豪貴家人」。
〔四〕「板」上原無「拍」字，據《廣記》補。
〔五〕「侍」原作「倚」，據《廣記》改。
〔六〕「一」下原無「人」字，據《廣記》補。
〔七〕「枝」《廣記》作「搘」。
〔八〕「席」原作「塵」，據《廣記》改。

〔九〕「衆起紛紜各執而去」，《廣記》作「紛然而散」四字。

〔一〇〕「辨」原作「辯」，據《廣記》改。

竇玉妻〔一〕

進士王勝、蓋夷，元和中求薦於同州。其時客多，賓館頗溢，二人聞郡功曹王翥私第空閒，借其西廊，以俟郡試。既而他室皆有人，唯正堂以小繩繫門，自牖而窺其廂，獨牀上有褐衾，牀北有被籠〔二〕，此外空然，更無他有。問其鄰，曰：「處士竇三郎居也〔三〕。」二客以西廂爲窄，思與同居，甚喜其無姬僕也。迨暮，竇處士者，一驢一僕，乘醉而來。夷、勝前謁，且曰：「勝求解於此〔四〕，所得西廊亦甚窄，君子既無姬僕，又是方外之人，願略同此堂，以俟郡試。」玉固辭，接對之色甚傲。夷、勝銜之。夜深將寢，忽聞異香。驚起尋之，則見堂中垂簾帷，喧然語笑。於是夷、勝突入其堂中，屏帷四合，奇香撲人，雕盤珍膳，不可名狀。有一女，年可十八九，妖麗無比，與竇三對食。侍婢十餘人，亦皆端妙，銀爐煮茗方熟〔五〕。坐者起，入西廂帷中，侍婢悉入，曰：「是何兒郎，突衝人家！」竇三者面色如土，端坐不語。夷、勝無以致辭，啜茗而出。既下階，聞其閉户之聲，乃復聽之，聞曰：「風狂兒郎，因何共止，古人所以卜鄰者，豈虛言哉！致相突乃如此，豈非君率易也。」竇辭以非己之居〔六〕，難拒異客，必慮輕侮，豈無他宅。因復歡笑。及明，往覘之，盡復其故。竇三者獨偃於褐衾中，拭目方起。夷、勝召詰之，不對。

夷、勝曰：「君晝爲布衣，夜會公族，非習妖幻，何以致麗人〔七〕。不言其實，當即告郡。」竇曰：「此固秘事，言亦無妨。比者玉薄遊太原，晚發冷泉，將宿於孝義縣。陰晦失道，夜投人莊問其掌，莊僕曰：『汾州崔司馬田也〔八〕。』令入告焉，出曰：『延入。』崔司馬年可五十餘，衣緋，儀貌可愛。問竇之先及伯叔昆弟，詰其中外，自言其族，乃玉親重表丈也。玉自幼亦嘗聞此丈人〔九〕，恨不知其官，慰問殷勤，情禮優重。因令報其妻曰：『竇秀才乃是右衛將軍七兄之子也，是吾之重表侄。夫人亦是丈母，可見之。從宦異方，親戚離阻，不因行李，豈得相逢。請即梳頭相見。』少頃，一青衣曰：『屈三郎子入。』其中堂陳設之盛曄，若王侯之居，盤饌珍華，味窮海陸。既食，丈人曰：『君今此遊，將何所求？』曰：『求舉資耳。』曰：『家在何郡？』曰：『海内無家，萍蓬之士也。』丈人曰：『君生涯如此，身事落然，蓬遊無抵，徒勞往復。丈人有女，年近長成，今便令奉事，衣食之給，不求於人，可乎？』玉起拜曰：『孤客無家，才能素薄，忽蒙采顧，何副眷憐。但慮庸虚，敢不承命。』夫人喜曰：『今夕甚佳，又有牢饌。親戚中配屬，何必廣召賓客。吉禮既具〔一〇〕，便取今夕。』於是言謝訖，復坐，又進食。食畢，揖玉退於西廳，具浴，浴訖，授衣一襲，巾櫛一幞。引相者三人來，皆聰明之士。一人姓王，稱郡法曹；一人姓裴，稱户曹；一人姓韋，稱郡督郵。相揖而坐。俄而禮輿香車皆具，華燭前引，自西廳至中門，展親御之禮。因又遶莊一周，自南門入，及中堂，堂中帷帳已滿。成禮訖，初三更，其妻告玉曰：『此非人間，乃神道也。所言汾州，陰道汾州，非人間也。相者數子，無非冥官。妾與君宿緣合爲夫婦，故得相遇。人神路殊，不可久住。君宜即去。』玉曰：『人神既殊，安得配屬。已爲夫婦，便合相從。信誓之誠，言猶在耳，一夕而別，何太驚人。』妻曰：『妾身奉君，固無遠邇。但君生人，不合久居於此。君速命駕，入辭而行。常令君篋中有絹百匹，用盡復滿，數萬減焉〔二〕。所到必求静室獨居，少以存想，隨念即至。千里之外〔三〕，可以同行，今且晝别宵會爾〔三〕。』玉入辭，丈人曰：『明晦雖殊，人神無二。小女子得奉巾櫛，蓋是宿緣。勿謂異類，遂猜薄之，亦不可唱言於人。公法訊問，言亦無妨。』言訖，得絹百疋而别。自是每夜獨宿，思之則來，供帳饌具，悉其携也。若此者五年矣。」夷、勝開其篋，果有絹百疋。因各贈三十疋，求其秘之。言訖遁去，不知所在焉。

〔一〕本篇《太平廣記》卷三四三引作《玄怪錄》，題作《竇玉》。又見《逸史搜奇》戊集卷三；《古今説海》説淵五十，題作《竇玉傳》。

〔二〕「被」《廣記》、《説海》、《搜奇》作「破」。

〔三〕《廣記》、《説海》「郎」下有「玉」字。

〔四〕「此」同上三書作「郡」，下有「以賓館喧故寓於此」八字。

〔五〕「銀」原作「燒」，據三書改。

〔六〕「辭」原作「誅」，據三書改。

〔七〕「致」下原有「之」字，據三書删。

〔八〕「田」三書作「莊」。

〔九〕「自」上原無「玉」字，據《廣記》補。

〔一〇〕「既」下原無「具」字，據三書補。

〔一一〕「萬」疑是「不」字之誤，三書無此句。

〔一二〕「千里」原作「十年」，據明鈔本《廣記》改。

〔一三〕「今且」原作「未間」，據《説海》、《搜奇》改。

房杜二相國〔一〕

房相國玄齡〔二〕、杜相國如晦微時，嘗自周偕之秦，宿敷水店，適有酒肉，夜深對食，忽見兩黑毛手出於燈下，若有所請，乃各以一炙置手中。有頃復出若掬，又各斟酒與之，遂不復見。食訖，背燈就寢。至二更，聞街中有高聲呼王文晟者〔三〕，連呼不已。忽聞一人應於燈下，呼者乃曰：「正東二十里村人有筵神者，酒食甚豐，汝能去否？」對曰：「吾已醉飽於酒肉，有公事去不得，勞君相召。」呼者曰：「汝終日飢困，何有酒肉？本非吏人，安得公事，何妄語也！」對曰：「吾被界吏差直二相，蒙賜酒肉，故不得去。若常時聞命，即子行，吾走耳〔四〕。」呼者謝而去。二君共喜，識之，竟同入鳳城，詔爲名相焉。

〔一〕本篇亦見《太平廣記》卷三二七，題作《房玄齡》。

〔二〕「玄」原作「元」，蓋宋人避始祖諱而改，據《廣記》回改。

〔三〕「最」《廣記》作「昂」。

〔四〕「耳」《廣記》作「矣」。

錢方義〔一〕

殿中侍御史錢方義，故華州刺史禮部尚書徽之子，寶曆初獨居常樂第，夜如厠，童僕無從者。忽見蓬頭青衣者，長數尺，來逼，方義初懼，欲走，又以鬼神之來〔二〕，走亦何益，乃强謂曰：「君非郭登耶？」曰：「然。」曰：「與君殊路，何必相見。常聞人若見君〔三〕，莫不致死，豈方義命當死而見耶？將以君故相害耶？方義家居華州，女兄依佛者亦在此〔四〕，一旦溘死君手，命不敢惜，顧人弟之情不足，能相容面辭乎？」蓬頭者復曰：「登非害人，出亦有限，人之見者正氣不勝，自致夭橫，非登殺之。然有心曲，欲以託人，以此久不敢出。惟貴人福禄無疆，正氣充溢，見亦無患，故敢出相求耳。」方義曰：「何求？」對曰：「登久任此職，積效當遷，但以福薄，須得人助。貴人能爲寫金字《金剛經》一卷，一心表白，迴付與登，即登之職，遂乃小轉〔五〕，必有厚報，不敢虛言。」方義曰：「諾。」蓬頭者又曰：「登以陰氣侵陽，貴人雖福力正强〔六〕，不成疾病，亦當有少不安，宜急服生犀角、生玳瑁，麝香塞鼻，則無苦矣。」方義到中堂，悶絶欲倒，遽服麝香等並塞鼻。尚書門人王直溫者〔七〕，居同里，久於江嶺從事，飛書求得生犀角〔八〕，又服之，良久方定。明旦召經工，令寫金字《金剛經》三卷，貴酬其直，令早畢功。功畢，飯僧讚嘆，迴付郭登。後月餘，歸同州别墅〔九〕，下馬方憩，丈人有姓裴者，家寄鄠渚，别已十年，忽自門入，徑到階下。方義遽拜之，丈人曰：「有客，且出門。」遂前行〔一〇〕，方義從之〔一一〕。及門，失丈人矣。見一紫袍牙笏，導從緋紫吏數十人俟於門外，俯視其貌，乃郭登也，斂笏前拜曰：「弊職當遷，只銷《金剛經》一卷，貴人仁念，特致三卷。今功德極多，超轉數等，職位崇重，爵爲貴豪，無非貴人之力。雖職已驟遷，其厨仍舊。頃者當任，實如鮑肆之人。今既别司，復求就食〔一二〕，方知前苦，殆不可堪。貴人慈察，更爲轉《金剛經》七遍，即改厨矣。終身銘德，何時敢忘。」方義曰：「諾。」因問丈人安在。曰：「賢丈江夏寢疾〔一三〕，今夕方困，神道可求人，非其親人，不可自詣〔一四〕，適已先歸耳。」又曰：「厠神每月六日、十六、二十六日例當出巡，此日人逢必致災難，人見即死，見人即病。前者八座抱疾三旬，蓋緣登巡畢將歸，暫見半面耳。親戚之中，須宜相避。」方義又問〔一五〕，曰：「幽冥吏人，薄福者衆，無所得食，率常受餓。必能推食泛祭一切鬼神，此心不忘。咸見斯衆，暗中陳力，必救災厄。」方義曰：「晦明路殊，偶得相遇，每一奉見，數日不平。意欲所言，幸於夢寐。轉經之請，天曉爲期〔一六〕。」唯唯而去。及明，因召所敬僧念《金剛經》四十九遍〔一七〕，又明祝付與郭登。功畢，夢曰：「本請一七，數又六之，累計其功，食天厨矣。貴人有難，當先奉白。不爾，不敢來黷也。泛祭之請，記無忘焉。」復言頃亦聞之，未詳其實。大和二年秋，與方義從兄及河南兄不旬求岐州之薦，道途授館，日夕同之，宵話奇言，故及斯事，故得以備書焉〔一八〕。

〔一〕本篇亦見《太平廣記》卷三四六。
〔二〕「又」原作「入」，據《廣記》改。
〔三〕「若」原作「之」，據《廣記》改。
〔四〕「女」原作「文」，「在」下原重「在」字，據《廣記》改。
〔五〕「轉」原作「人」，據《廣記》改。
〔六〕「貴」原作「不」，據《廣記》改。
〔七〕「温」《廣記》作「方」。
〔八〕「犀」下原無「角」字，據《廣記》補。
〔九〕「同」原作「曰」，據《廣記》改。
〔一〇〕「行」原作「示」，據《廣記》改。
〔一一〕「方義」原作「方帝」，據《廣記》改。
〔一二〕「求」原作「未」，據《廣記》改。
〔一三〕「寢」下原脱「疾」字，據《廣記》補。
〔一四〕「不」原作「須」，據《廣記》改。
〔一五〕「方義又問」句似有脱誤，《廣記》作「又」字，與下「曰」字相連。
〔一六〕「曉」《廣記》作「曙」，似是原文。

〔一七〕「敬」原作「欽」，蓋避宋諱而改，今據《廣記》回改。
〔一八〕《廣記》無「復言頃亦聞之……」以下一段，本書當據原本。

續玄怪錄卷四

張逢〔一〕

南陽張逢，貞元末薄游嶺表〔二〕，行次福州福唐縣横山店。時初霽，日將暮，山色鮮媚，煙嵐藹然，策杖尋勝，不覺極遠。忽有一段細草，縱廣百餘步，碧鮮可愛。其旁有一小樹〔三〕，遂脱衣掛樹，以杖倚之，投身草上，左右翻轉，既而酣甚〔四〕，若獸蹍然，意足而起，其身已成虎也。文彩爛然，自視其爪牙之利，胸膊之力，天下無敵。遂騰躍而起，超山越壑，其疾如電。夜久頗飢，因傍村落徐行，犬彘駒犢之輩，悉無可取。意中恍惚，自謂當得福州鄭録事，乃傍道潛伏，未幾有人自南行，乃候吏迎鄭糾者〔五〕，見人問曰：「福州鄭録事名璠，計程當宿前店〔六〕，見説何時發？」來人曰：「吾之出掌人也〔七〕，聞其飾裝，到亦非久。」候吏曰：「只一人來，且復有同行者？吾當迎拜時，慮其誤也。」曰：「三人之中，慘緑者是。」其時逢方伺之，而彼詳問，若爲逢而問者。逢既知之，攢身以俟之。俄而鄭糾到，導從甚衆，衣慘緑，甚肥，巍巍而來〔八〕，適到逢前，遂跐銜之，走而上山。時天未曉〔九〕，人莫敢逐〔一〇〕，得恣食之，殘其腸髮耳。行於山林，單然無侶，乃忽思曰：「我本人也〔一一〕，何樂爲虎，自囚於深山。盍求初化之地而復耶？」乃步步尋之，日暮方到其所，衣服猶掛，杖亦倚林，碧草依然，翻復轉身於其上，意足而起，即復人形矣。於是衣衣策杖而歸。昨往今來，一復時矣。初其僕夫驚其失逢也，訪之於鄰，或云策杖登山。多歧尋之，杳無行處。及其來也，驚喜，問其故，逢紿之曰：「偶尋山泉，到一山院，共談釋教，不覺移時。」掌人曰〔一二〕：「今旦側近有虎食福州鄭録事〔一三〕，求餘不得。山林故多猛獸，不易獨行。郎之未迴，憂負亦極，且喜平安無他。」逢遂行。元和六年，旅次淮陽，舍於公館，館吏宴客，坐客有爲令者曰：「巡若到，各言己之奇事。事不奇者罰。」巡到逢，逢言横山之事。末坐有進士鄭遐者，乃鄭糺之子也，怒目而起，持刀將殺逢，言復父讎。衆共隔之，遐怒不已，遂白郡將。於是送遐淮南，敕津吏勿復渡。逢西邁〔一四〕，具改姓名以避遐〔一五〕。議曰：聞父之讎，不可以不報。然此讎非故殺，必使殺逢，遐亦當坐。遂遁去而不復其讎也。吁，亦可謂異矣〔一六〕！

〔一〕本篇亦見《太平廣記》卷四二九、《廣艷異編》卷二十八。

〔二〕「貞元」原作「元和」，與下文「元和六年」不合，今據《廣記》、《廣艷》改。

〔三〕「樹」原作「林」，蓋避宋諱而改，據同上二書回改。下句同。

〔四〕「甚」二書作「睡」。

〔五〕「乃」原作「若」，據二書改。

〔六〕「宿」上原無「當」字，據二書補。

〔七〕「出掌人」二書作「主人」。

〔八〕「巍巍」二書作「昂昂」。
〔九〕「曉」二書作「曙」，當是原文。
〔一〇〕二書「人」下有「雖多」二字。
〔一一〕「本」上原無「我」字，據二書補。
〔一二〕「掌人」二本作「僕夫」。
〔一三〕「旦」原作「且」，據二書改。
〔一四〕二書「逢」上有「使」字。
〔一五〕「具」二書作「且勸」二字。「遐」二書作「之」。
〔一六〕「吁亦可謂異矣」六字原無，據二書補。

定婚店〔一〕

杜陵韋固，少孤，思早娶婦，多歧求婚，必無成而罷。元和二年〔二〕，將遊清河，旅次宋城南店，客有以前清河司馬潘昉女見議者。來日先明，期於店西龍興寺門。固以求之意切，旦往焉〔三〕。斜月尚明，有老人倚布囊坐於階上，向月檢書。固步覘之，不識其字，既非蟲篆八分科斗之勢，又非梵書，因問曰：「老父所尋者何書？固少小苦學，世間之字，自謂無不識者。西國梵字，亦能讀之。唯此書目所未覿，如何？」老人笑曰：「此非世間書，君因何得見？」固曰：「非世間書，則何也？」曰：「幽冥之書。」固曰：「幽冥之人，何以到此？」曰：「君行自早，非某不當來也。凡幽吏皆掌人生之事，掌人可不行冥中乎？今道途之行，人鬼各半，自不辨爾。」固曰：「然則君又何掌？」曰：「天下之婚牘耳。」固喜曰：「固少孤，常願早娶以廣胤嗣。爾來十年，多方求之，竟不遂意。今者，人有期此，與議潘司馬女，可以成乎？」曰：「未也。命苟未合，雖降衣纓而求屠博，尚不可得，況郡佐乎？君之婦適三歲矣，年十七當入君門。」因問：「囊中何物？」曰：「赤繩子耳，以繫夫妻之足。及其生則潛用相繫，雖讎敵之家，貴賤懸隔，天涯從宦，吳楚異鄉，此繩一繫，終不可逭。君之脚已繫於彼矣，他求何益。」曰：「固妻安在？其家何爲？」曰：「此店北賣菜陳婆女耳。」固曰：「可見乎？」曰：「陳嘗抱來鬻菜於市，能隨我行，當即示君。」及明，所期不至。老人卷書揭囊而行，固逐之入菜市，有眇嫗抱三歲女來，弊陋亦甚。老人指曰：「此君之妻也。」固怒曰：「殺之可乎？」老人曰：「此人命當食天禄，因子而食邑，庸可殺乎！」老人遂隱。固罵曰：「老鬼妖妄如此！吾士大夫之家，娶婦必敵。苟不能娶，即聲妓之美者，或援立之，奈何婚眇嫗之陋女。」磨一小刀子，付其奴曰：「汝素幹事，能爲我殺彼女，賜予萬錢。」奴曰：「諾。」明日，袖刀入菜行中，於衆中刺之而走。一市紛擾，固與奴奔走獲免。問奴曰：「所刺中否？」曰：「初刺其心，不幸才中眉間爾。」後固屢求婚，終無所遂。又十四年，以父蔭參相州軍。刺史王泰俾攝司户掾，專鞫詞獄，以爲能，因妻以其女，可年十六七，容色華麗，固稱愜之極。然其眉間常帖一花子，雖沐浴閒處，未嘗暫去。歲餘，固訝之，忽憶昔日奴刀中眉間之説，因逼問之。妻潸然曰：「妾郡守之猶子也，非其女也。疇昔父曾宰宋城〔四〕，終其官時，妾在襁褓，母兄次没，唯一莊在宋城南，與乳母陳氏居，去店近，鬻蔬以給朝夕。陳氏憐小，不忍暫棄。三歲時，抱行市中，爲狂賊所刺，刀痕尚在，故以花子覆之。七八年前，叔從事盧龍，遂得在左右，仁念以爲女嫁君耳。」固曰：「陳氏眇乎？」曰：「然。何以知之？」固曰：「所刺者固也。」乃曰：「奇也！命也！」因盡言之，相敬愈極〔五〕。後生男鯤，爲雁門太守，封太原郡太夫人。乃知陰騭之定，不可變也。宋城宰聞之，題其店曰「定婚店」。

〔一〕本篇亦見《太平廣記》卷一五九。《分門古今類事》卷十六引作《紀聞談》。

〔二〕「元和」《廣記》作「貞觀」，似是，因本書多避「貞」字也。

〔三〕「旦」原作「且」，據《廣記》改。

〔四〕「曾」上原無「父」字，據《廣記》補。

〔五〕「敬」原作「欽」，蓋避宋諱而改，據《廣記》回改。

葉令女〔一〕

汝州葉縣令盧造者，有幼女〔二〕，大曆中許邑客鄭楚曰：「及長，以嫁君之子元方。」楚拜之。俄而楚録潭州軍事，造亦辭滿寓葉〔三〕。後楚卒，元方護喪居江陵，數年間，音問兩絶。縣令韋計爲子娶焉。

其吉晨，元方適到。會武昌戍邊兵亦止其縣，縣隘，天雨甚，元方無所容，徑往縣東十二里佛舍。舍西北隅有若小獸號鳴者，出火視之，乃三虎子，目猶未開。以其小，未能害人，且不忍投於雨中〔四〕，閉門堅拒而已。約三更初，虎來觸其門，不得入，其西有窗，亦甚堅，虎怒搏之，櫺拆陷頭於中〔五〕，爲左右所轄，進退不得。元方取佛塔塼擊之，虎吼怒拏攫，終莫能去。連擊之，俄頃而斃。既而聞門外若女人呻吟，氣甚困劣，徐問曰：「門外呻吟者，人耶？鬼耶？」曰：「人也。」曰：「何以到此？」曰：「妾前盧令女也，今夕將適韋氏，親迎，方登車〔六〕，爲虎所執，負荷而來投此。今即無損，而甚畏其復來〔七〕，能相救乎？」元方奇之，執燭出視，真衣纓也，年十七八，禮服儼然，泥水皆澈〔八〕。既扶入，復固其門，拾佛塔毀像，以繼其明。女曰：「此何處也？」曰：「縣東僧舍耳。」元方言姓名，且話舊諾。女亦前記之，曰：「妾父曾許妻君，一旦以君之絶耗也〔九〕，將嫁韋氏。天命難改，虎送歸君。莊去此甚近，君能送歸，請絶韋氏而奉巾櫛。」及明而送歸其家，其家以虎攫而去〔一〇〕，方坐且制服禮。見其來，喜若天降。元方致虎於縣，具言其事。縣宰異之，以盧氏歸于鄭焉。當時聞者，莫不嘆異之〔一一〕。

〔一〕本篇亦見《太平廣記》卷四二八，題作《盧造》。

〔二〕「幼女」原作「女勾」，據《廣記》改。

〔三〕「滿」《廣記》作「而」。

〔四〕「不忍投於雨中」，《廣記》作「不忍殺」。

〔五〕「拆」原作「祈」，據《廣記》改。
〔六〕「車」原作「卑」，據《廣記》改。
〔七〕「而」原作「雨」，據《廣記》改。
〔八〕「澈」原作「敵」，據《廣記》改。
〔九〕「旦」原作「且」，據《廣記》改。
〔一〇〕「以」上原不重「其家」二字，據《廣記》補。
〔一一〕「當時聞者莫不嘆異之」九字原無，據《廣記》補。

驢言〔一〕

長安張高者，轉貨於市，資累巨萬，有一驢，育之久矣。元和十二年秋八月，高死。死十三日，妻命其子張和乘往近郊，營飯僧之具。出里門，驢不復行，擊之即卧，乘而鞭之。驢忽顧和曰：「汝何擊我？」和曰：「吾家用錢二萬以致汝，汝不行，安得不擊也。」然甚驚。驢又曰：「錢二萬不説，父騎我二十餘年，吾今告汝，人道獸道之倚伏，若車輪然，未始有定。吾前生負汝父力，故爲驢酬之。無何，汝飼吾豐〔二〕。昨夜汝父就吾算，侵汝錢一緡半矣。汝父當騎我，我固不辭。吾不負汝，汝不當騎我。汝强騎我，我亦騎汝，汝我交騎，何劫能止？以吾之肌膚，不啻值萬錢也。只負汝一緡半，出門貨之，人酬亦爾。然而無的取者，以他人不負吾錢也。麩行王胡子負吾二緡，吾不負其力，取其緡半還汝，半緡充口食，以終驢限耳。」和牽歸以告其母。母泣曰：「郎騎汝年深，固甚勞苦。緡半錢何足惜，將捨債豐秣而長生乎？」驢擺頭。又曰：「賣而取錢乎？」乃點頭。遽令貨之，人酬不過緡半，且無敢取者。牽入西市麩行，逢一人長而胡者，乃與緡半易之〔三〕。問其姓，曰：「王。」自是連雨數日乃晴，和往覘之，驢已死矣，王竟不得騎，又不負之驗也。和東鄰有右金吾郎將張達，其妻，李之出也，余嘗造焉。云見驢言之夕，遂聞其事，且以戒欺暗者，故備書之。

〔一〕本篇亦見《太平廣記》卷四三六，題作《張高》。

〔二〕「飼」原作「飴」，據《廣記》改。

〔三〕「半」上原脱「緡」字，據《廣記》補。

木工蔡榮〔一〕

中牟縣三異鄉木工蔡榮者，自幼信神祇，每食必分置於地，潛祝土地。自總角至於不惑，未嘗暫忘也。元和二年春，卧疾六七日，方暮，有武吏走來，謂其母曰：「蔡榮衣服器物速藏之，勿使人見，仍速作婦人裝梳，覆以婦人之服，有人來問，必紿之曰出矣。求其處，則亦意對，勿令知所在也。」言訖，走去。妻母不測其故，遽藏器物，裝梳才畢，有將軍乘馬，從十餘人，執弓矢〔二〕，直入堂中，曰：「蔡榮在否？」其母驚惶曰：「不在。」曰：「何往？」對曰：「榮醉歸，怠於其業，老婦怒而笞之，榮或潛去，不知何在〔三〕，月餘日矣。」將軍遣吏入搜，搜者出曰：「房中無丈夫〔四〕，亦無器物。」將軍連呼地界，教藏者出曰：「諾。」責曰：「蔡榮出行，豈不知處？」對曰：「怒而去，不告所由。」將軍曰：「王後殿傾，須此巧匠，期限向盡，何人堪替？」對曰：「梁城鄉葉幹者，巧於蔡榮，計其年限〔五〕，正當追役。」將軍者走馬而去。有頃，教藏者亦復來〔六〕，曰：「某地界所由也〔七〕，以蔡榮每食必相召，故報恩耳。」然莫不驚之。計即平愈，遂去。母視榮，即汗洽矣。自此疾愈。俄聞梁城鄉葉幹者暴卒，幹妻乃榮母之猶子也。審其死者，正當榮服雌服之時。有李復者〔八〕，從母夫楊曙爲中牟團户於三異鄉〔九〕，遍聞其説，召榮母問之，迴以相告。泛祭之見德者，豈其然乎？

〔一〕本篇亦見《太平廣記》卷三〇八，題作《蔡榮》。

〔二〕「執」原作「全」，據《廣記》改。

〔三〕「在」字原缺，據《廣記》補。

〔四〕「丈夫」二字原缺，據《廣記》補。

〔五〕「計」原作「訐」，據《廣記》改。

〔六〕「復」下原無「來」字，據《廣記》補。

〔七〕「地」下原無「界」字，據《廣記》補。

〔八〕「復」下疑脱「言」字，似是作者自敘。

〔九〕「曙」原作「林」，蓋避宋諱而改，據《廣記》回改。按：楊曙爲中牟宰，見《玄怪録》卷十《葉氏婦》。「戶」原作「乃」，據《廣記》改。

梁革〔一〕

金吾騎曹梁革，得和扁之術者也，大和初爲宛陵巡官。按察使于公敖，有青衣美色而艷者，曰蓮子，念之甚厚。一旦以笑語獲罪，斥出貨焉。市吏定直曰七百緡。從事御史崔公者，聞而召焉，命革診其脈。革診其臂，曰：「二十春無疾佳人也。」公喜留之，送其直於于公。公以常深念也，偶怒而逐之，售於不識者斯已矣，聞崔公寵之也，不悦之意，形於顔色。然業已去之，難復召矣，常貯於懷。未一年，蓮子暴死，革方有外郵之事，迴及城門，逢柩車，崔人有執紼者，問其所葬，曰：「蓮子也。」呼載歸而奔告崔曰：「蓮子非死，蓋屍蹶耳。向者革入郭，遇其柩，載歸而請往蘇之。」崔怒革之初言，悲蓮子之遽夭，勃然曰：「疋夫也！妄惑諸侯，遂齒簪裾之列。汝謂二十春無疾者〔二〕，一年而死。今既葬矣，召其柩而歸〔三〕，脱不能生，何以相見。」階前數步之内，知公何有！」革曰：「此固非死而屍蹶耳。千年而一，苟不能生之，是革術不神於天下，何如就死以謝過言。」乃辭往崔第，破棺出之，遂刺其心及臍下各數處，鑿去一齒，以藥一刀圭於口中，衣以單衣，卧空床上，以練素縛其手足〔四〕，有微火於床下，曰：「此火衰，蓮子生矣。」且戒其徒煮葱粥伺焉。「其氣通若狂者，愼勿令起，逡巡自定。定而困，困即解其縛，以葱粥嚾之，遂活矣。正狂令起，非吾之所知也。」言竟，復入府謂崔曰：「蓮子即生矣。」崔大釋其怒，留坐廳事。俄而蓮子起坐言笑。界吏報于公，公飛牘於崔：「蓮子復生，乃何術也？」與革偕歸，入門則蓮子來迎矣。于公大奇之。且夫蓮子事崔也，非素意，因勸以與革。崔亦惡其無齒，又重于公，遂與革。革得之〔五〕，以神藥傅齒，未踰月而齒生如故。大和壬子歲，調授金吾騎曹，與蓮子偕在輦下。其年秋，友人高損之，以其元舅爲天官郎，日與相聞，故熟其事而言之，命余纂録耳。

〔一〕本篇亦見《太平廣記》卷二一九，談本注作《續異録》，明鈔本《廣記》正作《續玄怪録》。
〔二〕「謂」上原無「汝」字，據《廣記》補。
〔三〕「柩」上原無「其」字，據《廣記》補。
〔四〕「素」原作「索」，據《廣記》改。
〔五〕「得」上原無「革」字，據《廣記》補。

李衛公靖〔一〕

衛國公李靖，微時嘗射獵霍山中〔二〕，寓食山村。村翁奇其爲人，每豐饋焉。歲久益厚。忽遇群鹿，乃逐之，會暮，欲捨之不能。俄而陰晦迷路，茫然不知所歸，悵悵而行，困悶益極。乃極目有燈火光，因馳赴焉。既至，乃朱門大第，牆宇甚峻，叩門久之，一人出問，公告其迷〔三〕，且請寓宿。人曰：「郎君皆已出，惟太夫人在，宿應不可。」公曰：「試爲咨白。」乃入告而出，曰：「夫人初欲不許，且以陰黑，客又言迷，不可不作主人。」邀入廳中。有頃，一青衣出曰：「夫人來。」年可五十餘，青裙素襦，神氣清雅，宛若士大夫家。公前拜之，夫人答拜，曰：「兒子皆不在，不合奉留。今天色陰晦，歸路又迷，此若不容，遣將何適。然此山野之居，兒子往還，或夜到而喧，勿以爲懼。」公曰：「不敢。」既而命食，食頗鮮美，然多魚。食畢，夫人入宅，二青衣送床席裀褥，衾被香潔，皆極鋪陳，閉户繫之而去。公獨念山野之外，夜到而鬧者何物也，懼不敢寢，端坐聽之。夜將半，聞扣門聲甚急，又聞一人應之，曰：「天符，大郎子報當行雨〔四〕，周此山七百里〔五〕，五更須足，無慢滯，無暴傷〔六〕。」應者受符入呈。聞夫人曰：「兒子二人未歸，行雨次到〔七〕，固辭不可，違時見責。縱使報之，亦已晚矣。僮僕無任專之理，當如之何？」一小青衣曰：「適觀廳中客，非常人也，盍請乎？」夫人喜，因自扣廳門曰：「郎覺否？請暫出相見。」公曰：「諾。」遂下階見之。夫人曰：「此非人宅，乃龍宮也。妾長男赴東海婚禮，小男送妹。適奉天符，次當行雨。計兩處雲程，合踰萬里，報之不及，求代又難，輒欲奉煩頃刻間，如何？」公曰：「靖俗客，非乘雲者，奈何能行雨？有方可教，即唯命耳。」夫人曰：「苟從吾言，無有不可也。」遂敕黄頭：「鞴青驄馬來〔八〕。」又命取雨器，乃一小瓶子，繫於鞍前，誡曰：「郎乘馬，無勒銜勒〔九〕，信其行，馬躩地嘶鳴〔一〇〕，即取瓶中水一滴滴馬鬃上，慎勿多也。」於是上馬騰騰而行，其足漸高，但訝其穩疾，不自知其雲上也。風急如箭，雷霆起於步下。於是隨所躩，輒滴之，既而電掣雲開，下見所憩村，思曰：「吾擾此村多矣，方德其人，計無以報。今久旱〔一一〕，苗稼將悴，而雨在我手，寧復惜之。」顧一滴不足濡，乃連下二十滴。俄頃雨畢，騎馬復歸。夫人者泣於廳曰：「何相誤之甚〔一二〕！本約一滴，何私感而二十之！天此一滴，乃地上一尺雨也〔一三〕。此村夜半平地水深二丈，豈復有人。妾已受譴，杖八十矣。」袒視其背，血痕滿焉。「兒子並連坐〔一四〕，如何？」公慚怖，不知所對。夫人復曰：「郎君世間人，不識雲雨之變，誠不敢恨。即恐龍師來尋，有所驚恐，宜速去此。然而勞煩，未有以報。山居無物，有二奴奉贈。總取亦可，取一亦可，唯意所擇。」於是命二奴出來。一奴從東廊出，儀貌和悦，怡怡然。一奴從西廊出，憤氣勃然，拗怒而立。公曰〔一五〕：「我獵徒〔一六〕，以鬬猛爲事，一旦取奴而取悦者，人以我爲怯乎？」因曰：「兩人皆取則不敢。夫人既賜，欲取怒者。」夫人微笑曰：「郎之所欲乃爾。」遂揖與別，奴亦隨去。出門數步，迴望失宅，顧問其奴，亦不見矣。獨尋路而歸。及明望其村，水已極目，大樹或露梢而已，不復有人。其後竟以兵權静寇難，功蓋天下，而終不及於相，豈非悦奴之不得乎？世言關東出相，關西出將，豈東西而喻耶？所以言奴者，亦臣下之象。向使二奴皆取，位極將相矣。

〔一〕原本目録作「李衛公靖行雨」。本篇亦見《太平廣記》卷四一八，題作《李靖》。又見《古今説海》説淵三三，題作《李衛公别傳》；《逸史搜奇》壬集卷八，題作《李衛公》。

〔二〕「霍」《廣記》、《說海》、《搜奇》作「靈」。
〔三〕「迷」下《廣記》有「道」字，《說海》、《搜奇》有「途」字。
〔四〕《廣記》「報」字在「大郎子」上。
〔五〕「七」下原無「百」字，據同上三書補。
〔六〕「傷」《廣記》作「厲」，《說海》、《搜奇》作「急」。
〔七〕「次」《廣記》作「符」。
〔八〕「鞴」原作「被」，據《廣記》改。
〔九〕上「勒」字原作「陋」，據《廣記》（陳校本）改。《說海》、《搜奇》作「須」。
〔一〇〕「躩」《廣記》作「跑」，《說海》、《搜奇》作「踣」。
〔一一〕「今」原作「其」，據三書改。
〔一二〕「誤」《說海》作「負」。
〔一三〕「一」原作「二」，據三書改。
〔一四〕「並」《廣記》作「亦」，《說海》、《搜奇》作「正」。
〔一五〕「公曰」《說海》、《搜奇》作「靖私念」。
〔一六〕「我」原作「成」，據三書改。

補遺

李紳

故淮海節度使李紳，少時與二友同止華陰西山舍。一夕，林叟有賽神者來邀，適有頭痃之疾，不往，二友赴焉。夜分雷雨甚，紳入止深室，忽聞堂前有人祈懇之聲，徐起窺簾，乃見一老叟，眉鬢皓然，坐東牀上。青童一人，執香爐拱立於後。紳訝之，心知其異人也，具衫履出拜之。父曰：「年小識我乎？」曰：「小子未嘗拜覿。」老父曰：「我是唐若山也，亦聞吾名乎？」曰：「嘗於仙籍見之。」老父曰：「吾處北海久矣，今夕南海群仙會羅浮山，將往焉。及此，遇華山龍鬭，散雨滿空。吾服藥者，不欲令霑服，故憩此耳。子非李紳乎？」對曰：「某姓李，不名紳。」叟曰：「子合名紳字公垂，在籍矣，能隨我一遊羅浮乎？」紳曰：「平生之願也。」老父喜。有頃，風雨霽，青童告可行。叟乃袖出一簡，若笏形，縱拽之，長丈餘，横拽之，闊數尺，緣卷底坳，宛若舟形。父登居其前，令紳居其中，青童坐其後。叟戒紳曰：「速閉目，慎勿偷視。」紳則閉目，但覺風濤洶涌，似泛江海。逡巡舟止，叟曰：「開視可也。」已在一山前，樓殿參差，藹若天外，簫管之聲，寥亮雲中。端雅士十餘人喜迎叟，指紳曰：「何人也？」叟曰：「李紳耳。」群士曰：「異哉！公垂果能來。人世凡濁，苦海非淺，自非名繫仙録，何路得來。」叟令紳遍拜之。群士曰：「子能我從乎？」紳曰：「紳未立家，不獲辭，恐若黄初平貽憂於兄弟。」未言間，群士已知：「子念歸，不當入此居也。子雖仙録有名，而俗塵尚重，此生猶沉幻界耳。美名崇官，外皆得之。守正修静，來生既冠，遂居此矣。勉之勉之。」紳復遍拜叟歸。辭訖，遂合目，有一物若驢狀近身，乘之，又覺走於風濤之上。頃之，悶甚思見，其纔開目，已墮地而失所乘者〔一〕。仰視星漢，近五更矣，似在華山北。除行數里〔二〕，逢旅舍，乃羅浮店也。去所止二十餘里，緩步而歸。明日，二友與僕夫方奔訪覓之。相逢大喜，問所往，詐云：「夜獨居，偶爲妖狐所惑，隨造其居。將曙，悟而歸耳。」自是改名紳，字公垂，果登甲科翰苑，歷任郡守，兼將相之重。《廣記》卷四八

〔一〕「已」原作「以」，今改。

〔二〕「除」疑當作「徐」。

韋氏子

韋氏子有服儒而任於唐元和朝者，自幼宗儒，非儒不言，故以釋氏爲胡法，非中國宜興。有二女，長適相里氏，幼適胡氏。長夫執外舅之論；次夫則反之，常敬佛奉教，攻習其文字，其有不譯之字讀宜梵音者，則屈舌效之，久而益篤。及韋氏子寢疾，命其子曰：「我儒家之人，非先王之教不服。吾今

死矣，慎勿爲俗態鑄釋飯僧。祈祐於胡神，負吾平生之心。」其子從之。既除服而胡氏妻死，凶問到相里氏。以其婦卧疾，未果訃之。俄而疾殆，其家泣而環之，且屬纊焉。欻若鬼神扶持，驟能起坐，呼其婦曰〔一〕：「妾季妹死已數月，何不相告？」因泣下嗚咽。其夫紿之曰：「安得此事，賢妹微恙，近聞平復。荒惑之見，未可憑也，勿遽惆悵。今疾甚，且須將息。」又泣曰：「妾妹在此，自言今年十月死，甚有所見。命吾弟兄來，將傳示之。昨到地府西曹之中，聞高墉之内寃楚叫悔之聲，若先君聲焉。觀其上則火光迸出，焰若風雷。求入禮覲，不可。因遥哭呼之。先君隨聲叫曰：『吾以平生謗佛，受苦彌切。無曉無夜，略無憩時。此中刑名。言説不及，惟有釁家迴向，冥資撰福，可救萬一。輪劫而受，難希降減，但百刻之中，一刻暫息，亦可略舒氣耳。』妹雖宿罪不輕，以夫家積善，不墮地獄，即當上生天宮也。妾以君心若先君，亦當受數百年之責。然委形之後，且當神化爲烏，再七飯僧之時，可以來此。」其夫泣曰：「洪爐變化，物固有之。雀爲蛤，蛇爲雉，雉爲鴿，鳩爲鷹，田鼠爲鴽，腐草爲螢，人爲虎、爲猨、爲魚、爲鼈之類，史傳不絶。爲烏之説，豈敢深訝。然烏群之來，數皆數十，何以認君之身而加敬乎？」曰：「尾底毛白者妾也。爲妾謝世人，爲不善者，明則有人誅，暗則有鬼誅，絲毫不差。因其所迷，隨迷受化。不見天寶之人多而今人寡乎？蓋爲善者少，爲惡者多。是以一厠之内，蟲豸萬計，一塼之下，螻蟻千萬；而昔之名城大邑，曠蕩無人，美地平原，目斷草莽。得非其驗乎？多謝世人，勉植善業。」言訖復卧，其夕遂卒。其爲婦也，奉上敬，事夫順，爲長慈，處下謙，故合門憐之，憫其芳年而變異物，無幼無長，泣以俟烏。及期，烏來者數十，唯一止於庭樹低枝，窺其姑之户，悲鳴屈曲，若有所訴者。少長觀之，莫不嗚咽。徐驗其尾，果有二毛，白如霜雪。姑引其手而祝之曰：「吾新婦之將亡也。言當化爲烏而尾白。若真吾婦也，飛止吾手。」言畢，其烏飛來，馴狎就食，若素養者。食畢而去。自是日來求食，人皆知之。數月之後，烏亦不來。《廣記》卷一〇一

〔一〕「婦」似當作「夫」。

延州婦人

昔延州有婦女，白皙頗有姿貌，年可二十四五，孤行城市，年少之子，悉與之遊，狎昵薦枕，一無所却。數年而歿，州人莫不悲惜，共醵喪具爲之葬焉。以其無家，瘞於道左。大曆中，忽有胡僧自西域來，見墓，遂趺坐具〔一〕，敬禮焚香，圍繞讚歎數日。人見謂曰：「此一淫縱女子，人盡夫也，以其無屬，故瘞於此，和尚何敬耶？」僧曰：「非檀越所知，斯乃大聖，慈悲喜捨，世俗之欲，無不徇焉。此即鎖骨菩薩，順緣已盡，聖者云耳。不信即啓以驗之。」衆人即開墓，視遍身之骨，鈎結皆如鎖狀，果如僧言。州人異之，爲設大齋，起塔焉。《廣記》卷一〇一

〔一〕明鈔本《廣記》「趺」作「敷」。

琴臺子〔一〕

趙郡李希仲，天寶初宰偃師，有女曰閑儀，生九歲，嬉戲於廨署之花欄内。忽有人遽招閑儀曰：「鄙有懇誠，願托賢淑。幸畢詞，勿甚驚駭。」乃曰：「鄙爲崔氏妻，有二男一女。男名琴臺子，鄙尤鍾念，生六十日，鄙則謝去。夫人當爲崔之繼室，敢以念子爲托，實仁愍之〔二〕。」因悲慟怨咽。俄失所在。閑儀亦沉迷無所覺知矣。家人善養之，旬日無恙。希仲秩滿，因家洛京。天寶末，幽薊起戎，希仲則挈家東邁，以避兵亂。行至臨淮，謁縣尹崔祈。既相見，情款依然。各敍祖姻，崔乃内外三從之昆仲也。時崔喪妻半歲，中饋無主，幼稚零丁，因求娶於希仲。希仲家貧時危，方爲遠適，女況成立〔三〕，遂許成親。女既有歸，將謀南度。偃師故事，初不省記。一日，忽聞崔氏中堂沉痛大哭，即令詢問，乃閑儀耳。希仲遇自詢問〔四〕，則出一年孤孩曰：「此花欄所謂琴臺子者也。」因是倍加撫育，名之靈遇。及長，官至陳郡太守。《廣記》卷一五九

〔一〕本篇又見《分門古今類事》卷十六，題作《閑儀繼室》，亦見《廣艷異編》卷十七。

〔二〕「實」《類事》作「望」，《廣艷》作「願」。

〔三〕「況」《廣艷》作「既」，《類事》作「人又」二字。

〔四〕「遇」《類事》作「遽」，《廣艷》作「因」。

唐儉

唐儉少時乘驢將適吴楚，過洛城，渴甚，見路傍一小室，有婦人年二十餘，向明縫衣，投之乞漿，則縫襪也。遂問別室取漿：「郎渴甚，爲求之。」逡巡，持一盂至。儉視其室内無厨竈，及還而問曰：「夫人之居，何不置火？」曰：「貧無以炊，側近求食耳。」言既，復縫襪，意緒甚忙。又問：「何故急速也？」曰：「妾之夫薛良，貧販者也。事之十餘年矣，未嘗一歸侍舅姑。明早郎來迎，故忙耳。」儉微挑之，拒不答。儉愧謝之，遺餅兩軸而去。行十餘里，忽記所要書有忘之者，歸洛取之。明晨復至此，將出都，爲塗芻之阻，問何人，對曰：「貨師薛良之柩也。」駭其姓名，乃昨婦人之夫也。遂問所往，曰：「良婚五年而妻死，葬故城中。又五年而良死。良兄發其柩，將祔先塋耳。」儉隨觀焉。至其殯所，是求水之處。俄而啓殯，棺上有餅兩軸，新襪一雙。儉悲而異之，遂東去。舟次揚州禪智寺東南，有士子二人，各領徒，相去百餘步發故殯者。一人驚歎久之，其徒往往聚笑。一人執鍤，碎其柩而罵之。儉遽造之，歎者曰：「璋姓韋，前太湖令。此發者璋之亡子，窆十年矣，適開易其棺，棺中喪其履，而有婦人履一隻。彼乃裴冀，前江都尉，其發者愛姬也，平生寵之。裴到任二年而卒，葬于此一年。今秩滿將歸，不忍棄去，將還于洛，既開棺，喪其一履，而有丈夫履一隻。兩處互驚，取合之，彼此成對。蓋吾不肖子淫于彼，往復無常，遽遺之耳。」儉聞言，登舟静思之曰：「貨師之妻死五年，猶有事舅姑之心。逾寵之姬，死尚如此，生復何望哉，士君子可溺於此輩而薄其妻也？」《廣記》卷三二七

馬震

扶風馬震，居長安平康坊。正晝，聞扣門，往看，見一賃驢小兒云：「適有一夫人，自東市賃某驢，至此入宅，未還賃價。」其家實無人來，且付錢遣之。經數日，又聞扣門，亦又如此。前後數四，疑其有異，乃置人於門左右，日日候之。是日，果有一婦人從東乘驢來，漸近識之，乃是震母，亡十一年矣，葬于南山，其衣服尚是葬時者。震驚號奔出，已見下驢，被人覺，不暇隱滅。震逐之，環屏而走。既而窮迫，入馬廄中，匿身後牆而立。馬生連呼，竟不動，遂牽其裾，卒然而倒，乃白骨耳。衣服儼然，而體骨具足。細視之，有赤脈如紅綫，貫穿骨間。馬生號哭，舉扶易之。往南山，驗其墳域如故。發視，棺中已空矣。馬生遂別卜遷窆之，而竟不究其理。《廣記》卷三四六

附錄

新唐書藝文志

牛僧孺《玄怪録》十卷。

李復言《續玄怪録》五卷。（丙部小説家）

晁公武郡齋讀書志

《玄怪録》十卷　右唐牛僧孺撰。僧孺爲宰相，有聞於世，而著此等書。《周秦行紀》之謗，蓋有以致之也。（衢州本卷十三）

《續玄怪録》十卷　右唐李復言撰。續牛僧孺書也。分仙術、感應三門。（同上）

按：此條末句似有脱誤。

陳振孫直齋書録解題

《玄怪録》十卷　唐牛僧孺撰。《唐志》十卷，又言李復言《續録》五卷，《館閣書目》同。今但有十一卷，而無續録。（卷十一）

按：書目著録十卷，而解題則稱十一卷，疑書目下奪「一」字。

胡侍真珠船

牛僧孺《幽怪録》載尼妙寂事云：尼姓葉，父昇，夫任華，皆遇盗死。李公佐爲解夢中隱語，乃得復其讎。爲嘗覽公佐所作傳，録而纂之。余近獲覩公佐所作傳，事則不殊，而姓名乃爲謝小娥，不作葉妙寂，夫爲段居貞，亦非任華。《唐書·列女傳》亦同公佐，然則思黯誤也。（卷六《謝小娥》）

按：胡侍所見《幽怪録》亦有《尼妙寂》事，似即此本。

高儒百川書志

《幽怪録》十一卷　唐隴西牛僧孺撰。載隋唐神奇鬼異之事，各據聞見出處，起信於人。凡四十四事。（卷八）

朱國楨湧幢小品

牛僧孺撰《玄怪録》，楊用修改爲《幽怪録》。因世廟時重「玄」字，用修不敢不避，其實只一書，且非刻之誤也。（卷十八《志録集》）

按：「幽怪録」乃宋人避世祖玄朗諱而改，非楊慎所改。

四庫全書總目提要

《幽怪録》一卷《續幽怪録》一卷　《幽怪録》，唐牛僧孺撰。僧孺事迹具《新唐書》本傳。《唐書·藝文志》作《玄怪録》。朱國楨《湧幢小品》曰：牛僧孺撰《玄怪録》，楊用修改爲《幽怪録》箱因世廟時重「玄」字，用修不敢不避，其實一書，非刻之誤也。然《宋史·藝文志》載李德裕《幽怪録》十四卷，則此名爲複矣。《唐志》作十卷，今止一卷，殆鈔合而成，非其舊本。晁公武《讀書志》云：僧孺爲宰相，有聞于世，而著此等書。《周秦行紀》之謗，蓋有以致之也。末附唐李復言《續録》一卷。考《唐志》及《館閣書目》皆作五卷，《通考》則作十卷，云分仙術、感應二門。今僅殘篇數頁，並不成卷矣。然志怪之書，無關風教，其完否亦不必深考也。（卷一四四小説家類存目二）

《續玄（原作元）怪録》四卷　唐李復言撰。是書世有二本。其附載牛僧孺《幽怪録》末者，蓋從《説郛》録出。一即此本。凡二十三事，與《唐志》卷數亦不符。蓋從《太平廣記》録出者。雖稍多于《説郛》本，然亦非完帙也。（同上）

黄丕烈續幽怪録跋

嘉慶丙寅孟夏月，杭州書友介其族人陶蘊輝售宋刻李注《文選》於余，以此《續幽怪録》二册爲副。蘊輝曰：「此書向於東城書坊獲之，後歸知不足齋，今仍返故土，古書殆亦有靈耶？」余檢卷中藏書家圖記，有鄭印敷教一章，則其爲東城故物無疑。桐庵先生秋水軒，其去余縣橋新居不遠，同里旭亭韓丈曾言之。兹書歸吴而余適還居東城，因遂得此，以慰書之願云爾。蕘翁。

此臨安府太廟前尹家書籍鋪刊行本也。余所得《茅亭客話》亦爲尹家刊本，行字多寡，與此正同。

然《茅亭》曾經遵王記之，而此書絶未有著于録者，可云奇秘矣。此録續牛僧孺書，本名《玄怪》，見於陳、晁兩家之書。其云《幽怪》者，殆避宋諱歟？陳云五卷，晁云十卷，今多於陳而少於晁，其分卷當出更定。晁又云分仙術、感應三門。此不分者，殆合并而去其門類也。尹氏所見，諒已不全。就其所載事核之，勘二十三則耳。《述古堂目》所收抄本止三卷，較此更少矣。近《彙刻書目》云《稽古堂日鈔》亦列其名，未知其卷若何。然以宋刻爲據，則此四卷者固足以覘前此之梗概，而訂後來之疏畧矣。余喜讀未見書，若此小種，依然舊刻，豈不可備《百宋一廛書録》之續乎？蕘翁又記。

琳琅祕室叢書本續幽怪録校勘記

《續幽怪録》四卷，唐李復言撰。按第四卷宋本誤作李復之。蓋續牛僧孺書也。衢本晁氏《讀書志》、陳氏《書録解題》俱載牛僧孺《玄怪録》十卷，今稱《幽怪録》，殆避宋諱歟？據朱國楨《湧幢小品》，指爲楊用修所改。然周密《癸辛雜識》已稱《幽怪録》。余又見《通玄真經》，宋刻作「通元」，知其改已久，《湧幢》之説非確論。《宋史·藝文志》載李德裕《幽怪録》十四卷，則此名複之已。復言《續録》，《讀書志》作十卷，謂分仙術、感應二門，原作三門，今從《文獻通考》訂。《唐志》及《館閣書目》俱作五卷，《書録解題》則曰「今但有《玄怪録》十一卷，而無《續録》」，蓋宋末已無一定。此臨安府太廟前尹家書籍鋪刊行本，合併而去其門類，或出更定者耶？余家藏尹家所刊《茅亭客話》，行字多寡與此書同。每半頁九行，行十八字。其爲宋刻無疑。然《客話》遵王《敏求記》載之，而此則著述於《述古堂書目》中，止有鈔本三卷。近惟浙江採遺書目及天一閣范氏進呈書目俱作四卷。伏讀《四庫全書存目》云：「此本凡二十三事，蓋從《太平廣記》録出。」余嘗竭數日之功，以《廣記》詳加勘訂，於各題下註明卷數，附録札記，其文句異同處不及一一記之。其《辛公平》《竇玉妻》《梁革》三條，《廣記》未載，足徵其非録出。范氏止有鈔本，《提要》故有是疑。兹則確然宋刻，更定之説，洵爲允洽。或有《廣記》引而此書未載者，今另作拾遺一卷云。咸豐三年五月仁和胡珽識。

瞿鏞鐵琴銅劍樓藏書目録

《續幽怪録》四卷宋刊本　題李復言編。目録後有「臨安府太廟前尹家書籍鋪刊行」一行，每半葉九行，行十八字，樹、慎、廓字有闕筆。案晁、陳兩書俱謂李復言《續玄怪録》續牛僧孺《玄怪録》而作也，分仙術、感應二門。此則總二十三則，不分門。晁云十卷，陳云五卷，《述古堂書目》又作三卷，俱與此本不合，殆尹氏得其書重編以刻者。「玄」改作「幽」，避宋諱也。書中「殺」字俱作「煞」字。卷中有鄭印敷教之章，乃桐庵先生故物也。（卷十七）

隨庵叢書本續幽怪録跋

《續幽怪録》四卷，唐李復言撰。復言續牛僧孺之書而成，爲南宋臨安尹氏刊本。目録後有「臨安府太廟前尹家書籍鋪刊行」牌子一行，每半頁九行，行十八字，高五寸八分，廣四寸二分。昔胡心耘得影鈔本，刊於琳琅秘室，云以《廣記》校過，止《竇玉妻》《辛公平上仙》《梁革》三段不見《廣記》。《廣記》所引而不見此書者鈔出二十段，編拾遺兩卷。今以《廣記》再核之，《竇玉妻》見《廣記》三百四十三，《梁革》見《廣記》二百十九，只《辛公平上仙》一條未見。又於宋人《姬侍類偶》得《寵奴侍坐》一條，今據以補入。異文均以宋本爲主，訂正宋本之譌者別編札記。收藏有鄭敷教一印，蕘圃跋言之。又有顧印元慶朱文方印，即大石山房主人，在明中葉，更在桐庵之先，何蕘圃未舉出耶？歷經名人所藏，傳摹行世，當亦蕘圃所深許也。南陵徐乃昌撰。

繆荃孫藝風堂藏書記

《幽怪録》四卷《續録》一卷　唐隴西牛僧孺編，續李復言編。次行題書林松溪陳應翔刊，似元時刻。收藏有寶綸堂印白文方印，周玉齊金漢石之館朱文長印，揚州汪喜孫孟慈甫印朱文方印。（卷八）

傅增湘藏園羣書題記

《續玄怪録》四卷（明寫本）　《續〔玄〕怪録》四卷，唐李復言編。凡二十三事，蓋續牛僧孺《玄怪録》而作也。晁志云十卷，陳志云五卷，《述古堂書目》又作三卷，皆與此本不合。此本爲隆慶己巳夏六月朔皇山七十五老姚咨手鈔宋本，目録後有「臨安府太廟前尹家書籍鋪刊行」一行，與瞿氏恬裕齋藏宋刊同。瞿本余曾見之，鎸雕絶精雋，與他棚本不類。瞿目謂此四卷本爲尹家重編，庶幾近之。惟宋本作《幽怪録》，今寫本仍作「玄怪」，豈姚氏所見又一本歟？抑寫時改從本字，不復避諱歟？自尹氏刻後，近刻殊罕覯。余於藝風堂遺書中獲一舊刻本，九行二十一字，題書林松溪陳應翔刊，似元明坊本，凡牛録四卷，李録一卷。今以鈔本核之，則續録一卷，正鈔本之第一二卷，其三四兩卷，則陳刻遺矣。就此二卷校之，開卷楊敬貞一條，陳刻已刻改恭政，訂正異文約二百二十字。卷中頗多空白之處。據姚氏原跋言，宋本原有缺文，不敢繆補，具見前輩慎重闕疑之意。舜咨一字濬坤，喜藏書，值善本多手自繕寫，其流傳於世可考見者，天一閣有《春秋五論》、《漫堂隨筆》，士禮居有《續談助》、《貴耳録》、《稽神録》，鐵琴銅劍樓有馬令《南唐書》、《志雅堂雜鈔》，皕宋樓有《廬陵九賢事實》，皆爲歷來藏家所珍弆。此帙爲舜咨七十五歲所鈔，筆迹古茂，有老樹著花之姿，絶可愛玩。葉心有「茶夢齋鈔」四字，每葉十行，每行二十四字，視宋本行款雖已改易，（宋本九行十八字，與通行棚本同。）然古來祕籍，又爲昔賢名

筆，故爲考訂而詳記之。戊辰十一月初二日記。（續集卷三）

按：此鈔本從宋尹家書籍鋪刻本出，然而開卷第一條仍作「楊敬貞」，不避宋諱，與宋本不同，似已回改。